故事会·东方故事系列

我的中国梦
80则
青春励志故事

80 INSPIRING STORIES ABOUT CHINESE YOUTH AND DREAM

上海锦绣文章出版社
上海故事会文化传媒有限公司

青春需要正能量
（代序）

"青春励志故事"是共青团中央2012年推出的青年文化活动主题。兵马未动，"网络"先行。2011年12月29日，由国家互联网信息办公室、共青团中央、全国青联指导开展的"劳动·创造·奋斗——青春励志故事"网络文化活动在北京率先启动。

关于开展这项活动的意义，共青团中央书记处书记周长奎曾明确指出，它是旨在利用现代网络传播手段宣传介绍励志典型，使之在青少年人生观、价值观、劳动观、成才观形成过程中发挥引领作用。

为全面、深入、扎实推进"青春励志故事"文化活动，共青团中央宣传部、共青团上海市委、新民晚报社、上海市嘉定区政府和上海文艺出版集团决定共同举办面向全国的"劳动·创造·奋斗——青春励志故事"征文大赛。大赛由《故事会》杂志社、安亭镇人民政府承办。这样，"青春励志故事"就真正实现了中央与地方的互动，线上与线下的互动，传统媒体与新媒体的互动，以及人物典型与文学典型的互动。

征文大赛得到了社会各界的广泛响应。据《故事会》杂志社的同志介绍，一年以来，杂志社从不同渠道征集到近六万件作品，《新民晚报》《故事会》杂志分别选登了六十多篇脍炙人口的优秀作品。尤可宝贵的是，征文大赛赢得了全国范围内广大青年的积极参与。他们当中有在校的大中学生，有刚刚走上工作岗位的青年白领，有在城市挥洒汗水的农民工，也有驻守边疆的武警官兵。他们用自己真诚的笔触，记录下这些或明或暗的情绪，或大或小的感动，或平淡或激昂的故事。其中还有不少故事在社会上广泛传播。一篇篇饱含激情的文字，流淌的是热情奔迈的青春血液，传递的是积极向上的正能量。

经过一年多的精心筹备和有序组织,《故事会》杂志社将大赛的部分优秀作品汇编成册,即《我的中国梦:80则青春励志故事》,以飨读者。

这本书分为六个部分。"不一样的努力,一样的青春"栏目收录的故事,来自几十位不同背景,不同经历的青年。他们用不一样的努力方式,演绎出富有同样激情和活力的青春之歌。

"善意如水,莹润心灵"栏目的关键词在一个"善"字。动人的故事告诉读者:励志的道路上,你并不孤独。一个小小的善意举动,烘托出的是社会的温暖和感动,也可能影响一个青年的一生。

"用激情诠释梦想"栏目中,你将会看到一个个闪亮的梦想,因青春的激情而越发熠熠生辉。同时,故事也在警醒着人们:在这个"造梦""追梦"的时代,青年需要的不仅仅是梦想,更多的,是脚踏实地的奋斗。

成长的道路上,老师、同学、家人都是相伴青年左右的重要角色。因此,本书特别辟出"老师,你好吗?""相约在校园"和"家的N次方"三个栏目,多层面、多维度、多元化展现当代青年的励志风采。

青年者,人生之王,人生之春,人生之华也。人们历来把青春视为花朵一般美丽,黄金一样宝贵。这是因为它总是蕴藏着蓬勃的生机,总是包含着无限的追求,总是凝聚着不竭的活力,它是热血、激情、理想、信念、奋发向上的精神和无穷创造力所汇积的最美妙的交响曲。

当前,社会各界都在认真学习贯彻落实十八大精神,都在以实际行动筑就民族复兴的"中国梦"。的确,大步向前的中国,是一个充满活力的"梦工厂"。而21世纪的中国青年在实现"中国梦"中必将大有可为,大有作为。届此希望每一位读者都能从这些故事中得到启迪和共鸣,将青春励志的正能量继续传递下去。

青春励志故事大赛组委会

目录 CONTENT

代序
　青春需要正能量 …………… 1

不一样的努力，一样的青春
　让这个世界看见你 …………… 2
　别饿坏了那匹马 …………… 3
　再来一个 …………… 6
　有个新兵叫顺溜 …………… 10
　我来给你洗刷刷 …………… 15
　班长令 …………… 18
　合格 …………… 22
　有志者事竟成 …………… 26
　三杯拍案惊奇 …………… 31
　坐堂师傅 …………… 36
　抢新闻 …………… 42
　像男子汉一样活着 …………… 47
　母鸡为啥下谎蛋 …………… 49
　一件西服 …………… 52

善意如水，莹润心灵
　美丽的骗局 …………… 58
　受伤的南瓜 …………… 59

目录
CONTENT

失职 ············· 63
寻找周敏 ············· 68
不会设计的设计师 ············· 70
千里追债 ············· 74
包容别人的无奈 ············· 78
生命中的贵人 ············· 80
半份菜的午餐 ············· 86
点亮一盏感恩的灯 ············· 89

用激情诠释梦想
受挫的阳光 ············· 91
困境中的生命之火 ············· 92
点燃的梦想 ············· 95
我有一张二皮脸 ············· 99
吊芭蕉鸡 ············· 104
时尚卖菜郎 ············· 109
土鸡专列 ············· 115
盲人指路 ············· 118
三棵树 ············· 125
今天你亲了没 ············· 130
名贵相机 ············· 134
南瓜饼,红枣糕 ············· 138

目录
CONTENT

老师，你好吗？
豆角月亮 …………………………… 144
老师你好 …………………………… 145
大美莲山 …………………………… 153
去北京采风 ………………………… 158
我要给你缴话费 …………………… 163
涉世之初 …………………………… 168
纸玫瑰 ……………………………… 173
谁弄丢了我的考卷 ………………… 175
敲诈"老巫婆" ……………………… 178
给粉笔穿花衣 ……………………… 182

家的N次方
总有一粒种子会发芽 ……………… 184
长在垃圾堆上的向日葵 …………… 185
把每一个今天的游戏玩得精彩 …… 187
父子战争 …………………………… 189
少年张三冲 ………………………… 193
洗礼 ………………………………… 198
老妈不烦 …………………………… 203
出色的着色师 ……………………… 207
父亲和我的呢子大衣 ……………… 212

目录
CONTENT

妈妈,别哭 …………………… 214
擦玻璃的妈妈 ………………… 217
三丫 …………………………… 220
成年礼 ………………………… 223
女儿要富养 …………………… 228
最棒的儿子 …………………… 234
第一次做生意 ………………… 238
母亲的足浴 …………………… 241
心中有个梦 …………………… 245
状元宴 ………………………… 250

相约在校园

石头、沙子和水 ……………… 255
放弃那最大的树墩 …………… 256
穷人的大学 …………………… 258
鱼苗游啊游 …………………… 261
老习惯 ………………………… 266
一躬到底 ……………………… 269
捐款白条 ……………………… 274
海啸来临前 …………………… 277
寻找贫困生 …………………… 280
如果我是一滴水 ……………… 284

目录
C O N T E N T

别碰我的头发 …………………287
小帅的专职司机 …………………290
天上真的掉馅饼 …………………293
燕子的来信 …………………297
你精彩我才精彩 ………………… 300

不一样的努力,
一样的青春

让这个世界看见你

一个12岁的少年因患眼疾成了盲人,他整天郁郁寡欢。母亲试图安慰少年,换来的却是少年歇斯底里的咆哮:"什么也看不见的生活,这样活着还有什么意义!"

这时,少年的父亲拍了拍他的肩膀,凑在他耳边说了一句悄悄话。母亲惊异地发现少年止住了哭泣。

第二天,少年第一次摸索着走出了家门。他来到了盲人学校,学起了音乐。少年学习非常勤奋,最终以优异的成绩考进了大学。

少年30岁那年,幸运地成为了世界著名音乐大师科瑞利的学生。之后,他应邀参加帕瓦罗蒂的个人音乐会,和大师同台演唱。再之后,各种世界级音乐奖都向他"砸"来。现在,他是意大利一所音乐学院的院长,拥有自己的公司,他的唱片在全球卖出了两千多万张。

创造奇迹的人名叫安德烈·波切利。在他的50岁生日宴会上,有人问起这些年来,是什么让他坚持了自己的音乐梦想,波切利满怀深情地说道:"我要感谢我的父亲,37年前,是他凑在我耳边说:'小家伙,别气馁!虽然你看不见眼前的世界,但是你至少可以做一件事,那就是让这个世界看见你!'后来,每当我沮丧时,这句话就在我耳边回响……"

(靳玉忠)

别饿坏了那匹马

我上小学五年级那年,学校不远处有个书摊,那是我放学后唯一流连忘返的地方。但很多时候,我身无分文,只能装作选书的样子,像贼一样地偷看那么几则小故事,然后溜之大吉。

守候书摊的是一位坐在轮椅上的残疾青年。每次看到他那苍白、瘦削的脸,尤其是当我第二天上学经过书摊时,看见坐在轮椅上的他依然宽厚地对我一笑,我总是忐忑不安。

有一次,我正在书摊上白看书,突然,身后有人揪住了我的衣领。父亲来了,他怒目圆睁,紧接着,父亲便不由分说地抽了我一耳光。

"别打孩子!"年轻人竭力想从轮椅上挣扎起来阻止我父亲,"孩子看书不是坏事,干吗打孩子?"

"我不反对他看书。"面对年轻人的责问,父亲没有多分辩,随即就拽着我走了。

回到家里,父亲告诉我:"打你不为别的事,都像你这样白看书,人家怎么过日子?镇上搬运队的马车夫需要马草,你可以扯马草换钱。以后再发现你看书不给钱,我饶不了你!"

从此,每天清早我就去山坡上扯马草,上学前卖给那些马车夫。一把马草2分钱,最多时我卖过2角钱。攥着这来之不易的毛票,我立即奔向那书摊。

3

轮椅上的年轻人接过我手中的钱,笑道:"不错,不错,应该要这样!"从此我能坦然地坐下来,从容地看书了。

可好景不长。我渐渐发现马草不那么好卖了,后来马车夫告诉我,现在兴喂饲料,很少用马草了。卖不出马草的日子里,我只能强制自己不去书摊,父亲的两巴掌一直疼彻我的心。

有一次,我背着马草四处寻找马车夫时,经过了书摊,那个轮椅上的年轻人叫住了我:"怎么不来看书了?"我指着背上的一捆马草,无奈地摇摇头。

年轻人先是一愣,继之眼睛一亮,对我说道:"过来,让我看看你的马草。"他认真地看过马草后,冲里屋叫道,"碧云,你出来一下!"

一个十六七岁的姑娘闻声走了出来,这可能是他妹妹吧。

"碧云,老爸不是有一匹马吗?收下这孩子的马草。"他盯着姑娘茫然的眼睛,以哥哥的口吻命令道,"听见没有?快把马草提进去!"

姑娘木然地接过我手中的马草,提进了里屋。

这天傍晚我离开书摊时,轮椅上的年轻人叮嘱我:"以后马草就卖给我,别耽误时间饿坏了那匹马,行吗?"我巴不得有这样的好事,一口答应了。

以后几天,当我背着马草来到书摊时,年轻人便冲里屋叫道:"碧云,快把马草提进去,别饿坏了那匹马。"

那个碧云,闻声出来后,便对我的马草开始赞不绝口:"想不到你扯的马草会是最好的盘根草,马儿吃得香哩!"不假,都是盘根草,扯这种马草很不容易,我的手指都起了茧,可恨那些马车夫,以为这种马草一文不值。

有一回,当我合上书正要离开时,年轻人叫住了我:"过来一下,今天这么多的马草,还应该找4元钱。"

我急忙摆手,说:"留着以后再看书。"他正色道:"看书是看书,卖马草是卖马草,两码事。来,你接着——"说着,他就给我扔来4枚硬币。

很久之后的一天，我一如既往地背着马草走向年轻人的书摊。他一如既往地冲里屋叫道："碧云，快出来提马草！"可接连喊了数声，碧云迟迟没出来，她大概是正好有事出去了。

于是，我就提着草，往他身后的木板房走去。就在这时，年轻人用双手拼命摇着轮椅，想阻止我的去路，"你放下，等碧云来提！"

"没事，我提进去一回事，别饿坏了那匹马。"我没有听从他的劝阻，提着马草推开了那扇"吱呀"作响的门，随后又走进了他家的后院，突然，我一看，傻了：眼前是一堆枯蔫焦黄的马草——这些日子来我卖给他的全部马草！马呢？压根儿没马呀！

我扭头冲了出来，偎在他的轮椅边上直想哭。

年轻人拍着我的肩头，轻声地说道："对不起，我这样做可能伤害了你。我知道你希望真的有那么一匹马……其实没事的，你继续看书吧。"

我努力点点头，使劲忍着，没让自己哭出声来……

有人说，在我们的人生路上，要有八个人：一、恩人：给你帮助；二、敌人：让你清醒；三、友人：与你携手；四、亲人：伴你远行；五、贵人：给你好运；六、能人：教你窍门；七、小人：使你谨慎；八、爱人：送你春风……我说还要加一种人——像年轻人那样，养着一匹马的人……

(文　心)

再来一个

我大专毕业那年，正赶上不包分配，找了几份工作，不是收入太低就是不合适。后来有一家公交公司招聘开长途大客车的司机，工资很高，我以前刚好考过大客车的驾驶证，就去碰运气。可是运气这东西好像和我有仇，那天我载着两个考官，在公交公司的院子里试车。在车上时，两个考官都很满意，可不知为什么，下车五分钟后，年岁大些的考官老曾改变了主意，他告诉我不合格。

不合格就不合格吧，我找我的三叔去。三叔在离公交站点不远的街边摆了个水果摊，据说很赚钱。他见我灰心丧气的样子，就说："跟我来卖一阵子水果吧，我正好忙不开。"

就这样，我这个大专生成了水果小贩。卖的主要是苹果，秤是那种二十斤的弹簧盘秤，如今都禁用了，那时候还没人管。这天开张前，三叔拿出两个一模一样的秤给我看，说一个是准的，用来应付检查，平时就放在后面的箱子里；另一个秤里面的弹簧作了假，一斤只有八两，放外面用来卖苹果。

我终于知道三叔赚钱的秘密了，还真是无商不奸。我内心挺抵触这种做法，就趁三叔不注意，来了个调换，把八两秤放进后面的箱子里，把准秤放在外面，三叔也没发觉。刚换完秤，一个老人走过来，说要买三斤苹果。我一看认识，就是公交公司那个考官老曾。

这时三叔正接待别的顾客，我想起老曾让我考核不合格的事，还真想用八两秤缺他几两苹果，可看老人满头白发，就没忍心，还是用准秤称了苹果给他。但没想到，五分钟后老曾又来了，指着我摊子上的苹果，说："小伙子，再来一个。"

这是怎么回事？我正纳闷，三叔走过来，挑出个大苹果放进老曾的袋子里，老曾这才走了。三叔告诉我，人家这是发现缺斤短两，找上门来了。像这种情况，千万不能吵，给他一个完事。但是，我明明用准秤给老曾称的啊，哪有缺斤短两？

第二天，老曾又来买苹果，情景简直就是第一天的复制。他买完三斤苹果，走了不到五分钟，又找来说："再来一个。"三叔和昨天一样，又给了他一个。

俗话说事不过三，可是到了第三天，老曾仍然来买苹果，仍然"再来一个"。我心里腾起一股无名怒火，暗想：他如果敢第四次来，一定要讨个说法！

但是直到第四天下午，老曾也没来，天色却越来越黑。这是暴雨的前兆啊！我的苹果都是露天摆放，一旦泡了雨水，会很快腐烂。更要命的是，三叔去郊区进货了，一时半会儿赶不回来。

就在这时，一辆大客车停在我面前，老曾一步跳下车，一边搬我的苹果箱，一边朝我喊："这雨小不了，你赶快上我的车，把苹果送回去。"我听了，忙死命地把苹果装上车。刚刚装完，车外就起风了，雨点夹在风里，劈劈啪啪打在车窗上，速度如利箭。

大客车上，只有司机和老曾两个人。老曾告诉我，他是这条长途路线的司机组长，今天是替生病的售票员顶班。从我的苹果摊路过，看到摊子很可能收不及，才停车的。说完这话，他问我哪里下车，说公司有规定，市里上车也要买票。我告诉他我家的地址，老曾说七箱苹果算七个人，连我八张票，一张一块五，一共十二块钱。我掏出钱给了他。

走了一半路程的时候,我看见三叔开着三蹦子冒雨赶来了。我连忙让司机停了车,和三叔一起把苹果装到三蹦子上。遮了塑料布,三蹦子就开动了,我在后面跑着跟上。就在这时,我突然听见后面哗哗的雨声中,有个声音在喊我:"等等,卖苹果的小伙子!"

我回头,看见老曾浑身湿透地跑了过来,他塞给我四块钱,说:"你提前下了车,一张票该收一块钱,现在退你四块,记住喽,别人的便宜占不得。"说罢就返回雨幕里。

第二天我才知道,这场大雨是五十年难遇的暴雨,如果不是老曾,别说这些苹果,连我个人的安全都不好说。积水散去后,我和三叔摆出苹果摊,当我要把原先用的准秤摆出来时,三叔却制止了我。他对我说:"你一定以为自己一直用的是准秤吧,其实你当时换秤的时候,我早就看见了,又悄悄给换了回去。所以,你卖给老曾的苹果是真的缺斤短两。他三次来要苹果,我才给他补了三次。这场大雨把我浇醒了,老曾诚心帮了我,我也绝不再做亏心的事。"

怪不得老曾屡次三番要苹果,本来就是缺人家的斤两啊!我就想,等老曾再来买苹果,一定要给他足斤足量,还要郑重道谢!但是很奇怪,老曾始终没有再来。

一星期后,公交公司的另一个考官找到我,通知我上岗开大客车。我喜出望外,问考官怎么又选上我了。他告诉我一个"内幕":那天考试时,一开始他们对我的技术很满意,但是下车时,我随手把大客车上的白手套揣兜里了,那可是别人的。考官之一的老曾就说,我这人有点爱贪小便宜,不适合开长途大客车。因为以前有些开长途的司机,在路上偷大客车的汽油卖,防不胜防,所以一定要在招聘时就严格考核道德素质。老曾是长途司机组的组长,领导就听从了他的意见。

听到这里,我不好意思地摸了摸头:"其实,我揣手套只是个习惯动作,当年学车的时候在驾校落下的毛病。等到了公交公司大门口,我想起了这件事,就把手套留门卫室了。"

考官一听也笑了:"老曾路过门卫室的时候,门卫就说了这件事。他发现错怪了你,就想找你挽回这个错误。可是公司弄丢了你的联系方式,老曾就说,他上街慢慢找吧。直到昨天,他打电话给我,说找到你了,要我向公司领导说,重新录用你。"

原来是这样,不过我又有点奇怪,为什么直到昨天才说找到我?考官说:"你还是问老曾吧,他住院了,听说是淋了雨。"我一下子想起,老曾那天在雨里追我的情景,连连说:"我这就去。"

想着老曾爱吃苹果,我就拎了三斤直奔医院。医院里,老曾精神还不错,见我来了,一个劲地招呼我坐。我就问他,为什么每天买我的苹果,然后回来再要一个?老曾笑笑,说:"我上街找到你的时候,你已经卖上了苹果,还少给了我六两。我一拎就知道少了,但是觉得可能又和手套一样,是个误会,就找你再要一个,为的是你道个歉,或是说声弄错了,但你没有。可我还是不想放弃你,于是,我每天路过你摊子,就买一回苹果,想着等你能给足分量的时候,就说明你找回了失去的良心。现在我住院了,又托我老伴去你摊子上买了两回苹果,结果都足斤足两,说明你终于转变了。"

我对老曾说:"其实,这事也不能全怪我,跟我三叔有关……"我讲完三叔换秤的把戏,老曾哈哈大笑:"原来还是个误会,这样更好。其实我就是想让接班的年轻人洁身自好,今天偷针,明天偷金,防微杜渐,不要开了做坏事的头。"

我一时不知说什么好,就拿出苹果放在床头。老曾的老伴笑了,说:"苹果啊,我家老曾其实根本不爱吃,以前买你的十五斤苹果,还在家里堆着呢。"这话说得我感动万分,可以说,这十五斤苹果改变了我的一生。

(於全军)

有个新兵叫顺溜

夏练三伏

　　有个电视剧叫《我的兄弟叫顺溜》,在军营里别提有多火了。巧的是,某部英雄团里有个新兵蛋子,和电视剧里的那个"顺溜"一样,为人憨厚实诚,所以,大伙儿也都喊他"顺溜"。

　　最近,顺溜被挑选出来,加入了侦察兵的选拔训练。听训练基地的刘连长说,这次集训是"优中选优",最后每个班只能选出一个人进入军区侦察突击队。别看顺溜平时不吭不响,可论上进心,他比谁都强。顺溜早就暗下决心,要争取到班里这唯一的名额。不过,能选进来的人,谁没有两把刷子?更何况,顺溜的班里还有个大学生兵,外号"李大头",他学历高,人又活络,在班里头呼声最高。

　　这天,刘连长把顺溜全班带到训练基地的后山,进行步战车训练。眼下正是三伏天,后山集训场四面环山,简直像个蒸笼。大伙儿坐在步战车里,就像是在蒸桑拿。刘连长刚把一切安排妥了,就接到电话说要离开一会儿。临走前,他邀请大伙儿,训练后上他那儿,吃他老婆包的饺子去。大伙儿听了直乐呵,嫂子包的五香饺子可是全连出了名的香啊。

　　有了动力,大伙儿立刻精神百倍地投入训练,可刚坐进步战车里才十几分钟,就都热得够呛。这时,李大头出头了。他带头脱了外套。大伙儿一瞧，也都跟着把外套脱了。最后只剩下顺溜一个人，衣装整齐坐在那儿，不为所动。

李大头见了，拉了一把顺溜，说："嘿，顺溜，看你都热成啥样了? 赶紧脱了吧。"可顺溜却扭过脸去，认真答道："训练大纲上有要求，咱得全副武装! 刘连长也是这么说的。"李大头讨了个没趣，只好打哈哈说："就你行，我们都是怂蛋，成了吧?"其他的战友也纷纷摇头，都觉得顺溜有点不合群。

这么热的天气，大伙儿即使脱了外套，还是闷得喘不过气来。这时，李大头又开腔了："我看，反正刘连长也不在，咱们干脆到车外头凉快凉快去吧!"说完，他自己先跳出车去。大伙儿你看看我，我看看你，开始还没敢动，可没坚持多久，也都纷纷跟着下了车。顺溜呢? 还是穿着外套，闷在车里一动不动。

大伙儿见了，轮番动员车里的顺溜："嘿，哥们儿，出来吧。"顺溜却一板一眼地说："连长说了，训练要做到领导在不在都一个样!"大伙儿一听，顿时有点下不来台面，说："少拿连长来压我们，假正经!"

李大头的脑子确实活络，这时候，他又开腔了："你们别看顺溜这家伙虽然死板，可他说的也提醒我们了。今天要不是热，我们谁也不想这样。可我们不能让连长发现啊。现在，大家得轮流卧在山头的草丛里站岗，一旦发现刘连长往这边来，就赶紧穿好衣服进战车去!"大家听了连忙点头称是，都说李大头想得周到。

眼看两小时过去了，车外头大伙儿说说笑笑，好不快活。突然，负责侦查的战士低声喊道："刘连长来了!"接着一缩脑袋，从山头草丛跑下来。

大伙儿赶紧钻进车，穿上衣服，坐回原位。突然，李大头看了看顺溜，又想到了什么，小声说："我说你们就是笨，你看人家顺溜浑身是汗，衣服都湿透了，咱们这样不是不打自招吗?"说完，他就把旁边的军用水壶拧开，往自己身上浇起来，顿时，他从后背到屁股湿了一大片。大伙儿也纷纷效仿。

最后，李大头笑着塞给顺溜一包烟，说："兄弟，今天的事儿你可不能说出去。"顺溜把烟挡回去说："打小报告的事，我顺溜从小就没干过！"

大智若愚

这时候，刘连长回来了，他一看大伙儿都在步战车里练得起劲，衣服湿得都像是从河里刚捞起来的，高兴地说："真不亏是我带出来的兵，都是好样的！现在大伙儿收工，回去吃饺子去。"

到了营地，嫂子对刘连长说："你看他们衣服都湿成啥样了，让他们赶紧换下来，我给他们洗了。"起初大伙儿还不好意思，可刘连长也一声令下："听你们嫂子的！"大伙儿也就乖乖地把脏衣服都上交了。

第二天，刘连长带着洗好的衣服来到顺溜他们宿舍，往床上一扔，说："都给你们洗好了。"不过他从中抽出一件，问道："这是谁的？怎么还破了一个洞！"顺溜见了，红着脸举手说："报告连长，是我的，前天训练时不小心划破的。"刘连长叮嘱道："军装代表着军人的形象，以后注意些。这回，你嫂子给你补好了。"顺溜感激地拿过来，连连感谢："嫂子真好，这衣服缝得比在家时俺娘给俺缝得都好！"

到了周末，顺溜为了表示感谢，还特意买了点水果到家属队，给嫂子送去。等他回到宿舍后，大家听说他去了刘连长家，都对他躲躲闪闪的。顺溜主动搭话，战友们也不理他，尤其是李大头见到他，更是流露出不屑的神色。

正当顺溜百思不得其解的时候，一个老乡神秘地告诉他："你还不知道吧，你们班的人对你可有意见啊。"顺溜一惊："有啥意见？"

老乡说:"我听李大头他们背地里说,你可有心计,说是你故意把衣服弄破了,料定嫂子肯定会给你缝补,这样你就有上门感谢的由头。一来二去,这不就有感情了吗?大家伙都说你这是大智若愚。"

顺溜大呼冤枉,扭头就走:"不行,我得找他们理论理论去!"可却被老乡一把拉住,说:"顺溜,我好心告诉你,你可别出卖我!"顺溜一想,老乡说得也有道理,于是低下头,蹲在地上,不知道该怎么办。

众矢之的

过了两天,训练基地宣布入选侦察突击队的人员名单,顺溜榜上有名。可顺溜却怎么也高兴不起来,因为大家伙儿看见他,都显得有些生分。

就在大伙儿在宿舍低头收拾东西,准备回老连队的那天下午,顺溜的宿舍里气氛有些闷。过了好一会儿,李大头终于开口说话了:"兄弟们,我觉得这太不公平了。"大伙儿纷纷抬头。李大头又说:"别看有人一天到晚像闷葫芦,看着怪老实,可花花肠子多着呢,为了争取个名额,居然学会打感情牌了!"

这时,李大头的一个哥们儿也帮腔说:"就是,别的先不说,我敢保证,那天我们溜出战车的事儿,他肯定也去打小报告了!"

顺溜知道这是在说自己,再也沉不住气了:"我对天发誓,我可没有打你们的报告!"

正当战友们你望我、我望你,不知道该信谁好时,外面传来一声吼:"都别争了!"

原来,刘连长在门外好一会儿了。此时,他脸色凝重地盯着李大头他们,说:"你们都误会顺溜了。我选顺溜,除了他综合成绩不错外,最主要的是我看重他的实诚。"接着,他解释说,"那天你们几个偷懒,并不是顺溜告诉我的。"

大伙儿都纳闷地望着刘连长,只听刘连长继续说道:"是你们的外套把你们出卖了。那天你们送来衣服后,你们嫂子有点事,没有及时洗。等到她回来,那些湿衣服早干了。我当时发现,只有顺溜那个破了洞的衣服上,有汗渍晾干后留下的盐分,像白花花的'地图'一样。依我带兵多年的经验,就知道其他人身上的'汗'肯定是做了手脚的。所以,我还特地找了个战士,问起了这事,他承认了。"大伙听了,纷纷低下头,没了脾气。

　　接着,刘连长教育道:"今天,我本来是跟你们道别的,没想到顺便又给你们上了一课。我只是想告诉你们一个道理,当兵,当好兵,只有像顺溜这样诚实,才能成才。你们可能不知道,侦察突击队的门口,多年来一直立着队训的标语,其中一条就是'务实'……"

(曹景建)

我来给你洗刷刷

单位人事调动,我被分到了郊区的一个分厂,和我一起去的还有另外两个同事:张山和王开放。我们三人的家离单位都很远,中午就必须在单位解决午餐,一合计,便买来锅碗瓢盆,准备自食其力。

可一个难题出现了:谁负责做饭?张山自告奋勇:"我来。"我一听,马上应道:"我给你打下手。"王开放年龄最小,思量了一下,说:"那我就来洗刷刷,每天负责刷碗吧。"

工种决定地位,没过多久,在这三个人的小集体里,张山就成了老大。张山在我和王开放面前说一不二,用他自己的话说,自己掌握着"核心技术"。的确,掌勺可是响当当的手艺。

张山自恃比别人高一头,整天透着股傲气。我看不惯他,和王开放商量想算计张山。王开放很反对:"能给咱做饭,谢人家还来不及,可不能想歪了。"瞧这王开放,一副息事宁人的模样,我决定自己干一把,挫挫张山的锐气,下班后,我就偷偷留了下来……

第二天中午,张山和往常一样,往炉子旁一站就吆喝起来:"上油……上葱花……上菜……"我和王开放围着他跑前跑后。

一会儿,饭菜都做好了,我夹了一块肉片,一尝,我的妈呀,这是什么味呀?王开放吃了一口也吐了出来,掂着饭盒对张山说:"这是什么菜,味道咋这么怪?"张山琢磨了半天,开始挨个检查配料,很快,他在盐袋上发现了疑情,大声吼道:"谁换成味精了?"我往前一步:"别拉不出屎赖茅厕!"

张山一听这话,恼了,我出言不逊,显然是在挑战他的"霸主"地位,他二话没说,抢起炒勺就打在我的头上,"当"的一声,勺把断了。我也不是熊包,一拳过去,张山变成了熊猫眼。王开放一看不对,站在两人中间左推右挡,百般周旋,才算平息了一场"战争"。

这番交火之后,虽然三人还是在一个锅里吃饭,张山和我却形同陌路,表面上风平浪静,内心却谁也不服谁。这一天是周末,下班时,王开放邀我和张山到他家里喝酒,看得出,他是想做个和事佬。

我没拒绝,张山也答应了,我们都按时到了王开放家。王开放的老婆特贤惠,在厨房好一通忙活,数了数,整整做了十个菜,端上桌时,张山不禁感叹起来:"有形。"我也使劲抽了抽鼻子:"有味。"王开放一举筷子:"别客气,开吃!"

我尝了第一口"红烧排骨",就停不住筷子啦,一边吃一边朝王开放竖大拇指:"福气呀!"王开放则举着酒杯说:"过奖了。"

张山一边大口大口地吃着菜,一边逗着王开放的儿子小虎问:"你爸爸是不是有福气?"小虎撅着嘴,摇摇头:"是我妈有福气。"

"你妈有福气?"张山嘴里的菜都忘了嚼,"你爸除了会刷碗,没别的能耐,怎么是你妈有福气呢?"

"就是我妈有福气!"小虎摆出了一副不依不饶的样子,"我爸做的菜才好吃呢!"

王开放让小虎闭嘴:"别胡说!"

"我没有胡说,我说的是真话。"小虎看着张山和我,好像是求援似的。张山再也坐不住了,他霍地跳起来,看着王开放:"原来你小子深藏不露啊!"

王开放摆了摆手:"孩子的话你也信啊!"

"童言无忌。"我正了正身子,"快说,你有什么花花肠子?"

王开放看了眼妻子，像是得到了批准，对张山和我解释说："我有苦衷啊！"他咽下一口酒，只好讲了自己的故事。

原来，王开放是个厨师，起初在一家大酒店工作。由于厨艺精湛，没多长时间，就坐稳了头把交椅，被称为"后厨一哥"。可人一旦站得高了，得意了，不免就忘了形。

王开放想当然地认为，酒店少了自己就转不了圈，成天牛气哄哄，对身边的人也越来越看不起了，稍有不顺，他就对身旁的服务生、小徒弟颐指气使，经常骂得他们狗血喷头。

有一天，事情发生了：不知谁在汤里捣了鬼，客人吃坏了肚子，老板赔了好几万。工作自然是没了，回家后，王开放非常自责，打算另起炉灶，自己当老板。妻子说啥也不愿意，最后，她只得和王开放约定：开饭店可以，但有一个条件，他一年之内必须不显摆自己的厨艺，做到了这一条，就说明他有克制力了，成熟了。就这样，王开放来到了新公司……

"原来你是来公司修行的啊！"我怎么也没想到，一直默默"洗刷刷"的王开放，竟是一位不显山不露水的高手！我看了看一旁的张山，他满脸通红，不知是酒上了头还是羞得厉害。我也不知道自己的脸红不红，但我感觉到了脸上火辣辣的。

王开放装作什么都没看到，他端着酒杯问道："请问两位大哥，这一年里我低调得够不够？"

我和张山异口同声："一百分。"听到别人对老公真诚的评价，王开放的妻子开心地笑了。

王开放一看妻子的脸色，便对我和张山说："明年我饭店开业，二位一定要来捧场。"

"那是一定。"我拽着张山的手说，"我们都来给你洗刷刷！"

(孙凡利)

班长令

十七岁那年,我在某部队服役。这年秋天,老班长兵役到期,眼含泪花不依不舍地脱下了军装。送别时,我表面伤感,其实内心还是欣喜不已的。俗话说,铁打的营盘,流水的兵。老班长的离去,意味着一个新班长的脱颖而出。在我们这个班,除了老班长外,就剩下我的兵龄最长了,这个班的班长舍我其谁?那真是,万事俱备,只差团军务处下达任命我的班长令了。

这天,我嘴里哼着歌儿正在制订全班的训练大纲。突然,门一开,连长领着一个肩背迷彩包的老兵走了进来。我正在纳闷时,连长一指老兵对我说:"这是从兄弟连调来的,到你们班任代理班长。"

望着连长远去的背影,我的脑袋"嗡嗡"直响。还没回过味来时,这个老兵向我伸出手来自我介绍:"你好,我叫李好,从今天开始,请你多多支持我的工作,让咱们班的工作再上一个新台阶!"

我的手僵硬地和这个初来乍到的李班长象征性地握了握手,又赶忙低下头忙着手头的事情,心里乱成一团麻。我是一名来自农村的兵,在部队的每一丁点进步,就意味着在向贫穷落后的农村远离一步,和理想的幸福生活逐步靠拢。就在即将成为一班之长时,半路杀出个程咬金,跑到我所在的这个班来和我抢位子了。想着想着,我一咬牙,农村人本能的一股犟劲涌了上来:只要团军务处还没有正式下达任命李好为班长的令书,他充其量只是一个代理班长,既然只是一个班代,那说明我还有机会利用一切手段来竞争班长这个职位。

第二天是个星期天,每每在这个日子里,有些战友特别是一些新同志,都会跑到炊事班帮忙,以此博得战友们的称赞,首长们的好印象,看来我也不能错过这个机会。为了不让其他人抢占先机,我心生一计,当晚就悄悄溜到炊事班为明天的表现做好前期的准备工作。

马上就要吹熄灯号就寝了,正当我暗自高兴时,突然,一阵嘹亮的哨声响起。戴着红袖标的值班员高喊:"全连紧急集合!"

就在全连人狐疑时,连长站在队伍前解释紧急集合的目的:"今晚对全连进行内务大检查,查看有没有违禁物品……"

连长在队伍前大声讲着话,我的脑袋一阵阵地发嗡,我床上的枕头下可有我准备明天去炊事班表现的家伙啊。

当检查者从我们班的房间走出来时,我的眼睛一黑,差点一头栽在地上——我分明看见连长手中拎着把明晃晃的菜刀。这把菜刀正是我偷偷地从炊事班拿出来的,为的是明天不让其他战友抢了先。

我心慌意乱地走进连长的房间,看见桌子上那把锋利无比的菜刀时,全身不自觉地有些发抖。

"啪!"不等我开口说话,连长用手猛地一拍桌子喝问道:"好你个朱胜喜,身为一名老兵,竟敢藏匿违禁刀具。"

我忙解释道:"连……连长,我……我没有违纪。"

连长冲我一瞪眼后,一指桌上的菜刀:"没违纪? 那这是什么?"

我欲哭无泪地说:"是刀,是菜刀,是咱们连炊事班的菜刀……"

当连长完完全全地听我讲完这把菜刀的来历,明天将会派上什么用场时,用手轻轻地拍拍我的肩头说:"你这个兵……你这个兵……"连长欲言又止。

我从连长房间走出来时,又怔住了,只见李好站在屋外,迎接我回班里。李好安慰地搂着我的肩头说:"喜子,没事了,咱们'回家'!"

对于李好的友好,我并没有接受,班长令对我来说,能压倒一切,和李好的争夺不会就此休战。一计不成,再实施第二套方案。

一个休假日,我和战友们在玩扑克时,连里的通信员高喊:"朱胜喜,有你的家信!"

从通信员的手中接过信,我有意在战友们面前不停地显摆手中印有老家市委市政府字样的大牛皮信封。

当晚,李好找我谈班里的工作。末了,李好一脸平静地问我:"你真有亲人在你们老家的市委里工作?"我一扬脖子,自豪地说:"是啊,我父亲在那里面工作,不过只是'小人物'而已。"我说完,开心地笑了。李好见我笑,也跟着一起乐。

从这以后,我发觉全连的战友对我另眼看待了,时不时地向我打听是什么样的亲戚在老家的市里工作,我总是笑而不语。不过,手头花销可越来越大,我越是这样,越增加了我身份的神秘感。

一天,我正在一群战友的簇拥下神吹特吹,这时,李好悄悄地凑在我耳边说:"你父亲来部队找你了。"我一听,猛地从椅子上跳了起来。父亲在老家的市政府大院做清洁工,怎么突然跑到部队上来了?

在大柳树下,父亲没有理会我的责问,双手不停地来回搓着说:"你隔三岔五地要我汇钱,又让我用印有市政府字样的信封不停地给你写信,我不知道这一切是为啥?所以就风风火火地跑来了……"

我一边听父亲的诉说,一边拿眼瞅立在不远处的李好,心里冷得像冰窖——我的把戏穿帮了。刚刚送走父亲,团军务处的班长令下来了:李好正式被任命为班长。

身为一班之长的李好在俱乐部宴请全班战友。席间,李好冲我频频敬酒,好像今天荣升班长的是我。最后,李好用手一拍我的肩头说:"别灰心,俗话说,赛翁失马焉知非福,等待你的那片天说不定是碧空万里,任你畅游!"我边听边在心里冷笑,妒意十足。

不知是老天爷真的对我开恩,还是应验了李好的恭维之话,不久,因我在军报发表了一篇文章受到好评,不费吹灰之力就调到了团机关里做专职的宣传报道员。在付出不少辛勤的汗水后,我写的文章屡屡获奖,为部队拿回不少荣誉。鉴于我的成绩,经过层层考核后,我被破格提升为少尉排级军官。我的成绩,在家乡成为美谈。

在换上帅气的军官服后,我忽然得到一个令我不知是该喜还是该伤的消息:李好为救班里的一名新兵,被子弹打残了一条腿,过早地结束了他的军旅生涯。

正当我为去不去安慰一下李好而犹豫时,李好却拖着一条伤腿找我来了。

没有任何表面的不舍之言,李好再次用手拍了拍我的肩头说:"喜子,在我离开军营前,我不得不告诉你一个秘密。"我一听,愣了,李好能告诉我一个我不曾知道的故事?李好望了我一眼后,又将头扭向远方说,"我也是咱们老班长带出来的兵,他退役时找到我,让我到他这个班任班长,他说这是班长的命令,他还说,喜子在写作方面很有天赋,他的天空不应局限在一个小小的班里,将来必有所成就。就这样,在连长的安排下,我来到了这个班,把你'挤'走了,把你'挤'向了属于你的人生舞台……"

听着李好的诉说,我心里一阵阵地颤抖,我的老班长,我的新班长,你们令我羞愧啊。

我一抬头,冲李好说:"班长,在班里时,我不曾叫你一声班长,今天请你对我下达一个班长令吧!"李好听到这儿,眼眶湿润了,他点了点头:"那就来一步一动,齐步走!"

"齐步——走!一二一……一二一……"对我来说,李好下达了一个迟迟的班长令。

我庄重神圣地齐步走,一行热泪夺眶而出。

(朱胜喜)

合 格

洪佩佩是济世医院的护士,是个要求进步的青年。上级领导培养她,就把她调到注射室,当上了护士长。

谁知,佩佩上任才一星期,注射室就接连收到三封批评信。这一下,佩佩急了,这天专门开了个"通气会",围绕群众来信,让大家讨论如何整改,来提高她们的服务质量。

本来,佩佩还有些担心,怕会上没人发言。不料,会议开得异常热烈。带头发言的是位老护士,她说:"整个医院就我们注射室最忙,护士长不表扬表扬,还来批评我们?我们吃力不讨好,不想在注射室干了,把我们调走算了。"有人马上接口说:"打针有什么技术?不就是把针头戳进血管吗?有种人年纪大了,血管瘪了,针头戳不进去,能怪我们吗?"还有的说:"针头戳进了血管,血管都被戳破了,能不痛吗?这不是技术问题。病人来打针,就应该有忍痛的思想准备。他们喊痛,我们解释几句,就说我们凶,这公平吗?"

这下倒好,"通气会"开成了"出气会"。散会后,佩佩非常郁闷。就在这时,手机"嘀嘀"响了,是她男朋友王立民打来的,说他感冒发烧了,正在崇仁医院打吊针呢。佩佩一听,头就大了,正要责怪他为什么不到自己医院里来,那边的电话却挂了。

听王立民说话有气无力的,佩佩顾不上许多,拦了辆出租车,急匆匆赶往崇仁医院。

崇仁医院的注射室非常拥挤,王立民坐在靠窗的座位上。座位前,放了只专放药品的空纸箱,他把两条腿搁在纸箱上,半躺半坐。

这时,佩佩一头冲了进来,见王立民嘴里哼着小调,一副悠然自得的样子,她气就不打一处来,骂道:"王立民,这输液位子都是面对面的,当中空出来的过道,是给护士巡针留的。这过道本来就不宽畅,你还放了个纸箱来搁脚,你叫护士怎么走路?把纸箱拿走,要舒服回家去。亏你还是个卫生局干部呢!"

这时,崇仁医院的护士长正巧巡针路过,她拍拍佩佩的肩头,说:"小姐,这位先生得了病毒性感冒,吊抗菌素得两个小时。他的下肢患有静脉曲张,让他双脚垂地坐两小时,他的小腿会又胀又痛。所以,我们医院把装药的纸箱,改装成搁脚凳,是专门为静脉曲张病人准备的。"

佩佩一点也不买账,争辩道:"输液座位的过道,是留给护士巡针用的,放上这么一个搁脚凳,护士来回巡针就不方便了。"

"是有些不方便,但是,病人的病情需要,永远是第一位的!"

佩佩听了心头一震:护士的护理条例,就是根据病人的病情需要来制定的。我们经常在说这句话,却没有像她那样把"病人需要"落实在搁脚凳上。同样是护士长,自己在她面前矮了一截。

王立民在一旁却开了腔,笑嘻嘻地说:"这里的护士技术可好了,一针成功,不让病人吃二遍苦。不像有的医院,护士戳了人家三针,还没把针头戳进血管。非但没有一句道歉话,还凶巴巴地训斥人家。"说完,故意拿眼睛瞟了一下佩佩。佩佩听了,嘴上却不服气:"你啊,人家给了你个搁脚凳,你就把人家捧上了天。"

"你别不信,要不然我为啥不上你们医院,舍近求远,乘了车子来这里吊针?"王立民说话时有点激动,把手一扬,佩佩发现他吊针的左手,缠着厚厚一层白布,忙说:"哎哎,你别动,你还说她们打针技术好,你打针的手,怎么缠上纱布了?"

"这哪是纱布!你看看清楚,这是手套!"

原来,吊针时手指全部裸露在外,冷嗖嗖的。血液循环一不通畅了,手指也跟着凉了,肯定要影响药物的输送效果。所以,崇仁医院的护士为了给病人的手指保暖,专门设计了一种手套,既套住手指、手背,又保证针头、输液管不会走动。常言道:十指连心。手套暖和了手指,也暖和了病人的心啊。

这时,一位年轻妈妈,抱了婴儿来吊针。就在王立民旁边的座位坐下,一位护士拿了药瓶、针筒,跟着她走了过来。核对了注射单上的姓名、药名、剂量,护士拿起针筒,就在小朋友的脑门上扎了下去。

那位护士的动作真够利索,眼睛一眨,已经把针头扎进了血管,名不虚传,一针成功。

护士小姐扎完针,掏出一个布做的头箍,像箍桶一样箍在那个小朋友的头上,佩佩见了好生奇怪:"这是什么玩意儿?"

年轻妈妈说:"小朋友都比较好动,为了防止针头滑出来,别家医院都是用橡皮胶来固定,左一道,右一道,贴得孩子满头都是。等输液完毕拔针时,要揭这么多的橡皮胶,难免会把孩子的头发一起拔下,孩子哭,家长心里痛。这里的护士长,她专门设计了这个'鸳鸯扣'来固定针头,防止滑出,避免孩子吃两遍苦。我就是冲着她们医院的'鸳鸯扣',特地打车过来的。"

真是不怕不识货,就怕货比货。佩佩看到了"鸳鸯扣",她打心眼里佩服这里的护士长。

这时,王立民的药水吊光了,佩佩要他坐在位子上别走开。

王立民问道:"你要做什么?"佩佩说,她要找这里的护士长,确定一个时间,带上她们注射室的护士,来这里取经学习。王立民闻言,哈哈大笑起来。

原来,王立民听说佩佩接连收到三封批评信,非常着急。为此,王立民利用自己在卫生局工作之便,查阅了各家医院注射室的先进材料,发现崇仁医院是区卫生局的"静脉注射培训基地",他就去实地考察了。

谁知,王立民早出晚归受了风寒,发了高烧变成了重感冒。医生要他吊针,他干脆就选在崇仁医院,今天,他是有意要请佩佩来看一看……想到此,他兴冲冲地说:"这里的护士长叫秦一珍,我认识,我跟你一起去。"

十二点整,除了值班护士外,其他护士都休息了。王立民跟在佩佩后面,轻轻地推开了她们休息室的门,护士们围着桌子正在吃饭。

护士长秦一珍却在布置任务:"下午,有四位实习生要上岗,她们在模拟血管上扎针的成绩很优秀,上岗后,就要为病人扎针了。按我们的规矩,给病人扎针前的第一针,必须在自己身上试针——"

不料,秦一珍话音未落,只见四个护士霍地站了起来,齐刷刷地卷起各自的衣袖,很明显,她们的手臂上都留下了好几个针眼。秦一珍也看到了,她话锋一转:"你们都在自己身上试过针了,那就进入最后一道考试,及格了就上岗。"只见秦一珍也撸起了袖子,伸出雪白雪白的手臂,"来吧,在我手臂上试针,我不满意,就不能上岗。"

佩佩看到这里,悄悄地从护士休息室里退了出来,对王立民说:"我改变主意了,不急着带姐妹们来这里取经学习。"

王立民吃惊地问:"为什么?"

"同样是护士长,人家是怎么带兵的?要学习她们,先要从我这个护士长学起,有了合格的护士长,才会有合格的护士!"

王立民非常欣慰地点点头。突然,他挽住佩佩的肩膀,轻声地问:"佩佩,作为你的男朋友,我合格不合格呢?"

"合格!"她轻抚着王立民的脸颊,"这就是你的合格证书,我给你盖个章!"说完,在他的脸上轻轻地亲了一下……

(黄宣林)

有志者事竟成

公园河畔的小路上，一位年轻人垂头丧气，有一下没一下地踢着路上的小石子，满脸的愁容。这位年轻人，名叫刘伟，今年二十一岁，原本在一家汽车修理厂工作，由于公司搬到了外地，所以刘伟也就失业了。

说起刘伟，他也算是个苦命人，从小父亲就因为车祸去世了，只有母亲一人将他抚养长大。由于家庭条件比较差，所以学习成绩不错的他初中毕业后就出来工作了。但刘伟从没有放弃过自己，他一边工作，一边读夜校，现在大专已经毕业了，正在攻读本科。可就在这个节骨眼上，母亲患上了尿毒症，而刘伟竟然又失业了，这个打击对他而言实在是太大了。

正在刘伟想着接下来自己要如何是好的时候，突然，他看到前方的小路上躺着一个黑色的钱包。他捡起来一看，里面竟有一沓厚厚的百元人民币，还有很多卡。刘伟仔细检查了一下钱包，发现了几张名片，都是同一个名字，叫做张国栋。刘伟想了一想，掏出手机，就按照名片上的电话拨了过去……

说起张国栋，今年41岁，他是一家鞋油公司的老总，也算是白手起家。就在刚才，他发现自己的钱包不见了，要知道里面现金倒是没什么，可包里的银行卡让他很是着急。正在他准备打电话给银行报失的时候,手机响了,张国栋一看,是一个陌生电话,心想着是谁呢,犹豫着还是接了起来。

"喂,你好,请问是张国栋先生吗?"

"你好,我是,请问你哪位?"

"哦,请问你是不是掉了一只钱包?"

"对对对,你现在在哪里?我过去找你。"听到打电话来的人捡到了自己的钱包,张国栋脱口而出,可他冷静地想了想,他包里可是有两万多现金啊,怎么会有人主动还自己钱包呢,事情一定有蹊跷。谁知电话那头的刘伟也心存疑虑呢,他问张国栋:"那请你说一说,你钱包里有些什么东西吧?"在张国栋说出包内的东西以后,刘伟提出在公园对面的一家阿三餐馆见面,张国栋急忙驾车前往。

刘伟拿着钱包,坐在餐馆里等着张国栋,他已经确定张国栋就是钱包的主人了,但张国栋呢?他心里可不这么想。不一会,张国栋就来到了餐馆,一进餐馆,他就给刘伟拨了个电话,当他发现接电话的是坐在里面的一个穿着普通的年轻人时,他的担心又加深了点。但他还是朝着刘伟走了过去。

"你好,我是张国栋。"

"哦,你好,我是刘伟,请坐。这是你的钱包,你看下,有没有少什么东西。"说完,就把钱包递了过去。张国栋接过钱包,打开检查了下,一样都没少。

"年轻人,说吧,你有什么要求?"张国栋收起钱包,看着刘伟。刘伟先是愣了一下,接着边笑边摇了摇头说:"张先生,我想你一定是误会了,我没有什么要求,只是想,你掉了钱包一定很心急,所以才急着约你出来还给你的。既然钱包已经物归原主了,那我就先走一步了。再见!"说完,就起身准备走了。

"刘老弟,不好意思,是我以小人之心度你君子之腹了,如果你不介意,坐下我们聊聊吧。"张国栋知道自己误会了刘伟,急忙拉住他。刘伟想着，反正自己也没事，那就聊聊吧，于是两个男人一边喝着酒一边聊了起来。也许是因为最近一连串的事情给了刘伟不小的打击，他竟然在一个初次见面的陌生人面前袒露了自己的心声，从自己的出身一直谈到现在的困境。

张国栋看着眼前这个小伙子，仿佛看到了二十年前的自己，他决定帮助这个善良的年轻人。"刘伟，你会开车吗？最近我的司机辞职了，我正需要人手，如果你不介意的话，可以来做我的司机，怎么样？"

"真的吗？"

"当然是真的，就当是你帮我捡到钱包的答谢。"

"那真是太感谢你了，张大哥，我敬你一杯，谢谢你给我这个机会！"说完刘伟举起了酒杯，张国栋也举起酒杯，两人相视一下，男人间的友情就在酒杯碰撞的瞬间产生了。

就这样，刘伟成了张国栋公司的一名司机。由于刘伟为人正直，驾驶技术又好，所以深得张国栋的器重，没过多久就成了张国栋的专属司机，公司有十分重要的客户，也都会请刘伟接送。

一天早上，刘伟接张国栋回公司，见张国栋上车以后就一直靠在后座上，显得忧心忡忡，面容也很疲惫，于是就问他："张大哥，你怎么啦？是不是发生了什么事？"由于钱包的事情，张国栋一直把刘伟当作自己的弟弟看待，听到刘伟这样问他，张国栋便也没什么好隐瞒的。原来，公司资金上出现了问题，如果再没有大的资金投入，公司有可能要面临倒闭。而就在这几天，会有一家外资企业的老总来公司参观，如果顺利的话他们会进行投资，那么公司就有救了，相反的公司就真的危险了。说到这里，张国栋重重地叹了口气，而刘伟呢，自觉帮不上什么忙，只是安慰了一句，也就没有说什么了。

三天后，外资企业的老总来到了张国栋的公司，他不是很满意，所以没有当下签订意向合同，只是说了一句"我们回去再商量一下"

就去赶飞机了。张国栋安排刘伟送客户去机场。

在这位客户上车的时候,刘伟细心地发现,他裤腿边沾着一点黑色的鞋油,再看看他的鞋子,已经有点灰在上面,明显不是今天擦过的。去机场的路上,刘伟问这位客户是不是用了一个外国品牌的鞋油,客户惊讶地问刘伟怎么知道。

"哦,是这样的,刚刚看到你的裤腿上沾到了一点鞋油,看你的鞋子又不像是今天刚刚擦过的样子。你用的这种鞋油亮度是够的,但问题是它的附着力不够,即使已经过了几天了,有点摩擦还是会掉色。"

"原来是这样啊,小伙子,没想到你懂的还很多嘛!"

"其实也没什么,这些我们公司的人都知道的。"

"嗯,小伙子,那你来说说你们公司的鞋油有些什么利弊吧。"

于是,一路上,刘伟就给客户介绍他们公司的产品,他不仅作了介绍,还将自己公司的鞋油与市面上其他的产品作了比较,听得那位客户连连点头。很快,一个小时的路程结束了,机场马上就要到了。这时,客户对刘伟说:"小伙子,麻烦你在前面掉头,我要回你们公司。"

"先生,你是不是忘了东西了,你一去一回可能会赶不上飞机的。要不,我打电话叫公司的司机送来,应该还来得及。"刘伟听客户说要回去,以为他忘了东西。只见那位客户笑笑说:"不是的,今天的飞机我不坐了,你还是载我回去吧。"虽然,刘伟现在是丈二和尚摸不着头脑,但听客户这么说,他也不好意思再追问,于是掉头向公司开去。

晚上,张国栋打来电话,说是要请刘伟出去喝酒,电话里张国栋显得很兴奋。一见面,张国栋就用力地抱住了刘伟:"兄弟,这次真是多亏了你啊!大哥谢谢你了!"这下子弄得刘伟是一头雾水。

见刘伟满脸不解的表情,张国栋才笑着说:"来,听我慢慢跟你说。"原来，那位客户在车上听了刘伟的介绍以后，改变了主意，回到公司后和张国栋签了约。用客户的话说是，就连你们的司机都这么专业，相信你们的公司一定不会错的。

这下，刘伟算是明白了。张国栋问刘伟："兄弟，你老实跟我说，你是从哪里知道这些专业知识的？"刘伟挠了挠头，不好意思地说："其实，这些是我趁平时空闲的时候在公司里面学的，公司里不是有大量介绍产品的资料吗？无聊时我就会去看看。还有就是平时送你去开会啊什么的，就问别的公司老总的司机那里要点资料，了解一下。我一直想着，自己总不能就这样靠着你做一辈子的司机吧。"张国栋听完以后，朝着刘伟竖了竖大拇指。

第二天，公司的公告栏内贴出了一张告示：刘伟由于为公司立了大功，所以被破格提升为销售经理。这个消息一出来，一下炸开了锅，有的人甚至说刘伟靠的是与张国栋有裙带关系，才会升得这么快的，但刘伟听了不以为然，他要用实际行动证明自己。在接下来的半年中，刘伟带领的销售团队的销售额是公司最高的，而且比其他团队高出了百分之五十之多，这下再也没有质疑的声音。刘伟用自己的行动向大家证明了：只要你付出努力，就一定有收获，有志者事竟成！

（陆敏洁）

三杯拍案惊奇

白瓷杯子掉地上

马文是一名资深的市场营销客户经理,公司对他的能力十分认可,可最近接连发生了两件事,把他打击得几近崩溃,连辞职的心都有了。

前不久,公司把市场部总经理的位子拿出来公开竞聘,马文的下属张大路捷足先登,摇身一变反成了自己的顶头上司。张大路既无能力,又是出了名的小心眼,以前马文没少批评他,现在倒好,轮到他来领导自己了,估计给自己穿的小鞋不会少。

另一件事,市场部年初来了个叫温淼的姑娘,漂亮得不得了,三十好几的人了,居然还是单身。张大路当上了市场部总经理,温淼这个女人和张大路说话全部是嗲声嗲气,对他马文则是冷言冷语。男人最重要的就是事业和爱情,这倒好,一夜之间马文这两堵墙全塌了。

这天一上班,张大路把马文叫了过去,本以为是啥重要事情,可没想到马文一进办公室,张大路就头也不抬地指着桌子上的白瓷杯子,阴阳怪气地说:"我正忙着呢,你去帮我接杯水——"

市场部的办公区离茶水间不太远,平时大家喝水都是端着杯子到茶水间直接接水。虽说不远,可马文心中很不是滋味,很明显,张大路是在耍"领导"的派头,可转念一想,人在屋檐下,谁能不低头啊?

马文接过杯子,扭头出了办公区,走到茶水间打了水,回去的路上,恰巧遇到温淼抱着一摞材料迎面走来。温淼眼尖,很快看到了马文手中的杯子,立刻冷嘲热讽道:"哟,大才子,这杯子好像不是你的吧?这么快就学会拍马屁,知道替领导倒水了?"

马文一听不开心了:"咋了,这不关你的事吧。"不料杯子一晃,开水溅了出来,落在马文的手背上,烫痛了,马文下意识地一松手,杯子当即落在地上,"咣当"一声,摔得粉碎。

温淼一见,笑得腰都弯了,幸灾乐祸地跑开了。

马文忐忑不安地回到张大路的办公室,说:"张总,对不起,刚才我接水时,不小心把杯子给摔破了,改天我赔你一个……"

张大路本来心眼就小,刚才他见马文接杯子时满脸不乐意,现在又见杯子给摔了,自然以为是马文故意摔的。他站起来一拍桌子,气呼呼地说:"马文,你什么意思?男子汉大丈夫能上能下,咋了?以前我是你的手下,现在我当上了你的头头,你看不上眼,是不是?有意见你对我说,一个大男人拿杯子撒气,你丢人不丢人?"

足足数落了十分钟,张大路才让马文离开办公室。

骨瓷杯子碎了

白瓷杯子事件过了没几天,这天早上,张大路又把马文叫进了办公室,指着桌上一个崭新的杯子,冷冷地说:"马文,还得麻烦你给我倒杯水,对了,这个是我特意买的骨瓷杯子,比上次那个杯子更容易碎,也贵多了,你小心点。"

马文明知张大路是成心刁难他,可也没什么办法,只能接过杯子,走了出去。到了茶水间,马文刚要接水,手机响了,他赶紧把杯子放在水房的大理石台上,接起了手机,这是一个大客户打来的。

水房在一个角落里,手机信号不太好,听得断断续续的,马文赶紧拿了手机走出水房,来到了走廊尽头。电话打了十几分钟,等马文挂上电话回到水房,眼前的一幕差点让马文一屁股坐在地上:大理石台上的那个骨瓷杯虽然还在,但已经碎成了好几块!

　　马文百思不得其解,这好端端的杯子怎么会碎啊?

　　马文惴惴不安地回到张大路的办公室,低声下气地说:"张总,真是不好意思,刚才不知咋回事,你那个杯子,它又破了。"

　　张大路听了,气得浑身发抖,顿时勃然大怒:"马文,你……你什么意思?杯子又破了,我知道大家平时都挺佩服你的能力,可你不能因为自己没当上总经理,就存心和我过不去;就算是要和我过不去,你也不能和一个杯子过不去啊,杯子是无辜的,你知道吗?"

　　这一次张大路足足骂了马文二十分钟,骂完,马文气呼呼地回到工位上,越想越窝囊,当即就想写封辞职信,拍屁股走人,可想想自己来公司都五年多了,虽说没当上总经理,但工资还算可观。话又说回来,就算辞职,也得找到一份新的工作后再辞啊,马文当即决定,立刻上网投简历,一有转机,立刻走人。

　　话说是金子在哪里都能发光,因为工作经验丰富、业绩突出,马文的简历一投出去,很快就有几家知名公司对他抛来了橄榄枝,其中一家甚至还说只要马文同意,就可以立刻签约,工资待遇嘛,只会比现在高。

　　马文接到这个录用通知,心里那个乐啊,心里说:"此处不留我,自有留我处!得了,我走人吧!"他转念一想,"不行,我得给张小心眼一个教训,不然我走了,跟我一起打拼的兄弟们也没啥好日子过啊!"

　　真是心里想到哪里事儿就赶到哪里,就在这时,张大路召集市场部全体人员开会,说是有重要事情宣布。

　　很快,市场部的几十个人陆续来到了会议室,马文在电脑上敲敲打打,忙活了半天,最后一个走进会议室。到了会议室,张大路早不耐烦了,他端着一个新杯子——一个古色古香的紫砂杯,不快地说:"最近市场部经营业绩下滑得厉害,主要原因就是员工的积极性没有调动起来。尤其有些人,自以为自己成绩不错,啥事都不在乎了,背地里拿领导的杯子出气,有本事,你当面摔给我看看!"

谁砸了紫砂杯

这张大路,平时说话也没这么刁钻蛮横,看来真的是被马文惹急了。可今天的马文,他是扬蹄奋起的一匹马,是展翅腾飞的一头鹰,正要寻机发作,哪里按捺得住?他径自走到张大路跟前,在大家的注视下,从口袋里掏出一张纸,放到张大路面前,不紧不慢地说:"你看好了,这是我的辞职信!是的,我摔破了你的杯子,那是我不小心,是我的不是,但是,如果你信口开河,说我故意摔你的杯子,那对不起,我只能故意摔一个给你看看了。"说着,马文伸手把张大路的杯子拿了起来……

张大路怎么也想不到马文会辞职,眼看着马文把杯子举了起来,凭他对马文的了解,再加上在已经辞职的情况下,马文是一定会摔了这个杯子的。可谁知到了最后,马文又把杯子缓缓放下了,他叹了口气,对张大路说:"工作上,人人都不容易,何必非要给别人小鞋穿,这个杯子我看你还是留着吧,时常提醒自己,作为领导,如何和下属相处。"说完,马文整了整挺括的西装,潇洒地走了出去。

马文刚走到门口,忽然听到背后"哗啦"一声,那是杯子掉在地上的声音。他赶紧扭头去看,没想到此刻,温淼正站在张大路旁边,地上是张大路的杯子——刚才马文想摔而未摔的那个紫砂茶杯,现在已经被摔得粉碎了!

张大路急了:"温淼,你干吗摔我杯子?"

温淼乐呵呵地说:"咋了,不是辞职都兴摔杯子吗?马文摔了两个杯子才辞职，我也要辞职，我想了想，怎么着也得摔一个杯子吧！"

张大路彻底傻了，他很清楚自己这个市场部总经理的位子是怎么来的，这时他才明白了一句话：一个人要是没能力却当上了一个官，那就是架在火上烤，比当职员要难受多了。这眨眼之间，手下就有两个辞职的。要说马文辞职他能理解，可温淼这个女人，他一直待她不错啊，她为啥辞职啊？

不仅张大路没想通，其他几十个人都没想通。

第二天，马文来到那家大公司入职，这家公司的人力总监亲自接待了他。见了面，马文彻底傻了，没想到，公司的人力总监居然是温淼。温淼这才娓娓道来，原来温淼所在的公司，早就听说马文在市场营销上很有一套，话说千金易得，良将难求，前两年他们挖了两次都没能把马文给挖过来，最后，温淼主动请缨，决定自己去那家公司当个商业卧底，使个反间计把马文给挖过来。

天随人愿，关键时刻，那家公司任人唯亲，一个有实权的副总把自己的侄子张大路直接提拔到市场部当总经理。温淼早就知道张大路这个人心眼小得不行，就巧妙地做起了"杯子文章"，如果说第一个杯子是意外，第二个杯子是她使的坏，第三个杯子就是出气了。

马文哪里想到背后还有这番故事，听了心里多少有些不快。

温淼见马文神色有变，解释道："一个领导，如果连下属一个杯子的失手都不能原谅，马文，你说这家公司能走远吗？再说，你以为我这个人力总监是随便去当卧底的？还不是当初看了你的简历，觉得你各方面的条件很不错……"说到这里，温淼突然觉得自己话说得有些多了，脸立刻红了。

马文一听，顿时乐了，他看着温淼红红的脸，明白了个大概，心里想："看来，这眨眼之间，我马文的事业和爱情都回来了，不奋斗怕是对不起眼前这个楚楚动人的美女总监了……"

（王兴菜）

坐堂师傅

东家养了只黑猫，西家养了只白猫，经常去找王奇家的麻烦。王奇是90后大专毕业生，为了找工作到处奔波。王奇的父亲早出晚归上班，家里没有人，于是黑猫、白猫来捣乱，今天叼只臭袜子来放着，明天又把王奇家的拖鞋叼走了……王奇知道这是猫干的，搔搔头皮没办法。

这天早晨，王奇到卫生间刷牙洗脸，发现水斗边上有块五毛钱大小的金壳女式手表。不言而喻，又是猫干的。他拿过表来一瞧，表带是羊皮的，表面上有英文字母，译成中文是"汉弥尔登"——手表是进口货！

王奇想到丢表的人一定着急，当即写了张"失物招领"贴在公告栏上。不到一个小时，失主上门来了。

失主是本小区居民——钟表店的"老钟表"。老钟表退休后，为打发时间，顺便赚点钱，就以住房在街面的优势，破墙开窗修理钟表。昨晚他在修理这块女式手表，修了一半累了，盖上表盖准备第二天再修。不想今天起来一看，手表不翼而飞，莫非见鬼了！遗失客户手表要赔在其次，重要的是信誉，把顾客的手表弄丢了，以后还有谁敢拿表来修啊！老钟表正急得团团转，邻居来报，有人招领手表。

老钟表找到王奇，手表失而复得，感激不尽。他热情地邀请王奇:"有空到小店来喝茶,一定要来哦!"

王奇知道,小区外面有钟表店,却从未见过怎么修理钟表。王奇想到自己家里有块国产旧表,是爷爷当年评上先进的奖品。曾经想戴这块表,但表老得不会走了,因为修不起,所以一直放在抽屉里睡大觉。现在心血来潮,想拿表去给老钟表瞧瞧,一想不对,因为拾表还表的事在前,会被人误会打秋风。还是去看看老钟表修表,学点技巧自己动手修。

王奇来到钟表店窗外看修表,看着看着,看出名堂来了。小小机器真奇妙,以游丝为动力,轮子带动轮子连轴转,还能转出钟点来。王奇心里说,假如我也能学会修表,该有多好啊!他接连看了几天,手痒痒了。

凭着小聪明,王奇去五金店买了微型螺丝刀、镊子钳和缝纫机油,然后学着老钟表的手势,把旧手表拿出来拆开,细细观察,点上一滴缝纫机油,再按原样装拢上足发条——手表竟然"嚓嚓嚓"地走起来了!

王奇惊喜得心跳不止,哇!我会修表了!可是好景不长,走了半个小时,表又停了。再拆开再装拢,一动也不动了!外行修表,知其然,不知其所以然。问题出在哪儿呢?王奇再次去看修表。

老钟表在修表,偶然眼梢一豁,发现窗外有人在观看,经辨认是拾表不昧的王奇!他起身移至窗前,热情地请王奇来店里坐。王奇不好推辞,便绕到后门进了老钟表的店,宾主喝茶聊天,无所不谈。

原来,王奇大专毕业以后,一直没有找到合适的工作,靠父亲在搬家公司当搬运工的微薄收入生活,做儿子的实在过意不去。为了减轻父亲负担,他曾经摆过地摊、开过排档、修过电脑,都是因为办不出执照而作罢。

老钟表看王奇长得端庄,谈吐不俗,还听到王奇动手修过旧表。老钟表看了王奇修过的表,说你的表本来就没坏,只须上点油就可以了,但你上错了油。老钟表取出机芯,在溶剂里洗一洗,再上油——秒针欢快地走动了。

老钟表觉得眼下小康人家多了,戴机械手表的人也越来越多,所以修钟表的生意也越来越忙。想到王奇年轻聪明,而且对修表有兴趣,便问王奇愿不愿意学修钟表。

这一问,问到了王奇的心坎里,什么愿不愿意,那是求之不得。王奇早就想过,靠手里这张大专文凭求职前途茫茫,如能学会一门技术,倒是饭碗有牢靠。今日机会难得,便回答:"跟你学修钟表当然愿意!"

老钟表说,现在小店生意应接不暇,你帮我做下手,减轻我的负担。王奇乖巧地说:"我就拜你为师了!"

打那以后,王奇天天来钟表店,先是看师傅如何修表,怎样处理表中的疑难杂症……王奇记忆力强且有悟性,凡是师傅讲过的,就记住了;师傅没讲过的,也能举一反三地悟出道道来。老钟表看王奇入门很快,便收拾了一套修表工具,和四块待修的手表交给王奇:"你拿回去修理,权当练手,能修复当然好,修不好也没关系。"王奇开心得合不拢嘴,实践是硬道理,他暗下决心——我要竭尽全力认真修好这些表!

王奇花了三天时间把四块表修好了。经老钟表验收,发现王奇不仅肯下功夫,而且修的表走时准确,块块合格。他拿出一些钱交给王奇,说这是你修表的报酬。王奇说我只做了学徒该做的功课,怎么可以收钱哪!老钟表说,拿着吧,这是你的劳动所得!

王奇能修表了,老钟表就把他当"师傅"派用场,接二连三地把表交给他去修,从国产表修到进口表,从进口表修到国际名牌表,王奇修表的质量,居然无可挑剔。老钟表曾经带过不少徒弟,却从未遇上过像王奇这样心灵手巧、一点就通,而且肯努力钻研的人。他得意地感到自己是伯乐!

有一天，钟表店来了个西装革履、戴眼镜的先生，他靠近窗口，拿出一块金灿灿的男式手表，说请师傅看看能否修好。老钟表一看，不禁一愣，这是块"江诗丹顿"豪华型手表，售价几十万哪！老钟表知道修表行情，越是价值高的手表，修理费也就水涨船高。像这块手表拿到名牌店去修，修理费不得了；若要调换零配件，还得到香港去邮购。老钟表寻思着，如此高档的手表，怎么会来光顾本小店？不去管他，大生意来了不能放弃，凭我几十年修表经验，决定把它拿下了！他对眼镜先生说："你信得过小店，我就把表收下了？"

眼镜先生呵呵笑着说："信不过我还不来了呢，我是慕名而来的！"老钟表收下表，开单交给眼镜先生，并留下眼镜先生的电话号码，就此别过。

老钟表小心翼翼地打开表盖一瞧，简直惊呆了！表中像头发丝粗细的游丝搅乱了，乱得像一团丝线，修这样的表难度极高。修表同行看到这种情况，通常是换上进口游丝盘了结，费用嘛，"羊毛出在羊身上"。但老钟表觉得，既然人家慕名而来，必须把生意做道地，才能彰显小店的潜能。

老钟表思考再三，决定把这表交给王奇去修。但他担心，若对王奇讲了这表的价值，也许会使年轻人束手束脚。于是他只讲这是块高档表，要认真对待，别的什么都没说。

王奇接到这块手表回家，打开表盖一看，惊得身上直冒汗，游丝乱成这样啊！怎么才能修好这块表呢？师傅说过的"高档表"，"认真对待"，开弓没有回头箭，绝不能打退堂鼓。

深夜里静悄悄，王奇横看竖看这蓬乱游丝，好比狗咬乌龟——无从下口！他看了半天，眼睛都看花了……在不知不觉中，天已大亮，还是束手无策，怎么办呢？去找师傅讨要办法？不，只有背水一战，才能学到真本事，不到万不得已，绝对不去讨救兵！

熬了一个通宵的王奇，居然不觉疲倦。他去五金旧货市场看看，能否找到什么工具。苍天不负有心人，终于被他发现了一块碗口大的凸形玻璃——放大镜，把它买回了家。王奇将放大镜四面搁起，表芯放在下面，用灯光照着，果然清清楚楚能看到乱游丝的"丝路"。只有知己知彼，才不至于莽撞，慢慢的，王奇初步找到了"咬"这个"乌龟"的思路。

时间过得飞快，又是一个晚上到了，王奇双手各执一把镊子钳，去对付细小的游丝，犹如张飞扔鸡毛——有力使不上！他用冷水毛巾擦擦脸，然后喝一杯浓茶提提神，继续再干。一次又一次，失败了再来！直到室内的灯光渐渐黯淡了，咋回事啊？他揉揉眼睛望窗外，原来天已大亮了！游丝还只解开了一半！这时候的王奇真觉得累了，他头一歪伏在桌上呼呼睡着了，等他睁开双眼，透过西窗已经是一片晚霞，肚子也饿得发慌。

王奇随便吃点冷菜冷饭，又开始夜战了。到了第三天凌晨，方才大功告成，安装复位。只要功夫深，铁杵磨成针，"嚓嚓嚓"——死表复活了。

老钟表看着这块修好的表，半信半疑，这么快把表修好了？问王奇是怎么修的，王奇讲了大概的经过，令老钟表惊叹不已，他本以为这是块难啃的硬骨头，已经做好了去香港邮购零件的最后打算，如今奇迹出现了！他自鸣得意地在心里说："青出于蓝而胜于蓝呀！"

老钟表将修复的手表，用校验器校时，准确无误，便兴奋地打电话给眼镜先生。眼镜先生开着车来了，他把修复的手表接在手里，心里在想，请有经验的师傅修复这块表，最快也需要一个星期时间，现在只用了三天居然修好了？他夸赞老钟表："不愧是高手，说明我没看走眼啊！"

你知道眼镜先生是什么人？他可是一家名牌钟表店经理。开钟表店，除了销售手表，其中修理手表是赚钱的重要来源，而修表全靠修理师傅的支撑。如今他店里有经验的坐堂师傅退休离店，另立门户开店去了。堂堂名牌店,没有坐堂师傅怎么行?眼镜先生打听到这条小街上的钟表店,店里有个经验老到的老钟表,修表技术呱呱叫。但是,耳听是虚眼见为实,他的所谓慕名而来,实质是来考察——摸摸老钟表的底牌。

现在底牌清楚了,便开口要高薪聘请老钟表,去他的店里当坐堂师傅!何谓坐堂师傅?老钟表清楚,这是客户进门修表的第一关——接待人。接待人要验看修的是什么表,判断其损坏程度,估计要多少修理费,然后再分配落实修理师傅……

老钟表摇摇手说:"我上年纪了,眼花手笨,当不起这个重任了!"眼镜先生只好实话实说:"请你修的这块表,游丝是我成心弄乱的,既然你能修好这块表,说明你的技术足够有余,就不要推辞了!"

"这块表不是我修好的!"急得老钟表也只好实话实说,"这是出自我的徒弟——王奇之手啊!"原来另有高人?眼镜先生闻讯,急于要见一见这位高人!老钟表发了个手机短信,王奇来了。

眼镜先生一见王奇,相貌堂堂,形象不差,是个理想的坐堂师傅。他握住了王奇的手,要聘请王奇去当名牌店的坐堂师傅。

王奇懵里懵懂不知所措,两眼瞅着老钟表。老钟表喜形于色地点点头说:"你就业的机会来了,去吧!"

就这样,王奇进了名牌店,当了坐堂师傅。左邻右舍闻讯都来祝贺王奇,有人诙谐地说,这是黑猫白猫帮了王奇的忙!王奇暗忖:这是猫叨手表,歪打正着!

(何沛忠)

抢新闻

　　这天,见习记者黎斌接到一个爆料电话,说有一个叫马老九的人,家里养了一条奇特的狗。这条狗叫阿黄,是条土生土长的笨狗。它有一样怪异的本事:不论什么人,只要拿着刀子之类的凶器靠近它,它就立即双眼翻白,四肢抽搐,一下子"昏死"过去。过上半天,它又会苏醒,照样活蹦乱跳。爆料人还给黎斌发来了一段视频,看到视频里阿黄那惟妙惟肖的"装死"表演,黎斌不禁眼前一亮,赶紧记下了马老九的地址。

　　就在这时,黎斌感觉身后有动静,回头一瞧,原来是个叫吴海的同事。吴海和黎斌都是见习记者,当初进报社时,社长告诉他们,两人中只有一个能被聘用。为了饭碗,两人表面上客客气气,暗地里却较上了劲。

　　眼看实习期快到了,黎斌正发愁有啥法子再做个精彩报道,为自己留下加码,没想到天随人愿。他赶紧把马老九的地址揣进口袋,带上相机、采访袋,急匆匆往外跑。谁知没走多远,黎斌就觉得有点不对头,他假装系鞋带,蹲下身子往后一瞧,发现吴海正鬼鬼祟祟地跟着自己。

　　黎斌心里一沉,暗想不好,刚才自己接爆料电话时,一定被吴海偷听到了,绝不能让到嘴的肥肉被夺走!这时,路边恰好有一辆出租车开过,黎斌立即拦下,钻进车内对司机喊:"快开车!"车子开出不远,黎斌就从后视镜里看到,吴海也钻进了一辆出租车。

司机问黎斌要去哪里,黎斌咬牙说:"你别问,只管加大油门开!""好嘞!"司机一踩油门,车子一路飞驰。不料,黎斌的车子快,吴海的车子也快,他的车慢,吴海的车也慢,就像一帖狗皮膏药,牢牢粘在他车后。

黎斌气得发抖,思忖半晌,计上心头。他对司机说,自己是一名记者,为做报道,卧底进了毒贩的匪巢,然后一指车后:"你瞧后面,那辆车上是一个跟踪我的毒贩。司机师傅,拜托你了,一定要想办法甩掉他。"

司机是个热心肠,黎斌的话听得他热血沸腾:"记者同志,你放心。"说罢加大油门,转大街穿小巷,不一会儿,后面就没了吴海的影子。黎斌心里得意,这才告诉司机马老九的地址。到达之后,黎斌刚下车,就听身后一声刹车,只见吴海满头大汗地钻出车子,冲他得意地一笑。

黎斌顿时瞠目结舌,忍不住问吴海,他是怎么跟来的。吴海小声说:"我告诉司机,我是警察,前面车上是个通缉犯,司机使出吃奶的劲,好容易才追上你们。"

黎斌差点气晕,他指着吴海的鼻子说:"马老九这条新闻,是我接的爆料,你甭想染指。"吴海不服:"凭什么?人家爆料给报社,又不是给你一个人。"两人正吵得不可开交,马家的院门开了,一个十五六岁的小姑娘伸出头问:"你们是干什么的?"

两人忙亮出名片,说找马老九。小姑娘是马老九的女儿,她告诉两人,她父亲这几天出门了,不在家。黎斌忙问:"那他什么时候回来?"小姑娘说:"说不准,就这几天吧。"

黎斌又问,她家是不是有条能装死的狗。小姑娘说:"有倒是有,不过阿黄是我爸的宝贝,他不在家,我不能给你们看。"

看来，只有等马老九回家了。

黎斌知道，吴海是不会放过这个机会的，于是第二天他起了个大早，天没亮就赶到了马家。谁知刚到门口，就见门外蹲着个人，仔细一瞧，不是吴海是谁？黎斌又惊又怒，幸好今天马老九没回来，不然这报道就被抢走了。

两人在马家大门口等了一天，直到天黑黎斌才离开。晚上，黎斌睡不着，凌晨四点他就爬了起来，赶到马家一看：天哪，吴海还是比自己快了一步。黎斌忍不住问："你小子是不是属夜猫子的，晚上不睡觉啊？"吴海一指地上的铺盖，原来他压根没回家。黎斌气得直翻白眼，一不做二不休，自己也弄了铺盖。两人一边一个，就像门神，睡在了马家门口。

第二天，两人继续守着，彼此像斗鸡似的，我瞅你不顺眼，你瞧我恶心。正僵持着，突然，一辆车停在门口，马老九终于回来了。两人立即上前，恳请马老九让自己独家报道那条叫阿黄的狗。

这下马老九犯难了，他说："你们合作报道，不行吗？"

两人头摇得像拨浪鼓："那可不行。"见马老九一脸为难，黎斌脑筋一转，问马老九，听他的口音，他的老家是不是清河？马老九说："是呀，我父亲在清河插过队。"黎斌就说："太巧了，我老家也是清河呢。"

旁边的吴海一听不对，黎斌这是在打老乡牌啊，于是他也问，马老九的父亲在哪里工作，马老九说父亲退休前在红星毛巾厂上班。吴海忙笑道："巧了，我二叔也在红星毛巾厂，说起来，我应该尊称您大哥呢。"

黎斌见状急了，他咬咬牙，从口袋里掏出五百块钱，塞给马老九，说："您是半个清河人，我也是清河人，咱们是老乡。老乡见老乡，两眼泪汪汪，这点小意思，您一定收下。"

吴海也急了，他没带钱，情急之下，就拿出自己新买的手机说：

"我二叔和您父亲在一个厂里吃过饭，工友情，不可忘，这手机算是见面礼吧。"说着就把手机往马老九手里塞。

黎斌一看恼了，推了吴海一把："你小子是不是成心跟我较劲？"吴海也推他一把："八仙过海，各显神通，你管得着我吗！"两人你来我去，忍不住推搡起来，接着厮打在一块。

"住手！"只听一声暴喝，马老九把两人分开。看着鼻青脸肿的两人，他不禁摇头："你们呀！看来，今天我要给你们上一课了。"

马老九把两人叫进院子，然后吹了声口哨，一条黄毛瘦狗奔了过来。这就是传说中的阿黄？黎斌和吴海一阵激动，忙跑上前去，可瞅了半天，这就是条普通的土狗，没啥特别之处。黎斌就问："听说只要有人拿刀子靠近阿黄，它就会立即晕倒装死，是不是真的？"

马老九笑着说："耳听为虚，你可以现场试验嘛。"

对呀！黎斌立即找来一把刀，慢慢走近阿黄。怪了！阿黄见了刀子，不但没像传言里那样，四肢抽搐，倒地昏死，反倒摇着尾巴，朝他叫两声，还伸出舌头舔了舔他的手背。黎斌差点气昏，难道那个爆料电话是假的？他和吴海都觉得上当了。

正在两人垂头丧气时，马老九却说："告诉你们，要看阿黄装死，有窍门！"说着，他提来一个鸡笼，里面有只花尾巴大公鸡。马老九把公鸡放出来，对黎斌说："你再拿把刀子试试。"黎斌不知道马老九什么意思，满心疑惑地拿出刀子，朝阿黄走去。

就在这时，怪事出现了！只见那只花尾巴公鸡突然仰首，"喔喔喔"怪叫了几声。听到鸡叫，阿黄先是一愣，随即四肢颤抖，浑身抽搐，双眼一翻，竟然"扑通"一下，真的倒地昏死过去。过了大约十分钟，阿黄才慢慢苏醒，又爬起来活蹦乱跳。

黎斌和吴海都瞪大眼看不懂了，难道阿黄怕公鸡叫？马老九哈哈一笑说："我养的这只公鸡叫花花，只要花花一叫，阿黄就装死。这倒不是因为阿黄怕公鸡叫，而是因为阿黄和花花是生死之交，花花怪叫,是为了救阿黄啊!"

　　马老九告诉两人,他以前是杀狗的,买来的狗都关在一个大笼子里,客人想吃哪条,就到笼子前现点,他就牵出来当场宰杀。那年,马老九买了几条肉狗,其中有条才一个月大的狗仔,他嫌狗太小,就没放进狗笼,而是随手丢在了鸡笼里。狗仔就是阿黄,鸡笼里是那只叫花花的公鸡。阿黄当时还小,十分依赖花花,平时同食同卧,亲如同类,竟然成了好朋友。阿黄长大后,别的狗欺负花花,阿黄就保护花花。

　　这天,又有客人来点狗,有个客人就走到了阿黄面前。花花以前见多了杀狗的场面,似乎知道接下来会发生什么,它突然奔到笼子前,对着阿黄怪叫两声,阿黄好像听懂了花花的"警报",竟躺在笼子里装死。客人喜欢吃鲜活的狗,一见阿黄半死不活的模样,就没看上。从此以后,只要花花一叫,阿黄就装死,就这样躲过了无数次被斩之灾……

　　"阿黄和花花的秘密被我知道了,我敬重它们的友谊,就把它们留下,养了好几年了。"马老九看着两人,意味深长地说:"都说现在职场如战场,同事如仇敌,可我觉得,人与人之间除了竞争,还有非常宝贵的东西,那就是友情。鸡狗都懂得互相帮助,人为啥不懂呢?"

　　黎斌和吴海听罢面面相觑,都低下了头。

(于　强)

像男子汉一样活着

19岁那年的除夕之夜，家家都在享受团圆之乐，我却独自一人踏上了远去的列车。车上人满为患，坐在靠窗的座位上，好久好久，我的心都难以平静下来。

突然，不知从哪发出一阵惊天动地的鼾声，我吓了一跳，发现声音是从对面座位发出来的。看样子，打鼾的是个民工，我忍不住咳嗽了几声。那位民工猛地睁开眼，打量了我一下，开口道："同学，请问现在几点了？"说话字正腔圆，态度谦和。

我的好奇心一下子给吊起来了，同他聊了起来。

没想到他竟然是个在校大学生！攀谈中得知，他是个山里人，家境不好，所以常去建筑工地打夜工。他有个妹妹，年纪跟我差不多大，平时上学要翻十几里山路，双脚经常磨起血泡，可妹妹成绩非常好，他打工挣的钱除了自己用，都攒着给妹妹将来上大学。

他语气平淡从容，仿佛在讲别人的故事。他问我："弟弟，你在上高中吧？"他把我认作弟弟了。

我点点头："高三。"

"是吗？"他沉吟了一下，"那过几个月就要高考了，弟弟准备得怎么样了？"

我脸红了，我不敢告诉他，我迷上了上网、泡吧、K歌，学业早已一塌糊涂。就在今天下午,还与父母大吵一架,然后偷了家里的一千块钱愤然离家……

为了掩饰内心的不安,我推说要去洗手间。

可很快我就后悔了,过道里人山人海,每走一步都难如登天。我被夹在了半路当中,进不得退也不得,眼泪都快掉下来了。突然,一只有力的大手轻轻拍了拍我的肩膀,与此同时,一个熟悉的声音响起来:"弟弟,你跟我来!"

他在前面开路,我注意到,他走路时一瘸一拐的,似乎腿上有伤,虽然在努力掩饰,可脸上还是渗出了豆大的汗珠。

上完厕所,他又带着我一路披荆斩棘回到座位上。刚一坐下,他就取出一条毛巾不停地擦汗。我不说话,只是一个劲盯着他的腿,左大腿部位明显是有夹板之类的东西。他也发现我在注视着他,于是轻描淡写地说:"干活的时候砸着了。"我说:"你应该躺在医院里。"他笑了笑说:"没事,家里只有个妹妹,所以过年得回去。我要活得像个男子汉,给妹妹树个榜样!"

我忍不住哭了。他慌了,叫我别哭。又聊了一会儿,倦意袭来,我趴在座位中间的小桌上睡着了。醒来后,天已大亮,再看看对面座位,不知什么时候他已经下了车。这时,我发现双臂下面压着一张纸。我拿起纸,只见上面用工整的小楷写着两行字:弟弟,回家吧,像男子汉一样活着!

我小心翼翼地把纸条收了起来,放在贴身的衣袋里。接下来,我在最近的一站下了车,然后买了返程票回到了家,推了推门,门虚掩着,看到焦急疲惫的父母,那一刻,我终于忍不住失声痛哭……

现在,我已经研究生毕业,有了一份人人羡慕的工作,但我一直珍藏着那张泛黄的纸条。每次看到它,我面前总是浮现出一张坚毅的面庞,心头总是泛起一阵阵温暖……

(石 兵)

母鸡为啥下谎蛋

金泽宇是一个文人,原本在一家乡镇小报社里任职。年初,他从报社辞职,打算到大城市的出版社施展才华。可是,现在的出版社都要看文凭,金泽宇不是科班出身,他的知识全是自学的,每次去出版社应聘,金泽宇的心窝里就像揣着一只惊兔。他手上只有一张简历,上面写着:"我没有您希望的学历,但我有您希望的经验。"除了这个,他什么文凭也拿不出来,于是眼睁睁地看着自己的简历被扔在一边。

这天,金泽宇漫无目的地在大街上走着,一个盯他多时的年轻人神神秘秘地接近他,压低声音说:"哥们儿,要不要办证?"

金泽宇笑道:"暂住证?早办了。"

那人左右瞄了瞄,说:"是毕业证。看出来了,哥们儿是外地人,进城发财还没找好门路。看您的表情,一定是没来得及考研、读博,却赶上了文凭时代。不过不要紧,我能为您解决燃眉之急。"

"你能为我办一张文凭?"金泽宇来了兴致,"职称呢,你能不能为我搞一张?"

那人得意地说:"这些都是本人的业务范围,不真不要钱。"

金泽宇的眼睛"刷"地一亮。他做了一本硕士学位证书,几乎可以乱真。

之后，金泽宇挑了一个待遇高的金梦出版社去应聘。出版社正在招聘资深编辑一名，金泽宇昂首挺胸地敲门进去了，把证书往桌子上一拍，发出一声脆响，人事部经理的眼睛随即放起光来，再看看简历，马上就打破常规地说："我们等候多时了，就是你了。"

金泽宇进了金梦出版社，如鱼得水，似鸟冲天。三个月的试用期里，他已经硕果累累，总编对他赞不绝口。

然而，公司人事部很快就查出他的文凭是假冒的。总编闻讯大惊失色，立即和人事部经理一起商讨处理意见。两人一合计，认为金泽宇提供假文凭与不法商人制假贩假一样，属道德败坏，这种人纵然有天大的本事也不能用。于是总编把金泽宇叫进办公室，准备让他卷铺盖滚蛋。

金泽宇却乐呵呵地进来了，若无其事地说："总编，我正好要向您汇报呢。我新策划了一个中长期的图书编撰项目，迎合市场，肯定大有卖点。"

总编冷笑一声，说："怎么，你还打算继续蒙混下去呀？"

金泽宇很有底气地说："看您说的。像我这样出活儿的人，除非我自己辞职，您还能撵我走不成？"

总编不和他废话，单刀直入地问："你的文凭是从哪里来的？"

金泽宇回答道："是买来的。"

总编对金泽宇的直言不讳感到意外，他和人事部经理对视了一眼，说："你应该知道，我们一向反对弄虚作假的员工……"

金泽宇不慌不忙地说："可这是您让我买的呀！"

"是我让你买的？"总编搞糊涂了。

金泽宇解释道："确切地说，是您逼我买的，正像母鸡被逼得下谎蛋一样。"

总编有些不解，金泽宇便跟他讲了一个"母鸡下谎蛋"的故事——

有一只母鸡成年了,长了一肚子卵,一看就是下蛋的好坯子。如果好好进补一下,很快就会给主人创造财富。可是,它的主人却是一个目光短浅的家伙,只给正在下蛋的母鸡喂饲料,而对没下蛋的母鸡则不闻不问,让它们自生自灭。所以,这只母鸡的营养老是跟不上。

母鸡想:不行啊!照这样下去,自己的蛋卵就会被身体吸收掉,下蛋那是遥遥无期的事,很有可能,自己将会成为一只永远下不了蛋的母鸡!

母鸡非常着急,眼看别的母鸡一个劲地"咯哒咯哒"叫着,产下了蛋,得到美餐。它灵机一动,也"咯哒咯哒"地叫起来。主人一听,非常高兴,以为它也开始下蛋了,立即送来了营养丰富的好饲料……各种营养进入它的五脏六腑后,母鸡很快就发育成熟,肚子里的蛋卵一个接一个地长大,并被顺利地产了下来。

但是,谎言很快被戳穿了。到了月底,主人发现这只母鸡下的蛋很少,与它叫唤的次数相去甚远,他认定母鸡下了谎蛋。

主人气愤地骂道:"这个骗子!如果不看在你正在下蛋的份上,我立即杀了你!"

没想到这时母鸡也开口了,说:"主人,这还不是给您逼的!"

金泽宇接着说:"总编,我就是那只曾经下过谎蛋,现在正在产蛋的母鸡。您肯定不会把正在产蛋的母鸡杀掉吧?"

听了金泽宇的话,总编板着面孔,忍了又忍,还是忍不住"哈哈"大笑,说:"好你个金泽宇!真是巧舌如簧,能说会道。这么说来,你使用假文凭还是我的错咯?好!我今天可以放你一马,但是,你今后如果再下一次'谎蛋',我定杀不饶。"

"是,您就瞧好吧。"

从此,金泽宇越发勤勉自律,果然没下过一次谎蛋。

(金 波)

一件西服

明天面试

老大、老二、老三是大学同学，三人都是贫寒出身，也是铁哥们。毕业后，他们同租了一个小屋子，齐心协力一起找工作。无奈理想很丰满，现实很骨感，连续几个月了，哥仨笔试参加了不少，但一到面试，就败下阵来。

这天，老大在接受了第N次失败后，若有所思地说："我说二位，你们有没有发现，我们总是一到面试就失败了，或许不是因为我们还不够优秀，而是我们衣着太寒酸了，给面试官的第一印象不好……所以，我郑重建议——我们仨合资买一套西服，作为面试专用服吧，反正咱兄弟三人身材差不多。"

老二一听点头称是，老三一向足智多谋，他提出了异议："好是好，可万一咱们仨同一天面试，西服给谁穿？"

老大显然早就考虑过这事了，胸有成竹地说："如果面试时间能错开，就让先面试的穿；如果时间错不开，那就只好抓扑克比点子，谁点子大谁穿。"

老三这回同意了，说："这很公平。"

就这样，西服很快买回来了，花了一千多，简直是天价啊！弟兄仨长这么大也没穿过这么贵的衣服，一时间爱护得如同眼珠子一样。

不久，真的被老三说中，意外来了。这天，弟兄仨一起接到了面试通知，万幸的是面试的时间不同。于是，就出现了这样的情景：当老大穿着西服进去面试时，另两人在外面焦急地等着，老大一出来就和老二直扑洗手间，火速交换衣裤，然后老二和老三直奔下一家公司，老三还等着西服哩。

可是，时间一天天过去了，西服并没有给三人带来好运气，而哥仨的腰包已快要见底了。

一天晚上，老大正躺在床上看着天花板发呆，老三在一旁玩手机。这时，老二回来了，一进门就急吼吼地嚷道："我说老大、老三，告诉你们一个天大的好消息，阳光公司要我明天下午去面试，乖乖，是阳光公司呀！"

阳光公司是本市一家大名鼎鼎的集团公司，其实力之雄厚、薪水之可观、前景之广阔，一向令人羡慕，难怪老二如此兴奋。

老三听了扶扶眼镜，平静地说："是吗？太巧了，我也接到了阳光公司的面试通知，也是明天下午。听说这次阳光公司招聘名额不多，所以老二呀，今天我们是朋友，明天可就是竞争对手了。"

老二听了先是一愣，随即满不在乎地说："这有什么嘛，愿赌服输呗，再说谁成功都是喜事一件，我们永远是哥们，是不是？"

老三没有接腔，而是用力拍拍老二的肩膀。正说着，老大闷闷地来了一句："明天我到一家小公司面试，希望你们成功。"

老大遭劫

第二天，老大是上午面试，而老二、老三是下午，时间有的是，所以用不着在洗手间轮流交换衣服。中午时分，老二、老三一切都准备好了，可谓万事俱备，只差西服了。

可眼看面试时间快要到了，老大还没回来。两人等啊等，眼里直冒火星，时间一分一秒过去了，突然，"吱呀"一声门响，老大回来了,这一看可不要紧,兄弟俩的魂都吓没了:只见老大头发凌乱、嘴角带血,而那件宝贝西服竟被撕成一片一片的,完全毁了!

老二失声尖叫起来:"这是怎么了?受伤没有?"

老大颓然坐下,捂着脸说道:"我都没脸回来见你们了,路上遇上了贼,当时那家伙抢了别人一个包,迎面朝我跑来,我哪能做缩头乌龟,就跟他打,结果包是抢下了,我也变成这样了。兄弟,西服坏了,我对不起你们……"

老三连连摆手,连声说"不要紧",毕竟只是衣服坏了,人无大碍。就这样,老二、老三哥俩穿着破旧寒酸的夹克衫,去应试了。

两人的面试再次失败,他俩实际上连公司大门都没让进,保安横眉竖眼的。因为阳光公司一向注重员工的仪表,明文规定:不着正装者不得入内。

两人垂头丧气地回到了出租屋,却发现老大不在家,桌上有一张小纸条,是他留的,说那家小公司录用他了,公司有宿舍,并要他火速上班,所以就走了。

时光飞逝,渐渐的,老二、老三真的撑不下去了,因为兜里实在掏不出一分钱了,就在兄弟俩走投无路之时,喜从天降:他们竟收到了一笔数额不小的汇款!

汇款单上没有署名,老三拿着汇款单翻来覆去地看。老二一把抢过来,乐呵呵地说:"看什么看嘛,管他是谁汇的,先饱饱吃上一顿再说。你看看我,眼睛都饿得发绿了,看到泡面只想吐。这回啊,无论如何也要奢侈一把,到小饭馆狠狠点上两个大菜……对了,得叫上老大,哥仨有多久没有一块喝酒了?"

兄弟三人在一家小饭馆内隆重地会面了。一段时间不见,老大明显瘦了一大圈,他笑着说:"你们哪来的钱请客?我拿工资了,这客就让我来请吧。对了,我这还有点钱,你们拿去买一件西服,面试容易些……"

老大说着，突然哽咽起来。老三见状忙说："我们有钱了，也不知是谁寄来的，不瞒你说，我们真的穷急了，连脸都不要了，也不问钱是哪来的，先花了再说，等以后搞清了再报答人家不迟……"

这顿酒，兄弟三人都醉了，尤其是老大，醉了吐，吐了哭，最后跌跌撞撞地回了家。

谁是小人

老天不负苦心人，有了这笔钱的支撑，不久，老二、老三也分别找到了还算满意的工作。大家都忙碌起来，兄弟仨聚在一起的机会越来越少。

这天中午，老二下班回家，一进门，就满腔怒火地朝老三嚷嚷着："骗子、小人、伪君子！"

老三吓了一大跳，忙问："你骂谁啊？我怎么你了？"

老二还是不能自制，咬牙切齿地大骂着："我不是骂你，我是骂老大！告诉你，今天我到阳光公司办业务，结果你猜我看到谁了？老大！他就在阳光公司任职，听说目前还混得不错！"

老三一听，脸色变了，眼睛一下子瞪得溜圆，浑身都颤抖起来。老二继续说着事情的经过：老大一见老二，霎时脸色就变了，还偷偷地溜了。老二当时就多了一个心眼，悄悄问旁人，最后终于得知了事情的全部真相——那天，老大也接到了阳光公司的面试通知，只不过他是上午面试。他为了阻止老二、老三跟他竞争，竟然故意撕坏了西服……

"够了！"老三忽然大叫一声，只见他一脸的痛苦，声音沉重，缓缓地说，"其实我早就猜到了，因为老大的话里破绽太多了，一是太巧，二是男人之间打架不会光撕衣服。更重要的是，这世上，除了老大，还能有谁知道我们寄住在这样一个又小又破的蜗居里？"

老二吃惊地听着，问道："你既然知道，为什么不早告诉我？"

老三摇了摇头，叹了口气，说："说心里话，我早就原谅他了。比起我们，老大家里更穷，他上大学家里借了好多钱，他更需要这份工作。老大那么瘦，还从牙缝里省钱寄给我们，就是因为心里难受……"说到这里，老三像是突然想起了什么，嘀咕了一声"不好"，随即跳起身，往外就冲，老二随即跟了上去。

可是，两人还是迟了一步，他们奔到阳光公司时，却被告知：就在今天，老大辞职了，不明原因，不知去向。

老大手机也关了，就像一滴水蒸发一样消失得无影无踪。好在老大还留下了一个包裹，兄弟俩颤抖着手打开一看，是件西服——那件记录着他们希望、体温、笑声和泪影的西服。

西服破损的地方早就精心补好了，上面还别着一张纸条，写的是——

老二、老三：

　　事实还是被你们看穿了。其实，在阳光公司工作的每一天，我都觉得是煎熬。那天你俩穿着破旧、寒酸的夹克衫跑去面试的背影，我一辈子也忘不了。

　　今天，我终于做了一件对的事：离开这里。我要凭自己的真本事，不信闯不出一片天地来！

　　兄弟们，衣服破了能够补好，感情伤了，还能补吗？

　　　　　　　　　　　　　　　　　　　　老大

老二、老三捏着那张纸，湿了眼眶，久久沉默……

　　　　　　　　　　　　　　　　　　（梅　冰）

善意如水,莹润心灵

美丽的骗局

有个年轻人毕业后,去外企应聘翻译。面试前,他紧张不已。这时,他的大学英语老师突然赶来,并带给他一封信,说是校长写的推荐信,只要面试前交给主考官,就会优先考虑录用他。

年轻人接过信后,镇定了很多。轮到他面试时,他把信递给主考官。主考官拆开看完后,脸上露出了笑容。年轻人彻底放松下来,之后他轻松应对面试,表达自如,发挥超常。

不久,年轻人就收到了录用通知。他高兴地找到英语老师,想宴请老师和校长。不料,老师微微一笑,说:"其实,校长不认识主考官,那封信也不是推荐信,只是用英语写了一句'愿我的表现令您的工作有所收获'。"

原来,年轻人英语很好,但心理素质差,当众发言就会紧张怯场。面试前,这位老师灵机一动,交给了他这封"推荐信"……

从此,年轻人克服了心理障碍,当众翻译,大方自如。工作越做越出色,最后成为总裁专职翻译。

这是一个充满智慧的美丽骗局。老师用自己的智慧,帮助学生找到了藏在他身上的自信。

(许靖然)

受伤的南瓜

周国海有一对双胞胎儿子,哥哥叫大明,弟弟叫小明。两人今年读初三,成绩都很好。

可周国海不光要抚养两个儿子,还要照顾长年躺在病床上的妻子,就是送一个儿子上高中和大学都吃力,同时送两个,他连想都不敢想。没办法,周国海准备让一个儿子休学。

让哪个儿子休学呢?周国海是种地的,他觉得培养儿子就像种瓜种豆一样,应该留壮苗,舍弱苗,才有好收成。大明从小有一条腿残疾,怎么培养,恐怕也成不了顶梁柱。周国海很想让他休学,可看着大明走路一瘸一拐的样子,好几次话到嘴边,都说不出来。

这天晚上,周国海又在为让哪个儿子休学的事难以入眠。病恹恹的妻子说:"你干脆让两个孩子种南瓜吧,谁种出的南瓜大,就让谁上高中。"

周国海觉得妻子的主意不错。第二天,他就给每个儿子一粒南瓜籽,让他们比赛种瓜:谁种出的南瓜大,将来就可以上高中,读大学;谁种出的南瓜小,那初中毕业后,就不要再上学了。

两个儿子都想上高中、读大学,拿到南瓜籽就立刻忙活起来。大明在屋后堆了一个土堆,小明在屋前也堆了一个土堆。几天后,两个土堆里都冒出了一棵南瓜苗。

周国海一有空就去看两个儿子种的南瓜,他希望小明的南瓜能压倒大明的南瓜。可不知怎的,大明的南瓜不但长得比小明的快,藤叶也长得比小明的粗壮。小明的南瓜刚结出一个花蕾,大明的南瓜已经开花了。照这样下去,周国海就要送大明读高中,让小明休学了。

周国海越想越不是滋味。有一天,他鬼使神差地抬起腿,在大明的南瓜上踩了一脚。这一脚踩得太重了,拇指粗的藤茎裂成几瓣,瓜苗歪在一边,就像大明那条残疾的腿。

傍晚,大明放学回来,照例到屋后去看南瓜,发现瓜藤都快被踩断了,不禁放声大哭起来。周国海闻声来到屋后,大明不知道南瓜是被父亲踩的,他扑到父亲怀里,哭得更伤心了。周国海愧疚地拍着儿子的肩膀,一个劲地安慰他。大明擦了一把眼泪,说:"爸,我一定要把那搞破坏的家伙查出来。"

第二天早上,大明居然不去上学,在房前屋后查找踪迹,时不时蹲下身子仔细辨认,活像一个小侦探。周国海生怕儿子查到自己头上,就催他快去上学。

过了几天,周国海发现,大明的南瓜被踩了一脚后,虽然没有死,但长势远远不如小明的南瓜了。周国海松了口气,此后再也不到屋后去看大明的南瓜了。

而小明一直精心照料屋前的那棵南瓜,周国海也偷偷帮他浇水施肥。可不知怎的,小明的南瓜虽然越长越茂盛,但结出的瓜总是长到拳头那么大就烂掉了,直到藤叶转黄时,才好不容易结成一个小南瓜。

这时候,大明和小明已经初中毕业,双双考上了高中。按照当初的约定,谁种出的南瓜大,谁才能上高中。

小明小心翼翼地把那个小南瓜摘下来,让父亲过秤。周国海边称南瓜边说:"大明,快过来看看,你弟弟的南瓜刚好8斤重。"

大明无精打采地说:"不用看了,你说多重就多重。"

周国海放下秤,问大明的南瓜呢,叫他也拿来称一称。大明说:"我的瓜藤被踩成那样,能活下来就不错了,哪有什么南瓜?"

过了个暑假，小明就到县城读高中去了，大明则跟着父亲下地干活。周国海发现，大明干完活后，还常常跑到屋后去看他的南瓜。周国海莫名其妙地问："你那棵南瓜又没有结瓜，有什么好看的？"

大明不冷不热地回答："我就看看。"

还是女人细心。一天晚上，大明的母亲跟丈夫说："大明肯定有什么心事，可别憋出什么病来。明天你悄悄跟他到屋后去看看吧。"

第二天一早，周国海见大明又一瘸一拐地向屋后走去，便悄悄地跟着儿子来到屋后。一看，顿时傻眼了：那棵被踩伤的南瓜，竟然顽强地长出细细长长的瓜藤，在草丛中稀稀拉拉地绕来绕去。大明一猫腰，就钻到草丛里去了。

周国海也跟着钻了进去。一进去，他就惊呆了，草丛里竟藏着一个巨大的南瓜，最少有60斤重。大明坐在地上，手里拿着小刀，正全神贯注地在南瓜上刻着什么。

周国海吃惊地问："大明，你种出这么大的南瓜，为什么不跟爸爸说？"

大明这才发现父亲跟进来，他边在南瓜上刻字边说："爸爸，我知道你不想让我读高中，所以懒得让你知道这个大南瓜。"

周国海不好意思地问："你怎么知道我不想让你读高中？"

大明轻轻地说："你……踩了我的南瓜。"

周国海的脸一下子热辣辣的，他低下头，底气不足地否认："你别乱猜。"

大明已经刻好字了，他收起小刀说："不是猜，是你留下的鞋印让我知道的。"

周国海尴尬极了，平生第一次感到没脸面对儿子。他没话找话地问："你在南瓜上刻什么？"

大明淡淡地说："你自己过来看吧。"

61

周国海弯下腰,拨开杂草走过去,在儿子身边蹲下。他往南瓜上只看了一眼,泪水就夺眶而出,大明在南瓜上刻的是:我的大学!

大明第一次看见父亲流泪,他惶恐地说:"爸爸,你别哭,我知道家里困难,弟弟比我更合适读书。我不会为难你的,我只是……只是心里有点难受。"

周国海一把将大明抱在怀里,哽咽着说:"好孩子,爸爸一定送你读高中,上大学。"

两天后,周国海千方百计为大明借到了学费,亲自送他到县城读高中。

注册的时候,周国海特意向一位生物老师请教:为什么小明种的南瓜,下的肥料那么足,藤叶长得那么茂盛,却只结出一个小南瓜,反倒是大明那棵受伤的瓜藤,结出了一个大南瓜?

生物老师风趣地说,种植南瓜,不但要有充足的肥料和水分,还要适当压制藤叶的生长,才能结出大南瓜。周国海当时踩的那一脚,歪打正着,恰好起到压制藤叶生长的作用。南瓜和人一样,娇生惯养是成不了大器的,吃点苦,受点挫折,反而容易成才。

听了老师的话,周国海相信,大明总有一天会成为顶梁柱的。

(杨汉光)

失　职

这年秋天,我跟着坚叔到县城一家超市去应聘保安,他在那里已经干了十几年保安了。老板看起来人不错,当场就录用了我。我心里不由得下定决心要好好干。

第二天,我提前来到超市,大门都还没有开。等了一会儿,老板来了,他对我的表现很满意,亲热地拍了一下我的肩膀,说:"你的工作很重要,超市的安全就靠你们了。还有,你要给我盯住那些不老实的客人,发现了就把他们揪出来,交给我处理。"

我连连点头,顿时有种摩拳擦掌的感觉。在超市干了不到一个月,我还真的抓到了三个偷东西的客人。每次,我都得到了老板的表扬和奖励。

这天,我像往常那样,穿着便服在超市内巡视。忽然,在奶粉货架前,一个挑选奶粉的女顾客引起了我的注意。

那是个十分纤瘦的年轻女人,穿着非常朴素的衣服,头发乱乱地挡住了半边脸,但还是可以看见她的脸色有点苍白,眉目间明显带着悲哀。凭着一个月来练就的敏锐眼光,我感觉这个女人很有问题,于是悄悄地躲在远处观察她。

只见她低垂着脑袋,手里拿着一小袋奶粉,似乎在犹豫,但眼光却在四处偷瞄。终于,她做出了决定,把奶粉偷偷塞进了衣服里面,然后从奶粉架前离开了。

　　我忽然间有种失望的感觉,不知为什么,我真希望她把奶粉放回架上去。我快步来到出口处,等着女人出来,心里仍盼着她会把奶粉拿出来结账。

　　几分钟后,女人开始排队结账了,可她手里只拿着一小袋米。轮到她时,我的心莫名地跳得厉害,真不愿看到这一幕。

　　事情还是发生了,女人没有把衣服内的奶粉拿出来。她买了两斤米,是那种最便宜的。

　　女人拿着小票走向出口,我突然间不知该如何做,只冲女人说道:"你……"

　　女人哆嗦着把手中的票递给我,一脸的惊恐。鬼使神差似的,我没有再说什么,下意识地接过票看了一眼,又递回给她。

　　女人飞快地消失在超市门口。愣了几秒钟后,我跟坚叔匆匆打了个招呼,掉头追到了街上。女人的背影很好认,我很快就发现了她,她走得很快,根本就没回头看一眼。

　　我远远地跟着女人走进了一条小巷子。这是一条破旧不堪的老巷子,居民大都已搬走,到处都写着醒目的"拆"字,十分冷清。

　　进了巷子后,女人走得更快了。忽然她好像听到了什么声音,应了一声,飞跑起来,钻进了一间低矮的小屋。

　　我走近一些,听到从屋里传出婴儿的哭声,还有一个女人的声音:"妈妈回来了……明明乖……妈妈买奶粉回来了……"女人一直在跟孩子说着话,说到后来,声音居然哽咽了。

　　我走到小屋门口,往里面看了一眼,只见那个女人坐在一张床上,抱着一个婴儿在哄,旁边放着她买的米和那袋偷来的奶粉。

　　看到这里,我立刻转身走出了小巷子。女人比我想象中更值得同情,这个发现让我心里平衡了不少。但不管怎么说,这也是失职,我心里十分不安,只盼望那个女人不要再来偷了。

然而才过了一个星期,我看见那个女人又走进了超市。我心想,那袋奶粉也应该喝完了。她在超市兜了一圈后,又停在奶粉架前,拿起了一小袋奶粉。那种奶粉是最便宜的,只要几十块钱。看得出来,她是有选择性地偷的。想必墙上的警示对她起了一定的作用,警示牌说明,被我们抓住,处以十倍的罚款,不服的送去派出所。

像上回那样,女人在犹豫一阵后,把奶粉塞进了她的衣服内。整个过程除了我无人发现,超市里也没有监视系统。

我回到门口站着。女人这次什么也没买,径直向门口走来。我还是无法做出决定,就这样犹豫地看着她走了出去,消失在超市门口。

我只能在心里默默地替自己的失职行为开脱:孩子要喝奶粉,不喝就会挨饿,可是她没有钱,所以只能偷。我能怎么办呢?履行职责,就会害那个孩子挨饿。

女人第三次来的时候,我已经不想再去监视她了。可过了一会儿,坚叔忽然悄悄来到我身边,低声说道:"注意那个女人,她在衣服里藏了一袋奶粉。"

顿时,我只觉脑袋"轰"的一声。坚叔继续说:"盯住她,等她过了结账台,就拦下她,带她进里面搜。"

我想了想,鼓起勇气把坚叔拉到一个角落,轻声说:"那个女人我见过,她以前偷过……"

坚叔十分吃惊,把声音压得更低了:"你傻了!你是保安,怎么能放她出去?"

"她太可怜了。"我涨红着脸辩解,"我真的狠不下心……"

坚叔叹了口气:"你可怜人家,谁可怜你?要不是你能在这里上班,你家早垮了!"

我心里一团乱,无言以对。坚叔又叹了口气:"还好只是我知道,要是老板晓得了,恐怕连我也得被炒了!"

我仍想替那女人求情:"要不,别理她了,也就几十块钱的东西……"

"那不行。"坚叔拍拍我的肩膀,坚定地说,"再穷也不能偷东西!况且咱是保安,得履行自己的职责,对得起老板开给咱的这份工资。"

十分钟后,那个女人开始排队了,不过,奶粉却被她拿在手上,我顿时有种如释重负的感觉。坚叔冲我微微一笑,然后又轻叹一声:"我跟她说了,叫她结账。"

女人搜遍了身上所有的口袋,好不容易把钱凑齐了。坚叔看着女人走远,感叹不已:"这个女人还真是可怜,她本来要买点米和面的,现在钱不够,就只能买奶粉了。"

我想了想,说:"你已经把事情挑明了,她下次再也不敢来偷了。只是她没钱买奶粉,那孩子怎么办?"

坚叔怔了一下,摇摇头说:"不知道。"

过了一个星期,那个女人果真再没出现。我心里一直觉得不安,最后做出了决定,去找老板辞职。老板见我要辞职,感到十分意外。

我向老板坦白了自己失职的事,并把那个女人家里的情况说了出来,最后告诉老板,要我抓这样的小偷,我真的办不到,所以只能选择辞职。那两袋奶粉钱,可以从我的工资里扣,我甚至可以接受处罚。

老板认真地听我说完,脸上居然露出了笑容。他并没有说处罚的事,而是问我:"你知道我为什么要你抓住偷东西的人,而且还要处罚他们吗?"

我怔了怔,回答说:"因为他们偷东西这种行为违反了道德法规,所以要处罚他们。"

老板点点头,又问:"那你知道小偷为什么偷东西吗?他们偷东西的实质是什么?"

我想了想,说:"因为他们想不劳而获,实质是损人利己。"

老板继续问我:"那我们大家对小偷的行为怎么看?"

我说:"厌恶、憎恨和谴责!"

老板点点头,微笑着问:"那个女人呢,她是想不劳而获和损人利己吗?"

我有些疑惑地望着老板,缓缓地摇头:"不是……"

"你厌恶、憎恨和谴责她吗?"

我越来越疑惑了:"没有……"我愣愣地想了一会儿,心中突然涌起一阵感动,激动地说,"我明白了,我知道该怎么做了!"

"等等!"老板把我喊住,说道,"你不知道该怎么做。等下次,你再见到那个女人,请把她带到我这里来,明白吗?"

几天后,那个女人惊恐不安地被我请进了老板的办公室。

再过一天,我们的超市里多了一名清洁工,她有一个其他员工都没有的特权,可以背着孩子在超市工作。

(张　标)

寻找周敏

这是发生在多年前的一个真实故事：

有个小伙子叫王捷，身体不好，再加上没有一份职业，所以日子过得非常糟糕，心情也相当灰暗。更多的时候，他只有坐在家中，翻看一些过期的杂志。也只有这些杂志肯做他的朋友，愿意自始至终陪伴他，给他一些慰藉与温情。

王捷想到过要拿起笔写下自己的很多故事，可是这个梦想早就破灭了。他一直认为，多年来拼命而毫无结果地写作是他人生中最大的失败，所以他克制着想要宣泄的欲望，只对自己倾诉。

有一天，王捷从杂志上读到了一则名为《一美元》的故事，这故事突然唤起了王捷记忆深处的一段真实经历，回味中好几次潸然泪下，于是王捷把这段经历写成了一篇文章，寄给了一家很有影响的杂志。以前无数次的投稿经历告诉他：别抱希望，赶快忘掉这事！

不知过了多少日子，突然有一天，邮递员送来一封信，王捷感到非常诧异，哪来的信呢？他已经好长时间没有收到过信了。信是那家很有影响的杂志社寄来的。掂着信，王捷就知道是退稿，不用何必退呢？以前太多太多的退稿已经使王捷对此失去了兴趣，他把信扔在了一边。

不知道过了多久之后的一天，弟弟把那信给拆开了，他欣喜若狂地告诉王捷:"还有编辑写的信呢!"接着他就读了起来——

  王先生:

    你好!来稿收悉。

    我本来还是蛮推荐你这篇文章的,二审也已顺利通过,无奈最后终审未过,也许是与本刊的风格有些许不合,所以只好十二万分抱歉地退稿给你,望见谅。你很有潜质,相信以后能读到你更多的佳作。望坚持,好吗?

    再见!祝一切都好!

周敏

  信虽然简短,但王捷将它捧在手中读了好几遍,当时的那份感动,令他终生难以忘怀。除了这封信外,这位叫周敏的编辑还随稿寄来了审稿单。从他的来信和审稿意见中可以看出,王捷的故事能够感动人!

  于是,王捷将这则故事又投了出去。不久,一家著名杂志刊登了出来,随之,好几家刊物又予以了转载。从此,王捷开始大量发表作品,被他保存着的编辑来信也不少,而唯独周敏寄来的退稿信,是他最难忘怀的一份感动,因为这封信,让王捷走出了心如死灰的困境。

  几年后,王捷成立了自己的文化公司。在招聘编辑时,一位衣着朴素的中年人来应聘。令人意想不到的是,这人竟然正是周敏!

  王捷兴奋地说:"我找你多少年了……"然后,他找出珍藏多年的那封退稿信,感激地说道:"我得感谢你,没有你这封信,也许我现在仍然在颓废中消磨时光……"

  没想到周敏说道:"其实你有所不知,我给你写这封信之前,因为杂志社人事调动,我已经接到被杂志社辞退的通知,当时我也心如死灰,但我仍然给你写下了这封信。我非常清楚,人在灰暗中最需要的是什么……"

(许申高)

不会设计的设计师

在济兴市,凡是认识王新民的人,都会夸这个人有头脑。不过,这只是最近一个月来人们对他的评价,在一个月之前,凡是认识他的人,都认为这小子没什么头脑,除了心眼儿好、为人热情,其他的真是一无是处。

怎么回事儿呢?这还得从两年前说起。

两年前的一天,王新民走进济兴市最大的一家装饰公司求职。凭着他的热情,经理很快就同意了,答应给他三个月的试用期。可谁也没想到,这个很有热心、很有热情的小伙子在业务上却是一塌糊涂。

有一次,公司组织了一场客户见面会,不过那天正好赶上下暴雨,来的客户不多,几十位设计师坐在空荡荡的大厅里,无所事事,只有王新民周围围了好几个客户,正聊得热火朝天。

别的设计师都很奇怪,王新民刚来公司就能接这么多单子,看来有两把刷子,就都跑过去看看他是怎么谈的。可到了跟前却发现,王新民虽然脸上笑容不断,但明显能看出来有点手忙脚乱,对客户提出的一些问题答非所问。

看见同事们都围了上来,王新民连忙站起来给客户介绍:"李先生,这位是我们公司的首席设计师,您的问题他可以给您解决。"说着,他把客户推向了首席设计师。

"陈老板,您提的设计要求我的水平还达不到,这位是我们公司的创意高手,相信一定能满足您的要求。"说着,他又把客户推向了创意高手。就这样,王新民把几位客户都转让给了公司的其他同事,无论是客户还是同事,都对他表示感谢。

活动结束后,经理开了一次会议,总结了这次活动的得失,最后又说:"这次活动我要重点表扬一个人,就是王新民。他用他的热情,吸引了客户,并留住了客户,更让人感动的是,他无私地把客户让给了其他同事,这是我从来没有见过的。"

经理顿了顿,又接着说:"但是,小王在业务上还不是很熟练,希望以后能加强一下学习,并希望大家也都能无私地帮助他,就跟他帮你们一样。"

大家顿时掌声一片,王新民不好意思地摆摆手,说:"请大家给我三个月的时间,我会尽力做好的。"

从那以后,王新民更加热情了,跟每一位同事都成了无话不谈的好朋友。不过在业务上,王新民仍然没有大的起色,连同事们都替他着急,可他好像并不在乎,每天仍然笑声不断,不管谁需要帮忙,他都会第一时间冲过去。

转眼试用期就到了,这天,经理把王新民叫进办公室,说:"小王,从私人的角度来说,我很喜欢跟你做朋友,但从公司的角度来说,你确实有点……"经理顿了顿,接着说,"我觉得你没必要非要做设计师不可,如果做外联的话,会非常成功。你如果有兴趣,我现在就可以跟你签合同。"

王新民低着头想了一会儿,果断地抬起头来,说:"非常感谢您,但我的志向不是做外联。我还是到别的公司去试试吧。"

等王新民出了门,首席设计师问他:"新民,为什么不留下来做外联呢?"

王新民说:"没办法,我就是想做设计师。跟客户的交流,可以让我更直接地了解他们的需求,这就是我的发展方向。"

首席设计师说:"好吧,那就不勉强你了。我有个朋友在新世纪装饰公司当主任,你要是想去,我可以给你介绍一下。"

王新民忙说:"那太感谢了,我还正想着去那家公司呢!"

闲话少说,王新民凭着他的热心和热情,先后赢得了全市八家最大的装饰公司的青睐,但等过了三个月试用期,这八家公司却对他下了同样的评语——"热情有余,能力不足"。

在其中一家公司,还有过这样一段小插曲:那是王新民供职的第七家公司,试用期眼看就要到头了,同事们都在替他担心,怕他会被公司辞退。有一天早上,王新民上班的路上遇到一位老太太在路边晕倒了,他想都没想,就把老太太送去了医院。老太太一直昏迷不醒,也不知道怎么联系她的家人,王新民只得自己陪在那里,一直陪了两天两夜。到了第三天,老太太终于醒了,这才知道,这位老太太竟然就是王新民公司老板的母亲。

同事们知道后,顿时欢呼雀跃,这下王新民肯定能留下来了!

确实,老板也说了,就算是白养着也要把王新民留下来,然后请全市最好的设计师帮王新民补课,一定要把他培养成为公司的核心成员!

可让人想不到的是,王新民竟然拒绝了,仍然热情地来到了第八家装饰公司,做着一个总也学不会设计的设计师。

就在大家都感慨这个人脑子不灵光的时候,突然收到了王新民的请柬,地点是一家很高档的大酒店,署名是"一个永远不会设计的设计师、一位永远热情的朋友——王新民"。

大家怀着疑惑的心情来到大酒店,八家公司的老朋友们一个都不少。

王新民穿一身笔挺的西装,仍然是满面的笑容,有些腼腆,但更多的是自信。他说:"很高兴大家都来,这么给我面子,相信在座的很多人都有这样的疑惑——从没见过像王新民这么笨、又一根筋的人。这小子到底想干什么?现在我就告诉大家,请服务员帮忙把我的名片分发一下,谢谢。"

服务员把名片分发给大家,只见上面写着:"远达装饰建材商场经理:王新民。"

这时,王新民说:"其实,两年前我就想开一家装饰建材商场,不过对这个行业不太了解,所以就想先通过装饰公司来了解一下。经过两年来的接触,我不只是了解了这个行业,更重要的是认识了这么多的朋友……如果用两年的时间专心致志地去做一件事,我觉得已经足够了。所谓两年一个人生,我觉得很值!"

有人说道:"这是我见过的最给力的创业经历,用两年的时间来做卧底,这份毅力太难得了!"

底下一片窃窃私语,继而爆发出雷鸣般的掌声……

(马少华)

千里追债

浩东大学毕业留在大城市工作好几年了,几年来他一直铭记着一件事:还李大爷的债!

浩东是个孤儿,是邻居李大爷资助他八万元钱读完高中、大学的。李大爷资助浩东有两个条件:一是浩东要读完大学,二是浩东毕业挣到钱后必须还钱,为此浩东还打了一张欠条。

浩东有了工作后,存折上慢慢攒够了八万元。他正要还债,谁知这时女友横插进一杠子,要他赶紧买房,还说得很坚决:"没有新房我是绝对不会嫁给你的!"无奈,浩东安慰自己说,反正李大爷有退休工资,也不急等着这钱用,这钱以后再还吧。这么一想,他便拿这钱交了新房的首付。

当浩东再次存够八万元的时候,他的心态又有了些微妙的变化。存下这八万元钱比起以前难多了,工作越来越辛苦,社会变得更复杂,没钱的日子从小到大过够了,太可怕了。思来想去,浩东一狠心做出一个决定:债再拖上一拖,李大爷孤身一人,要那么多钱干什么用?再说、再说……李大爷都七十多了,还能活多长时间?说不定一觉醒来人就没了,那时就用不着还债了。浩东这么狠心地想着,随即更换了手机号码,这样一来就不怕李大爷找自己了。

有一段时间,浩东到外地出差,回来得知,有个姓李的老大爷,这些天每天来公司找他，见左右等不到就走了，临走时还留下一封信。浩东吓了一跳，李大爷从千里之外找上门，肯定是来要钱的！

浩东提心吊胆地看完信，果然不错，李大爷正是要钱的，信内只有一句话："孩子，还记得那张欠条吗？"

李大爷以前经常这么叫他，现在这一声久违的"孩子"，差点激出了浩东的眼泪。可片刻工夫他又心硬起来：李大爷，钱来得太难，我真的不想还你了。

回过身浩东就辞了职，这样一来李大爷就彻底找不着自己了，反正这破工作也不值得留恋。

浩东辗转来到另一个城市，又找了一份新工作。可在夜深人静之时他却常常醒来，然后眼望天花板整宿整宿地睡不着觉：李大爷打我的老手机号码了吗？他到老单位找我了吗？他是不是真的急需钱用？对不起……

就在浩东无数次祈祷李大爷忘了这事时，意外出现了。一个偶然的机会，浩东在居所附近的电线杆上看到一则寻人启事，上面写着："浩东，我的孩子，你在哪里？你忘了那张欠条了吗？"

难道李大爷曾经在这地段见过自己？浩东越想越紧张，决定再换工作、搬家，这座城市这么大，人口这么多，不信李大爷就能找到自己。

这么着浩东就又伤筋动骨地辞工作、找工作、退房子、租房子，大费周折了一番，谁知还没安稳多长时间，李大爷又出现了。

这天晚上浩东正看着晚报，忽然一个激灵全身一抖，像是给钢针狠狠刺了一下，手中的茶杯"砰"的落了地。原来，浩东在晚报夹缝里看到一则寻人启事，写的是："浩东，我活不长了，你就不能见我一面吗？"

李大爷如此不惜钱财、大动干戈地寻找自己，看样子这钱他是非要不可了！浩东不停地喘气，终于想和李大爷来个正面交锋。

浩东按晚报上留下的号码拨通电话后,还没来得及改变自己的声音,就听电话那头是个陌生人声音。那人自我介绍说是律师,浩东大惊,李大爷这是要通过法律手段索债?

谁知律师淡淡地说了一句:"你是浩东吧?李大爷走了,刚刚走的。"

浩东听了张口结舌,大脑一片空白,原先想好的假话一句也说不出来,一时间不知道是悲伤、惭愧,还是庆幸,这时律师又说了:"李大爷临走时留下一封信,让我转交给你,你能告诉我你的地址吗?我好寄给你,要不,我当面交给你也成。"

浩东猛地回过神来,慌忙说:"我忙得很,不方便收信,这样好了,你就读给我听吧。"

电话那头,律师一下子听出了浩东的话里话,他从鼻子里哼了一声,说:"你放心好了,我根本不是引你出面要钱。李大爷已经不要那钱了,现在我就把信读给你听。"

律师低沉地读了起来:"浩东,我老了,离死不远了,可就是放心不下你。我是看着你长大的,你是个苦孩子,我喜欢你,也可怜你,所以当年资助你上学,到现在我还是不后悔。现在我千里迢迢地找你,确实是为了要钱,可也并不完全是为了要钱,我都要走的人了,要那么多钱干什么用呢?我只是告诉你一个做人的道理,那就是言而有信。孩子,你未来的道路还很长,一定不能昧着良心做人!"

信一字一句地读完了,律师最后意味深长地说:"浩东,告诉你一件事,李大爷确实不跟你要钱了,欠条他也当着我面烧了,可他还是留下一句遗言,就是希望你还债。他要我给你三天时间考虑,到时候你想好了还打这个电话。浩东,记着李大爷信里最后一句话,一定不能昧着良心做人啊!"

浩东手握话筒好半天没回过神来……而接下来的三天时间更是度日如年、寝食难安。李大爷的遗书如冬日阳光、涓涓细流,使他温暖如见亲人,有一种想痛哭的感觉。钱真的该还了,不能再拖了,再拖下去自个良心真的过不去啊!

谁知就在这时,未来的丈母娘出面了。她说,为了体面地让女儿出嫁,浩东必须拿出十万元!浩东一下子崩溃了,要知道房贷还月月压在肩头哩……

三天的时间到了,浩东走投无路,他一拨通律师的电话,就失态地叫道:"律师先生,我真的拿不出这笔钱,我没办法,我对不起李大爷……"

律师听了半晌无语,然后长长叹了口气,说:"你太辜负他老人家了!对了,李大爷还留了个遗嘱,他说如果三天后你还钱的话,钱你还是收回,并且,老家县城他名下估价四十万的房产也赠送给你;如果你不还钱的话,他将把房产赠送给县慈善协会,作为寒门学子的助学金。李大爷说他这辈子没有小孩,所以最喜欢小孩,最见不得孩子受苦,他永远不后悔对苦孩子的资助……"

放下电话,浩东抱头号啕大哭。他悔啊,揪心地悔,可这回真的不是因为房产,不为钱,只为债,因为李大爷的债他这辈子也还不清了。

(童树梅)

包容别人的无奈

那一年,我考上了高中,因为家里生活拮据,我的学费交不上,于是我打算自己出去挣钱。我找到了二叔,二叔带我来到一个工地上,和工头好说歹说才把我塞在了那里。我的工作是筛沙子,每天给我15元工资。

工头虽然收留了我,但对我很不客气。每天除了叫我筛沙子,还给我安排其他很重的活,最让我不堪忍受的是他还动不动就训斥我。我知道,他这样做的目的无非就是想让我主动提出来走人。可我真的需要钱,我便忍气吞声地在这里干着,而且干每一件事都小心翼翼,唯恐工头突然提出让我走。

一天,工头让我用一中午的时间把几十扇要安装的窗户全部背上楼。我心里又气又恼,一边偷偷地抹泪,一边不停地干着,可能是长时期压抑的情绪真的需要释放,我的泪不知为什么止也止不住。我蹲在一间阁楼里,痛痛快快地哭了一场。

哭过之后,活还得干。我一边擦着红肿的眼睛,一边往楼下走,可就在这时,工头上楼了,手里拿着尺子好像要量什么东西,我扭过头去,没有看他,急急忙忙地跑下了楼。

第二天,工头对我就像变了一个人,变得简直让我无法适应。他除了让我筛沙子,再不像前些日子啥都安排我做了,可我反倒有些害怕了,是不是他真的想让我走了?在忐忑中度过几天后,工头没啥反应,我那颗悬着的心才算放了下来。可我一直不知道工头对我的态度为啥转变了。

转眼间,还有一个星期我就要开学了。我算了一下工钱,再坚持5天,我的学杂费就够了。那天中午,工地特别忙,我筛完了沙子没事做,便主动去楼里帮师傅们打下手。可能是我心情好,干活特别来劲,搬砖一次搬20块。师傅让我悠着点,我却说没事,话还没说完,我一个没注意被绊倒了……

我的手被砸出了一道大口子,缝了20针,医生说要住院一天观察一下。我一听,顿时懵了,这样一来,我的学杂费不但没凑够,还要付治病的钱,我坚定地说要回工地。就在这时,工头来了,我真的不敢面对他,他会不会结算这些天的工资让我走人?我的医药费他能管吗?我的心里一阵阵地翻涌着。

工头真的生气了,吼着对我说:"谁让你去干活了?你就是得瑟!"只说了这一句话,他就走了,我还愣在那里。不一会儿,工地上的会计大姐来了,坐在我的床前对我说:"小程啊,其实包这个活工头没挣啥钱,工地也不需要人了。可你是硬塞进来的,就要多发一份工钱,他也没办法,刚开始他总给你安排重活,真的是想让你走。可那一天,他说看你哭了,他心里很难过,说你还是一个孩子……也是那天,他把他的亲侄子送到了另一个工地上,你的工钱才腾出来。刚才,他让我把你的医药费全交了,让你按医生的要求住一天……"

大姐一边说,我一边流着泪。这个夏天,我不仅体味到了生活的艰辛,更收获了一个人生的道理:当你忌恨一个人的时候,首先要考虑一下他的无奈,或许你那颗憎恨的心,就放平了。

(程 刚)

生命中的贵人

刘慧今年十七岁,是县一中高三的学生。因为家在偏僻的农村,距离太远,她每个月只能回家一次。不回家的周末,她就一个人到教室里学习。

一个周末,刘慧正在教室里看书,一个衣着光鲜、打扮时髦的姑娘突然推开门走进来。刘慧第一眼没认出来,直到对方开口喊她的名字,她才反应过来,高兴得跳起来:"燕妮,是你呀!"

这人正是刘慧的同学林燕妮,也是她高中最好的朋友。两个月前,燕妮突然办了退学手续,去向不明。刘慧一直没有燕妮的消息,此时见她意外出现,喜出望外,拉着她的手问道:"这些日子,你跑到哪里去了?"

燕妮说:"我到北京去了,今天特意回来看你。"

刘慧闻听一怔:"北京?莫非你是去……去找……"

燕妮点头:"对,我是到北京找我'爸爸'去了。"

其实,燕妮所谓的爸爸,并不是她的亲爸爸,而是她的"金主"。

刘慧和燕妮之所以成为朋友,是因为相似的身份。两人在班里身份比较特殊,她俩都是来自贫困家庭,依靠别人的资助才得以读书。如果把班里的其他女生都比喻成天鹅的话,那她们两人就是天鹅群里的两只丑小鸭。物以类聚,人以群分。所以这两个性格差异很大的人才成了朋友。

刘慧性格文静,因为父母早逝,从记事起,她就随爷爷奶奶一起生活。本来她小学没读完就辍学了,幸亏有了希望工程,在一位好心人的资助下,才一直读到了高中。刘慧从来没有见过这位资助者,只知道他姓张,上海人。

张先生已资助了刘慧七年,他承诺在刘慧十八岁之前,都会负责她的学习和生活费用。刘慧从心底感激张先生,她觉着,在生命中能够遇到张先生这样的贵人,是自己的幸运。她觉得自己无以为报,只有努力学习,将来考上好的大学,才不辜负张先生的恩情。但遗憾的是,虽然刘慧很刻苦和努力,成绩却并不理想。每当考不好时,刘慧常会内疚:我为什么这么笨呢,白白浪费了张先生的钱。

而燕妮呢,虽然同样是花着别人的钱,并且学习成绩比刘慧还差,但她却从来不会感到内疚。其实从外表上来看,燕妮根本不是丑小鸭,她身上一点都没有像刘慧这样的贫困生普遍存在的自卑感。她爱说爱笑,喜好打扮。包里手机、化妆品俱全。燕妮的理论是,我的人生已经够悲剧了,何必再把日子弄得悲悲戚戚?一定要设法让自己活得潇洒一点、美丽一点。所以,她宁肯饿肚子,也要把自己打扮得花枝招展。

两人成了朋友后,有一次,刘慧陪燕妮去买新衣服,见她花钱毫不手软,就不解地问她从哪弄的钱。燕妮轻松地说,跟"金主"要的呗。燕妮把那个资助她的北京人称为"金主"、"饭票",她告诉刘慧,自己经常写信向"金主"要钱,当然不是以买衣服的名义,而是买学习用品或者上辅导班。

燕妮教刘慧也这么做,她说你别不好意思张嘴,"金主"们既然有钱做慈善,肯定都是不缺钱的主儿,根本不会心疼这点小钱的。只要你嘴巴甜一点,把自己说得悲惨一点,他们就会慷慨解囊。她还拿出自己写给"金主"的一封信让刘慧学习,信里,她亲热地称呼

"金主"为爸爸，说自己很想经常向爸爸汇报自己的学习和生活情况，但是家里没有电话，要是有部手机就好了。这封信寄出去不久，燕妮果然就收到了一部手机，结果她转手就给卖了。

　　刚开始的时候，刘慧从心里反感燕妮的做法，她觉着这是欺骗，是亵渎别人的爱心。燕妮却不以为然，狡辩说怎么是亵渎爱心呢？我们这么做是给他们机会发扬爱心，我们得到的是物质上的满足，而他们行了善、积了德，是精神上的满足，这是互惠互利的事情，所以咱们根本没必要觉着对不起他们。但是到了后来，刘慧看到燕妮活得潇洒自在，心里也很羡慕，甚至有时候，她也想学着她给张先生写封信尝试一下，但终因过不了良心关而作罢。

　　此时，刘慧听燕妮说这两个月是去北京找"爸爸"，本想问找到了没有，但看到燕妮一身名牌、春风得意的样子，就知道肯定找到了，转口问："燕妮，你怎么还退了学？不考大学了？"

　　燕妮撇撇嘴："考上大学又怎么样？现在人人都念大学，难道考上大学前途就光明了？到时候只怕连工作都找不到。刘慧，我这么做，就是为了更好的前途。"

　　燕妮告诉刘慧，两个月前，她在过十八岁生日时，给"金主"写了一封信，本来是想向他要点生日礼物，没想到对方给她回了一封信，先是祝贺她长大成人，继而话锋一转，说她已年满十八周岁，以后完全可以自己打拼了，等明年燕妮高中毕业后，会终止资助她，再去帮助那些更需要帮助的孩子。说到这里，燕妮气恼地说："要早知道这样，我就说我才十五岁，再花他三年钱。"

　　刘慧摇摇头，说："我们也不能一辈子赖着人家啊，最后总归要自己打拼的。"

　　燕妮白了刘慧一眼："你呀，念书都念傻了。自己打拼？你也不想想，像我们这种出身，既没家庭背景，也没过人的能力，无权无势无钱的三无产品，怎么可能拼得过别人？我们这种人想要改变人生，就必须借助于他人的力量，而我认识的有钱人只有'金主'这一个，所以我一定想办法要抓住他。我去北京，就是想赌一次，成功的话一生就不用愁了，不成功的话，大不了再回来。"

"那你成功了吗？"

燕妮得意地眨眨眼："当然了，马到成功。我到北京后，找到我那金主，果然是个大老板。一见面，我就喊他爸爸，说我已经成人了，不想再让他破费供我读书，以后要自食其力。这次来北京，就是要打工报答他对我的恩情。"

"他相信你的话？"

燕妮眉飞色舞地说："你以为这爸爸是白叫的吗？他当然信了，还很感动，夸我懂事。一开始，他还劝我回来读书，后来见我决心已下，他就把我安排在他的公司上班，工作很轻松，工资比那些大学毕业生都高。"燕妮越说越得意，"对了，因为我总喊他爸爸，他还真认我做了干女儿。以后只要我哄好了他，说不定将来还能继承他的财产呢。"

没想到麻雀真的变成了凤凰，刘慧很是羡慕，说："燕妮，你真是太幸运了。"

燕妮却说："幸运只是一方面，主要是我抓住了机会。刘慧，我今天来看你，就是想劝你像我一样抓住机会，好好利用一下你的金主。你想一下，如果没有助学工程，你现在还窝在山里，怕是一辈子都认识不到有钱人。所以，这也是老天见我们可怜，给我们送来了贵人。刘慧，你很快也要年满十八了，一旦对方停止资助，考上大学又怎么样？四年的学费、生活费可不是小数，还不如现在就为将来打算，利用好手里的资源。"

燕妮说的也正是刘慧的担心，一旦失去资助，自己将如何应对将要面临的诸多困难？她问燕妮："我应该怎么做？"

燕妮果断地说："你听我的，马上去上海找他，想方设法留在上海。"

刘慧担心地问:"他要是不管我怎么办?"

燕妮说:"只要你按照我教的做,我敢打赌,他一定不会不管你的。"

接下来,刘慧就按照燕妮所教,在去上海之前,先写了一封信给张先生,表达了对他这些年帮助的感激之情,并充满感情地写道:在我很小的时候,我爸爸就去世了。这些年来,在我的心里,一直偷偷把你当成了我的爸爸,我能叫你一声爸爸吗?

燕妮说,就是铁石心肠的人,听你叫这声爸爸,看你这么可怜,也不会拒绝的。

随后,刘慧就坐上了前往上海的列车。到上海后,她按照通讯地址,找到了张先生的公司,向门卫说找张伟飞张老板,门卫却说,他们这儿倒是有一个叫张伟飞的,不过不是老板,是普通员工。刘慧一怔,难道张先生不是大老板?

门卫问了刘慧的名字后,给张伟飞的办公室打了一个电话。过了一会儿,一个三十出头的年轻人来到门口,惊讶地问刘慧:"刘慧,你怎么突然来了?"

这人正是张伟飞。

刘慧怎么也没想到,张先生既不是自己想象中的老板,也不是有钱人,他只是一个很普通的打工仔。刘慧忍不住问他,那你为什么还要资助我啊?张伟飞说,我是为报恩。原来,张伟飞也是来自贫困山区。当年,他也是得益于希望工程,在好心人的资助下才完成了学业。他一直感恩于心,立志回报,于是,在有了固定收入后,他也从有限的收入里拿出一部分资助一个辍学儿童,这才有了他资助刘慧的事情。

刘慧了解缘由后,既感到钦佩,又微微有些失望,说原来你不是有钱人啊。

张伟飞笑道:"并不是只有有钱人才能助学扶贫啊,爱心是不分贫富的,只要有能力,我们为什么不去帮助别人呢?我觉着,人活一世,不能总是索取,还需要给予。你说呢?"

刘慧低下了头,脸上有些发烧,不知如何回答。

幸亏张伟飞没有再追问,转口问:"对了,刘慧,你这次来上海找我有什么事?是不是有什么困难?"

刘慧急忙摇头:"没有,我只是……只是想来看看你。另外,我不想读大学了,想尽早自食其力。"

张伟飞问:"为什么?"

刘慧嗫嚅着说:"我成绩不好,肯定考不上好的大学,还有,我的条件不允许我读大学。"

张伟飞看着她,说:"没钱是不是?刘慧,现在的大学都有助学贷款;另外,你也可以勤工俭学啊。当初,我就是凭借勤工俭学读的大学。虽然苦了一点,但我觉着这种经历也是一笔财富,苦难更能让我们成长。我希望你一定要读大学,努力提高自己,未来才能有更好的发展。等将来有了条件,你也可以像我这样,尽自己的能力去帮助需要帮助的孩子,让他们读书,帮他们改变命运。你说呢?"

这次,刘慧没有再回避他殷切的目光,使劲点了点头,说:"我听你的。"

刘慧的心里一片火热,既有对自己此行的羞耻,也有对未来的憧憬和信心:是呀,张先生说得对,人生不止是索取,还有给予。自己有脑有手,何必非要做依附于别人的寄生虫呢?自己应该去努力创造自己的生活,将来有一天,就像张先生做了自己的贵人一样,自己也要去做一回别人生命中的贵人!

(任建顺)

半份菜的午餐

刘亚丽是个来自贫困山区的大学生,家里很穷,每个月的基本生活费都无法保证,只好节衣缩食,能省则省。

这天中午,刘亚丽等到食堂快关门了,才端着饭盒去打饭。

"师傅,来半份菜。"

"什么,半份菜?要么一份,要么不打,半份菜让我怎么打?这么晚来,还想蹭菜吃!"胖师傅说着,把勺子丢进了菜盆。

刘亚丽本来就不好意思,好不容易才开了这个口,被胖师傅这么一说,眼泪在眼眶里直打转,转身就往外走。

忽然,有个声音叫住了她:"同学,等一下,到我这儿来打吧!"

刘亚丽回头,看见旁边窗口一个黑黑瘦瘦的年轻师傅正微笑地招呼她。刘亚丽的肚子实在太饿了,她犹豫了一下,就走过去了。

先前那个嘲笑刘亚丽的胖师傅,没好气地对这个年轻师傅吼道:"姓周的,你是个新来的临时工,要守规矩!"

年轻的周师傅赔着笑说:"吴师傅,你看,人家女孩子要保持苗条身材,咱也不能让人家饿着是不是?来半份就来半份,今天你早点下班吧,剩下的活我全包了。"

胖师傅听他这么一说,这才住了口,转身走了。

周师傅麻利地给刘亚丽打了饭菜,盖好盖子递出来,说:"同学，想苗条下次就来我这个窗口打吧。"

刘亚丽不知该说什么好，看了看周师傅，低着头走出了食堂。一路上，刘亚丽心里挺难过，师傅就想着女同学要苗条，哪里知道山里孩子读大学多不容易！

回到寝室，刘亚丽想坐在角落里悄悄把饭吃了，因为她不想让同学看到自己饭盒里只有半份菜。还好，这时候大家都已经午休了，她于是倒了一大杯水喝了下去，想先把肚子撑得饱一点。可等她打开饭盒一看，大大吃了一惊：里面哪里是半份菜，足足有一份半的分量！刘亚丽愣了一会，明白了，原来自己误会周师傅了。周师傅说的那些话，其实是替自己在胖师傅面前解围罢了。在眼眶里转了一个中午的眼泪，这时候"哗"全都流了下来。

从那以后，刘亚丽每天中午都等到同学们差不多都快吃完了的时候，才去食堂周师傅的窗口打菜。这个秘密保持了两个多月，还是被同寝室的女孩们知道了。

一个叫白兰的女孩问刘亚丽："莫不是他对你有意思？"

刘亚丽羞红了脸，辩解道："周师傅是个好人，可别乱说。"

不过，刘亚丽嘴上这么说着，其实她自己心里也有些犯嘀咕：俗话说，天下没有白吃的午餐。要不是因为这个，还能是因为什么呢？自从有了这样的心思，刘亚丽就开始躲着周师傅了，要么去别的窗口打一份菜，要么索性饿着。

那天，刘亚丽刚走出图书馆，就看到周师傅站在那里，好像是特意等着她的，一看她出来，立刻就迎了上来。周师傅见了她，没有什么寒暄的话，开口就问："刘亚丽，你怎么不到我窗口来打菜了？"

刘亚丽吃了一惊，心想：他怎么连我的名字都知道？看样子白兰说的不是没有道理！她心里这么想着，说话间那情绪就流露出来了，脱口反问周师傅道："为什么一定要到你的窗口去打？"

周师傅尴尬地笑了笑，压低声音说："那事没别人知道。"

刘亚丽一听他这话，感觉像是受了莫大的侮辱，气得转身就要走，没想周师傅竟然抓住了她的胳膊，塞给她一个牛皮纸的信封。

恰巧这时，白兰从图书馆里出来，看到这情形，连忙冲上去一把拉住刘亚丽，大声对周师傅说："怎么，还要送情书啊？"

刘亚丽听到这话，立刻把信封扔还给了周师傅。

只见"呼啦"一声，一叠饭票从信封里掉了出来。周师傅愣住了，涨红了脸，捡起地上的饭票，悻悻而去。就此，周师傅再没来找过刘亚丽，没过几个星期，他就辞工离开了学校。

刘亚丽松了一口气，可她越想越觉得委屈，越想越觉得不光彩，想想自己曾经白吃的午餐，心里别提有多难受了。正巧，学校给特别困难的同学补贴饭票，刘亚丽也拿到了，她立刻决定到食堂去补交饭钱，说清楚这件不清不白的事。

刘亚丽找到负责后勤的王老师，把事情原原本本地说了出来，表示愿意写检查，并且补交饭钱。王老师看了她一眼，不解地说："周师傅每次都补交饭钱的，你不知道？就是因为周师傅反映了你的情况，还讲了他妹妹的故事，我们才决定给困难学生发放这个补贴的。"

"这……王老师，周师傅他妹妹怎么了？"

王老师说："周师傅也是从贫困山区出来打工的。他有个妹妹，学习成绩很好，可是就因为家里穷，读书时经常忍饥挨饿，眼看要考大学了，那阵学习特别紧张，她有一天竟在学校里饿晕过去，从楼梯上摔下来把腿摔断了。要不是那次意外，恐怕他妹妹也像你一样，现在在大学里读书呢。他想帮你，又怕你不接受，于是就每星期偷偷地来帮你交饭钱，真是个好小伙子。可不知道为什么，原本在这里干得好好的，突然就辞工了……"

王老师下面还说了些什么，刘亚丽一个字也没听进去。她心里十分清楚，周师傅肯定是不想让她不自在，才离开学校的。

（赵晓波）

点亮一盏感恩的灯

一个同事给我们讲述了发生在他身上的一件事。

他家住一楼,这个夏天的某个晚上,他回家后偶然发现阳台的灯亮着,他以为是妻子用后忘记关了,就进去要把灯关掉,但被妻子拦住了。

他很奇怪,他的妻子就指着窗外让他看。他看到窗外的路边,有一辆装满垃圾的三轮车,车上坐着捡垃圾的夫妇,他们正沐浴在阳台投射出的温暖的灯光中,边说笑边开心地吃着东西。看着灯光中那对夫妇,他与妻子相视一笑,悄悄退出了阳台。

同事说:窗外那对夫妇可能永远也不会知道,在这陌生的城市中,有一盏灯是特意为他们点亮的。

用感恩的心,去为身边的陌生人点亮一盏灯,因为,我们每个人都在不知不觉间,享受着与我们毫不相关的人给予的温馨灯火。

(感 动)

用激情诠释梦想

受挫的阳光

有一个叫凯莉的美国女孩，从小喜欢唱歌，梦想成为一名真正的歌手。正当她的事业稍有起色时，唯一欣赏她的制作人却去世了。屋漏偏逢连夜雨，突然有一天，凯莉租的房子起了火灾，她成了一个身无分文的流浪者。

希望破灭的凯莉回到家乡，把自己关在屋内，精神恍惚。这天下午，大雨滂沱，凯莉的眼泪也倾盆而下。傍晚时分，天放晴了，母亲拉起她说："去看看彩虹吧。"随后，母亲对她说了一段话，凯莉深受启迪，决定重新振作。

两年后，凯莉成功夺得了选秀冠军。领奖台上，主持人问她："你如今惊艳全场，有什么感言？"凯莉思索片刻，讲了一段人生经历："在我最失落的时候，母亲带我去看彩虹。她说，彩虹其实是受挫的阳光。雨后，阳光想透过云层，再次照耀大地，但空气中留存的雨雾阻挡了它，受到折射的阳光继续勇敢地前行，化为了彩虹。如今，我终于明白了母亲这句话的意思……"台下掌声雷动，其中一个人泪光盈盈，正是她的母亲。

挫折就是人生的雨雾，被它阻挡的人生，注定灰蒙蒙一片。勇敢地穿越它，人生必将散发出彩虹般的夺目光华。

(朱　晖)

困境中的生命之火

困境是难免的，国家、单位、家庭、个人，都会遇到困境。困境不可怕，可怕的是连自己都失去希望，失去信心。

我从学校毕业后，日子过得很难，后来开了个杂货店，才算缓过一口气来。这其中，有一件事让我刻骨铭心。

在我那个杂货店的对面，有一间很破、很矮的土房子，那里住着一个生着重病的外地年轻人。为了治病，他欠下了不少债，所以经常有人上门向他讨债。

一天深夜，他敲开了我的店。我一看，他好像是刚从病床上撑起来的，精神很不好。他对我说："我……我想买几支蜡烛。"

我马上拿了几支蜡烛递给他，他没有伸手接，却说："我暂时没钱，一同记在上次的账上，行吗？"我笑着点了点头，他才接过蜡烛，没有说一句客套话，走了。

我站在门口，用目光送着他。他的背影很瘦很瘦，他走进黑洞洞的房子后，我才明白他可能是因为拖欠电费太多，电线被供电所剪断了，他没办法，才到我店里来买蜡烛。

以后几个晚上，我注意到对面那房子里有烛光，烛光下，那年轻人伏在桌子上写着什么，一直到半夜。

一天晚上，我看到那小房子里的烛光闪了几闪，"忽"的一下熄灭了。我知道那蜡烛点完了，便希望那年轻人走出屋来，到我店里来买蜡烛，可就是不见他出来，想必他是不好意思再到我店里来赊账。

接着的几个晚上，仍旧不见他的窗口亮起来。这天晚上，我实在忍不住，就点了一支蜡烛，走到他的小房子前，敲响了他的门。他开了门，烛光之下，我看到他的眼角有泪花。我把蜡烛递给了他，安慰道："需要蜡烛你尽管来拿……困龙也有上天时，没有过不去的火焰山，别灰心，日子会好起来的！"

他接过蜡烛，望着亮亮的烛光，咬着牙，点了点头，默默地看着我离去。

一晃三年过去了，真是奇迹，那个年轻人的病竟然好了，而且在县城里开了一爿店，娶了老婆生了儿子，日子过得很红火。听人说，他还清了债，还积了一笔不小的款子。可奇怪的是，他就是忘了欠过我家的钱，每次碰到我，他只是一笑，从来不提还钱的事。我想，大概是那笔账数目小，他已经彻底忘记了。

我翻修房子那年，手头的积蓄花光了，借了几家亲朋好友的钱，到最后还缺了一笔门窗款。冬天到了，风吹雪飘，可我家的门窗还空荡荡的。正当我火烧眉毛的时候，总算有一家装潢店的老板答应为我垫钱安装，约定过了春节付款，并立下了字据.

过了春节，我去装潢店还款，老板告诉我这样一件事：去年年底，有个人自称是我的朋友，到这店里来替我还了所欠的三千元钱。他取走了字据，但走出店门后，就把字据撕碎扔进了垃圾桶。

老板把那人的相貌、口音一说，我就猜到他就是那个年轻的外地人。可我猜不透他的用心，难道仅仅是因为那点小账和几支蜡烛吗？

第二天，我带着这笔钱和一肚子的疑问，到了他的家里。他招呼我坐下，神情显得很凝重。他说："你不知道，那天晚上，我因为绝望而准备自杀了。你那一支蜡烛，你送蜡烛时说的那句话，就是当时我唯一留恋的人间温暖。就是在你走后，我解开了那根准备悬梁自尽的麻绳……"

我的心震惊了,想不到那天晚上竟然还有这么一段故事!

他继续说着,语调有些哽咽:"你是唯一没有向我讨债的债主……而你的那支蜡烛救了我,你的债务,我是永远也还不清的……"

他无论如何也不肯收我那三千元钱。唉,人在顺境时,你给他一个太阳也是多余的;人在困境时,暗无天日,周身寒冷,这时,哪怕你只给他一星一点的光明,就如同给了他一个起死回生的太阳。你们说对不对?

(文　心)

点燃的梦想

陷入困境

罗小迪是中大的学生。这天突然接到母亲的电话,让他马上跟学校请假去外婆家。罗小迪隐隐觉得有些不对,平日里风风火火女强人样的母亲,话里透着无助。

罗小迪赶回去时,母亲已经上火车了。从外婆断断续续的唠叨中,他终于知道了事情的经过。父母一直和朋友合伙做生意,前段时间朋友突然把资金抽出来,去了南方发展。可是没想到他走后就音讯皆无,更可怕的是,突然涌上来大批债主,向他们讨要债务。父母这才知道这个朋友在最近的一次豪赌中连连溃败,欠下了大批债务,所以才携款潜逃,去了南方。罗小迪的父母不想自己多年经营的心血毁于一旦,决定南下把朋友找回来。

罗家的老房子在市郊,旧楼房只有小两室,又黑又潮。罗小迪为了照顾外婆,开始每天学校和家两头跑,可是很快他就发现,他们已经没有什么生活费了。

第一次面临生存的考验,罗小迪心里不禁打起了鼓。

从家里到学校路很远,中午不能回家吃饭,罗小迪干脆就让外婆做饭给自己带。这天,他回寝室吃饭,发现同学张明明也在,他中暑了,脸色苍白,蜷在床上,没有胃口吃饭。

罗小迪硬着头皮打开饭盒,吃了起来。今天他带的是米饭,菜是腌的小黄瓜用油炒一下,拌了一点辣子。他吃得正香,回头看到张明明殷切的目光。他有点不好意思,就让了一下,说道:"你尝尝?我外婆做的咸菜。"没想到张明明点点头。罗小迪只好把饭菜没动的部分拨过去一半,没想到张明明狼吞虎咽吃起来,还一直叫香。

要知道张明明家可是开饭店的,在市里有几家分店,平时吃东西最挑剔,想不到今天竟迷上了罗小迪外婆腌的咸菜。

突现生机

这天罗小迪突然接到张明明的电话,说他母亲想见识一下罗家的咸菜。罗小迪明白,现在的酒店流行送压碟小菜,就是上菜前先上四个小碟,里面放些小咸菜,一是好看,二是开胃。他急忙让外婆做了几样拿手的小菜,送到张家的酒店。

张小明的母亲亲自迎出来,看着罗小迪把袋里的咸菜一一摆到桌上。今天他带来四种咸菜,一种就是上次张小明吃过的小黄瓜;第二种是裙带菜拌小葱,葱香压住了裙带菜微微的海腥味,吃上去香美可口;第三种是球生菜,简单地淋上一些辣油,脆生生的别有风味;第四种是腌的韭菜,这季节的韭菜又多又便宜,味道不是很鲜美,可是用盐腌出来,就别有一番风味。张小明的母亲一一尝过,一个劲儿地点头叫好。又问罗小迪说:"这些咸菜是你外婆做的?可以让她来店里指导一下吗?我付高薪。"

罗小迪心里一阵狂喜,可是很快又冷静了下来,他想了一下,一是外婆听力不好无法跟陌生人交流,再者外婆年岁已高,不适合出来打工。另外这个看着不起眼的咸菜,是座金山,而且是建在自家后院的,怎么能让别人来挖?经过慎重思考,他回绝了张明明母亲的好意,决定自己在咸菜上创出一条路来。

张明明已经从同学的风言风语中了解到罗家的困境，想不到罗小迪竟然一口回绝了自己家的邀请，不由得气恼，跟同学说："罗小迪太自以为是了，以为他的咸菜能卖出金子来？"

罗小迪不理会同学的讽刺，专心和外婆学起做咸菜来。真学上手，他才知道，原来学问这么多，每种菜腌制时的用料和时间都有很大讲究，就连腌菜前的清洗都有大学问，有的菜需要把水分全部阴干，有的则需要带水作业。就这样两个月下来，罗小迪把外婆的手艺基本上学到手了，他决定正式出师。

周末，罗小迪起了个大早，他把咸菜放进玻璃罐子，借了邻居的小推车，到附近的菜市场叫卖。颜色鲜艳的咸菜，放在透明的玻璃罐子里，让人看起来就很有食欲。生意很快就开了张，罗小迪满心欢喜。眼看着太阳越升越高，罗小迪的头上晒得冒出汗来，可是市场上人来人往，阴凉的地方根本没有空地，他只能忍着。

正在这时过来一个女人，买了两元菜的咸菜就走了，没过十分钟，那个女人又转了回来，满面怒气地说："你这咸菜味不对！"还逼着罗小迪尝尝。他没办法只好吃了一口，果然和原来的味道不一样了，多了一股酸味。他忙赔好话，想给女人换一种咸菜，可是女人不干，非要退钱。这样一闹，他的生意冷清了不少。正无计可施，突然有人喊城管来了。没等罗小迪反应过来，已经来了一群人，不由分说把他的咸菜罐子搬起来就走。

小咸菜大学问

罗小迪一蹶不振，外婆看在眼里，也不催他上学，早上就拉着他去了早市。外婆虽然耳朵聋，可是和市场里的人都混得很熟，大家给她的菜都很便宜，两个人很快满载而归。罗小迪没有洗菜就钻进房间，外婆跟进来，把一碗粥和一碟咸菜放在他的桌上。罗小迪虽然心情不好，可是外婆的手艺太好了，他抗拒不了，很快就吃了起来。

这咸菜就是上次在菜市场被退货的。他吃在嘴里，心里就开始琢磨，突然就开了窍，原来问题出在玻璃罐子上。当时阳光很强，直接射在咸菜上，引起了发酵，所以味道变了不好吃。原来把咸菜装进不透明的坛子是有道理的。问题解决了，可是他没有钱租摊位，怎么再去卖呢？

罗小迪把目标锁定了超市。他找到咸菜柜台，软磨硬泡要求代销，可是被一口回绝了。一了解，才知道人家都是前店后厂，机械化生产东西。罗家的咸菜虽然味道好，可是成本高，产量却少，这样的加工模式只能是当精品卖。

罗小迪犹豫再三，只能登门再去找张明明的母亲。经过上次的事，张明明的母亲明显对他冷淡了不少。罗小迪没有气馁，而是不卑不亢地坐下来，认真地把罗家咸菜的优势分析出来，他的结论就是，如果酒店用了他的咸菜，肯定是锦上添花，如果做得好，出个品牌都不是问题。

张明明的母亲先是漫不经心地听着，后来专注起来，她详细问了罗小迪的计划，两个人谈了一个多小时，最后签订合约，张家资助罗小迪注册罗氏酱菜的商标，罗小迪为张家酒店提供特供咸菜。就这样，罗小迪的咸菜计划终于迈出了坚实的一步。他找来闲散无业的亲戚，在外婆的指导下加工咸菜，关键工序由自己把关。

很快，罗氏酱菜在张家饭店一炮而红。罗小迪又在原来的基础上进行了创新，他陆续研制出了淡盐咸菜、开胃咸菜、减肥咸菜等新品种。就这样，凭着咸菜，罗小迪从一个伸手找家里要生活费的学生，成了一个独立自主的成功商人。

罗小迪的父母回家时，简直不敢相信儿子的变化，他们相视而笑，蓦然发现，原来磨难也是成长的必经之路。

（赵凌云）

我有一张"二皮脸"

清晨,我突然接到了天宇公司的电话,他们通知我明天去面试。我不敢相信这是真的,一连问了好几遍:"你说什么?我,面试?"当得到对方肯定的答复后,我的手竟抖得不能自已。你们不要笑话我,因为我真的受到的打击太多了。毕业以来,我投出的求职信,都杳无音信。

为什么会这样呢?我明白,都是左脸惹的祸。我的左脸自打出生时就与右脸不一样,不仅皮肤厚,而且是深紫色的,说白了我长了一张阴阳脸,也叫"二皮脸"。这样一张脸,往往给人一种恐惧感。从小到大,我没有闺蜜,更没有异性朋友。大学毕业后,我因这张"二皮脸"而屡次求职失败。

而这次面试,我知道,是因我那份优秀的策划方案打动了公司。可这只能是第一步。要进入这家公司,还要经历面试考验。为了这次面试,我做了充分的准备,包括早就准备好了的医院证明。

第二天,我准时来到了天宇公司,面试我的竟是董事长。这是个三十多岁的精明男子,当他与我面对面时,我立时慌了,因为我感到了他那犀利的目光一直停留在我的左脸上。但我很快调整好了心态,从容地拿出医院证明书。那上面证明我左脸上的紫色瘢痕是因为急性皮肤感染造成的,而医院在治疗过程上的失误,导致瘢痕扩大了,但这是可以治愈的,只是需要一定的时间而已。

老总看了一下医院证明,然后还给我,微微一笑,说:"我很理解,我的妻子是皮肤科医生。"

我马上听出了老总的潜台词:不要骗人了。你这张脸不是什么感染造成的,而是天生的。

果然,老总接下来说:"你的策划书,我们十分欣赏。看得出来,你的专业水平十分优秀,但是我们这次招的是公关部的职工,我虽然是董事长,可重大决策也需要通过董事会的集体意见。"

不用说了,我明白,我这次求职又以失败告终。

我不知是怎么逃出天宇公司的。我没有眼泪,我做的第一件事是:立即搬家!因为,我没有钱交房租了。

屋漏偏逢连夜雨。就在我搬进地下室的第三天,我接到了妈妈的电话,她哭着说:"你爸快不行了。"

我赶回了老家,看到爸爸因肝病而饱受折磨的样子。其实,他是可以治好的,但需要钱,需要一大笔钱,但我们没有。爸爸拉着我的手,目光中满是对人生的留恋:"闺女,爹拖累你了。"

"不,爸,是我没有本事,没能挣到大钱,把你的病拖到今天。"我转回身,对妈妈说,"妈,咱们就是砸锅卖铁,就是要饭,也得救爸爸!"

虽然我们能借的全借了,能卖的都卖了,可还是杯水车薪。怎么办?难道就眼睁睁看着爸爸撒手人寰?不!绝不!突然,我灵机一动,对妈妈说:"走,和爸爸一起去北京!"

"闺女,你糊涂了,去北京干什么?"

"唉呀,您就听我的吧!"

于是,我带着爸爸妈妈进了北京城,并将爸爸安置在一处最繁华的大街天桥上,然后,我将早就写好的求助信铺在地上,随后"扑通"一声跪下了,边对着行人磕头边带着哭腔说:"大妈大叔行行好，救救我爸爸吧！大妈大叔行行好……"

一天，二天，三天，我们得到的施舍十分有限。我气愤地向天空怒吼："为什么？为什么？！"

爸爸对我说："闺女，拉倒吧，咱们认命吧！你爹我也丢不起这个脸了。"那一刻，我想说："我为了您，我都不怕丢脸。"可我看到爸爸那无助的样子，我什么也没有说出来。我只是说："爸，明天，明天咱们再去一天，如果求不到足够的钱，我们就回家！"

第二天，天空中飘着细雨，我跪在地上。不一会儿，膝盖下就积了一片水。虽然很难受，但我知道这样的境遇可以激发人们的同情心。可是，一切如旧，没有多少人停下匆匆的脚步。我低着头，嘴中仍在喃喃自语："大妈大叔行行好……"

突然，几张红色的大额人民币轻轻地飘落在我的面前。我以为是幻觉，揉揉眼定睛一看，是五张粉红纸币，是五百元呀！我感激地抬起头，对这个有着菩萨心肠的好人说："谢谢！谢——"我的话噎住了，因为，我看到了一张熟悉的面孔——天宇公司的董事长！

我的脸"腾"地红了，红得像煮熟的大虾。

董事长似乎早认出了我。迎着他的目光，我不知是站起来还是继续跪着。他的头转向另一个方向，仿佛是自言自语，冷冷地说："刘淑兰，你很有才华，为什么要用这种方式求生？"

我愤怒了，把那五百元"刷"地扔还给他，反驳道："你别站着说话不腰痛！我，有才华怎么啦？我有一张二皮脸，你们会要我吗？我要生存，我需要钱为我的父亲治病！我不需要你来教训我！可怜我！"

董事长绝对没料到我会如此。他愣了，但随即他又笑了，说："二皮脸怎么了？二皮脸就不能创业了？当然，你遇到的困难会比正常人的多，但打倒你的不是别人，是你自己！"说罢，他又掏出厚厚的一叠钱，连同那五百元，"啪"地摔在我的面前，说，"先给你的父亲治病！然后到我的公司来。你让我们好找。"说完，他急急地离开了。我

101

愣了，久久回味他的话。

我将父亲送到了医院。很快，父亲的病得到了控制，并渐渐地有了好转。但是在去不去天宇公司这个问题上，我很纠结。这时，董事长的话又响在我的耳边：打倒你的不是别人，是你自己！我，不就是有一张二皮脸吗？它有特征，能让人一眼就记住我，能让人对我的工作更加尊重，能让人对我另眼相待。如果我只会跪在地上乞讨，那换来的只是蔑视。

想到这里，我顿时感到天地一片宽广。

一天，我在大街上看到一个男孩子穿的T恤衫上印着几个字：我烦！我烦！

我笑了，心说：我也心烦！突然，有人拦住我，我还没有回过味儿来，我的手上已经多了两张小广告。我扬起手，将小广告扔到路边的垃圾桶里。也就在那一刻，我的心一动，为什么不——？

我找到一家广告代理公司，说了我的打算。经理听了，看了看我的二皮脸，笑了，说："真亏你想得出来这点子。"

我说："这叫以奇取胜！"

经理挠挠头皮，说："有点意思。行，你试试。"

第二天，在北京的大街上，多了一个特殊的风景——一个姑娘的脸上写着广告，满大街转悠，不禁引起了人们的围观。这个姑娘当然就是我了，过去，我因为这张二皮脸不敢正视人们的目光；而现在，我却将画有广告的二皮脸呈现给好奇的人们看。有的人大呼小叫，有的人啧啧称奇，有的人一个劲地笑不止，当然，也有人对我说些不三不四的话。然而面对这些，我只是付诸一笑而已。

半个月后，天宇董事长主动给我加了报酬，说因为我的广告，那家公司的产品销量直线上升。我笑了，对董事长说："对不起，我不能接受你的邀请。"

"为什么？"

"我要成立自己的公司!"

董事长摇摇头:"你,就你一个人?"

"不是的,我已经找到一些脸上、身上有缺陷的人,他们曾经像我一样,没有自信,受到人们的轻视。现在,我们要扬长避短,要自立自强!"

董事长沉默了,半晌,他说:"我佩服你!我可以给你一些启动资金。"

"谢谢!我一定会还给你的,并付利息!"

"一言为定!"我们二人击掌,大笑。

从此,我们流动的人体广告在大街上成了不可多得的风景线。我的公司越做越火,找我们签约的公司越来越多。我由衷地感谢天宇公司的董事长,是他的一席话让我找到了自己的价值,找到了人生的新路。

(范大宇)

"吊"芭蕉鸡

眼下兴起了扶贫热,我也从镇政府兴致勃勃地来到了一个叫磨山村的地方。村里有大片大片的芭蕉林,我决定在芭蕉林里大展身手,帮助一家贫困钉子户摘掉穷帽子。

这家人实在困难,丈夫车祸出事以后,就瘫在床上了。两个孩子,大的儿子七岁,全身各处骨关节奇大,看了很多医院,也不知得的是什么病,小的是女儿,才三岁。这户人家已经被连续四年扶贫了,但扶不起来。我立志要用小半年的时间给这家人带来起色,一年以后脱贫。

能实施我的扶贫计划的女主人,是个只有二十八岁的少妇,叫张宁,脸色萎黄,身材就像一只行动缓慢的水桶。看到她这个模样,我坚定了一下有点跑气的信心,对张宁说:"小半年后保准叫你家财源滚滚来,听我的,你先在芭蕉林外围扎一圈篱笆,我明天就抓土鸡崽来养。"

张宁不解地说:"满村都在养土鸡,谁来买啊?"我说:"现在什么食品都以土的为贵,可我们比土还多了一片芭蕉林,我们卖芭蕉鸡,来个与众不同。"小时候,我家的鸡是放养在竹林里面的,鸡味特别鲜美,我想芭蕉林养的鸡也差不到哪里去。

张宁听后有了点信心,都按我说的去做。鸡养在芭蕉林里,要吃的谷子和青草，一天四次准时投放在林子里，任鸡去吃。这样的放养，主人少了打扫鸡舍之苦，鸡也可以自由活动，鸡肉长得结实。

五个月以后，鸡长大了，可以出售了。我和张宁试吃了一下，鸡的味道很鲜美，口感上要大大超过本地传统放养的土鸡。于是，我在村口树了"芭蕉鸡"的招牌。奇怪的是，过路人看了招牌，却一个都不进村买。抓几只鸡到市场上去卖，还没卖出，城管就来赶人了。折腾了几次，就卖了三只鸡。张宁叹了口气，说："与原来的没两样，没人买。"

陌生人不愿来买鸡，熟人倒是来了。这天，村长田大勇带着两个干部模样的人上门了，田大勇热心肠地说："你们有困难为什么不找我呢？现在卖什么都要打广告，你们瞧，这位是《都市报》的马记者，这位是本地有名的文人许一多。你们的芭蕉鸡，得通过他们的文章才能名扬四方。"

马记者和许一多饶有兴趣地提出去看看鸡。看了一会鸡，午饭时间到了，田大勇说："张宁，我们去你家试吃一下鸡的味道，你看，人家大老远来的，得招待下，费用算村里的。"

张宁答应了，要他们先去她家，她要我帮她一起捉鸡。

等他们三人走远了，张宁跟我嘀咕："哪是试吃啊，就是白吃！"听了张宁的一番话，我才知道，原来他们每年等到鸡要出笼了，就来白吃。一餐要吃两只鸡，蒸的炒的都吃光，吃完说下次来买就走了。前年是来吃兔子，要张宁做什么跳水兔给他们吃，可是吃了就没下文了。

"你不会找村长要饭钱？田大勇刚才不是说由村里出费用？"我不解地问。

张宁说："他年年这样说，我去村委会找他要钱，他就说暂时没有，要的次数多了，他把脸一拉，我也不能拿他怎么样。咱家的救济款都在他手上呢，哪敢得罪他啊？"

我告诉张宁可以来个直销,把鸡呀兔子的卖给来吃的客人。张宁说:"每次也有客人说要买一两只的,但是我没有合适的包装袋给他们装,带进城不方便,所以每次都没买成。"我笑道:"我订制了包装盒,就放在谷仓里。"

我纳闷,问田大勇怎么当上村长的?张宁说:"大家选的呗,他说,上任的第一年保证村民人均收入翻一番,第二年翻两番,都没兑现,倒见他自己东吃西吃,胖了一大圈。"

我说:"这次不让他们白吃,你看我的,我叫你做什么,你就做。我要问你有什么,你就说没有,明白了吗?"她一脸疑惑地说:"明白了。"

回到张宁家,我先跟马记者扯了一会儿,我问他知不知道杨万里?他哈哈笑道:"知道啊,羊万里的羊肉泡馍颇有陕西风味,好吃!还有羊肉包子,那叫一个香!"

我说:"是这样的,我们的鸡是在芭蕉林里长大的,最初是受杨万里诗作的启发,觉得芭蕉林的环境优美,适宜鸡的生长。他写过一首芭蕉林的诗,'骨相玲珑透八窗,花头倒插紫荷香',对了,下两句我一下忘记了,许作家,你接下……"许一多听了,挠着头发说:"我年纪大了,也忘记了,不好意思。"

田大勇赶紧打圆场,说:"好吃是最要紧的,管他什么诗不诗的呀!"这时,村里的会计送麻将来了,于是,四人就打起了麻将。

按说,如果马记者和许一多想帮忙宣传芭蕉鸡,是应当进行深入采访的,而不是打麻将。杨万里的诗不记得了,眼前的鸡为什么也不细问呢?

我进厨房问张宁,马和许以前来过没有?张宁说,来过,年年来,吃了就没下文了。我说那开始吧,今天我要把鸡"吊"起来卖几只,不让他们白吃。说着,我就把一只深底汤煲的耳朵用瓦片敲掉了,又把她家的筷子也剁短了。

这时,田大勇冲厨房喊:"张宁,炒一盘辣子鸡!再蒸一盘鸡!"我说:"吃肉不如喝汤,汤最养人了!今天炖鸡汤喝。"田大勇不好强要,只好说:"配个味碟吧,谁要吃鸡肉,就蘸着调料吃。"

张宁杀了一只鸡,我往深煲里加了很多水,炖得喷香。又叫张宁煮了一大盘红薯凉着,炒了一盘酸辣土豆丝、一盘小白菜,一齐端上桌。

鸡汤端上桌时,漂着一层鸡油和嫩绿的葱花,那叫一个色香味俱全!田大勇四人立刻兴奋起来,口水都要流出来了。但是,舀汤的一把勺子断了把。我大声问:"张宁,你家有长柄的汤勺没有?"张宁说没有,小孩子常打烂炊具,碗筷只能凑合用。瞅着鲜香的汤,田大勇等四人恨不得钻到汤煲里,但是勺子够不到底,只能舀到鸡汤。想捞鸡肉,偏偏筷子也被剁短了,伸不到煲底去。没办法,总不能端起汤煲往面前的小碗里倒吧,直接倒,是倒不准的,再说汤煲没了耳朵,端不起来。果然,马许二人顾着面子,没有做出大的动作来。田大勇也没办法,只好装出斯文的样子来喝鸡汤。

鸡汤喝得差不多了,四人直喊太少,没吃好。张宁笑道:"各位,鸡汤没有了,活鸡倒是有几十只,大家爱吃,就带几只回家去!也不贵,比市场上拿激素饲料喂大的鸡只贵一点点,20元一斤。"

说是带几只,其实是叫人家买几只,否则不会报价钱出来,许一多和马记者都听得出来,只好说我带我带。转眼,许、马二人又说不好带呀,没有东西装,我说我都准备好包装盒了,上面还印着杨万里的芭蕉诗,给芭蕉鸡编了一个传说呢。

许、马二人不好改口,只好一人买了两只鸡走了。田大勇说着"算我的",但又没掏出钱来。会计装着有事打手机去了,田大勇转身想跟张宁说欠着,偏偏张宁借女儿在哭要回家躲掉了。她早料到这一出,所以叫我帮她卖鸡收现金。

看到四人走远,张宁从芭蕉林里探出头来,乐呵呵地说:"那土豆、红薯和鸡汤吞下去，肚子会发涨，很快就饱。我原来太老实，给他们吃纯的鸡肉，弄得我孩子连汤都没得喝。"

没想到张宁这么聪明，她一下就明白了上这几个菜的原因。我说："那鸡汤是掺假了的，里面只有一半真的鸡汤，我倒出一半，留给你们一家人吃。汤煲里加了开水，兑了鸡精和味精。"

"唉，不好吧？不给他们吃到鸡肉，还不给喝到真的鸡汤呀？"张宁到底是个厚道人。我说："怕什么，他们要喝真的鸡汤，不会自己回家做啊？要是让田大勇和会计知道鸡汤特别好喝，他们就还会来找你！而且还要带着别人来白吃。"

从这天起，我们就把芭蕉鸡"吊"起来卖，每天煲一锅鸡汤，招徕过路的人来试吃，又让他们亲眼看到鸡的生长环境。这样一来，不出十天，回头客就来了，销路打开了。

芭蕉鸡的名气有了以后，张宁家也摘去了贫穷的帽子，我功成身退。走的那天，张宁不舍地说："我家被扶贫四年，今年才脱贫，谢谢你！你有空再来呀，我给你喝真的鸡汤，不要钱。"

我们两人都笑岔了气。

（钱春华）

时尚卖菜郎

大学生卖菜

这年头找工作实在不好找,于是有些大学毕业生就想到了卖菜、卖奶茶、卖臭豆腐。这放在以前,那可是让人跌破眼镜的事情。可现在,有这种想法的年轻人越来越多了,赵波就是其中一个。

赵波上班的第一天,新明菜场好像炸开了锅,沸沸扬扬的。菜贩们乐了:"新来的菜贩,是个大学生呢!"

"菜头"王大力见了赵波,有些不悦,因为赵波的母亲王婶以前是骑三轮车卖菜的,菜价便宜,抢去了王大力不少生意。现在,她和儿子一起来菜场卖菜,不是明摆着跟他抢生意吗?

于是王大力联合其他菜贩,暗地里把菜价调低一毛钱,他宁可少赚点,也要把那对母子挤走。

不知这个消息怎么让赵波知道了,他气呼呼地来找王大力。

赵波红着眼睛瞪着王大力,一字一顿地说:"我知道你挤兑我们娘俩,你听好了,我不仅不会走,而且,我要用生意来打败你。"

"哈!"王大力乐了,"就凭你?那我等着。如果我败了,没说的,我走;如果你败了,赶紧滚蛋!"

赵波回去后静下心来想:王大力卖菜的位置好,就在大门口,地方大,要打败他困难重重。

这时，菜贩老郑瞅了个空，走过来跟赵波说："大家伙儿商量过了，大忙我们帮不上你，但小忙能帮上。从此以后，我们不再跟着王大力降价了，菜价跟你们的一样。"赵波感激地看着老郑，老郑叹口气又道，"其实，你们走了，我们没沾多少光，但王大力走了，大家伙儿也能轻松。这家伙卖菜手段不地道，给菜叶上喷的新鲜剂，都是害人的东西！"

赵波听了豁然开朗，一下子跑出了菜场，不一会，他屁股后面跟来了两个装修师傅，开始装修菜摊。

菜摊装修？这不是乱花钱嘛！王大力乐得眼睛都成一条缝了。

两个小时后，活儿干完了。只见赵波的菜摊被塑料墙纸独立隔开，墙纸外印着"赵家鲜菜"的字样，还有一个由红白萝卜构成的图标，赵波解释说："这是我们家菜摊的'标志'。"

第二天，赵波和王婶穿起了统一的工作服，开始摆摊了。"赵家鲜菜"的生意非常好，很多人来到菜场后，一眼就看见了赵家菜摊，直奔这里。

王大力终于明白了：赵波这招厉害啊！这一装修，赵家菜摊醒目了，而且装修的店面让人觉得正规，自然里面卖的菜也让人放心。

王大力当然不甘示弱，降低了菜价，可是几天过去，他的生意不见好转。这天，他拉住一个老客户推销。

对方很干脆地说："那家的菜干净，你的菜添加了福尔马林。你去看看人家的宣传，卖的就是放心菜！"

王大力被说懵了，派儿子偷偷到赵家鲜菜那里侦察。一看，原来赵波做了个电子屏，上面滚动播放着"科普小知识"，比如：怎样挑选鲜菜，过于鲜艳的菜一般添加了什么东西……

王大力无奈地收起新鲜剂，老实卖菜。不过，很快他就想到了新的办法：山寨。

增加客流

王大力也将菜摊装修了一遍。谁知没多久,菜贩们都"山寨"起来,每家菜摊都装修了,都有醒目的标志。可是,先行动者得先机,赵波的生意依旧红火。

王大力又出招了。他针对小白领们做饭不多的特点,推出小包装蔬菜。每小包菜价格都在一元到三元之间,不贵,拎着又方便,小包装蔬菜得到了白领们的欢迎。

王大力的生意好了,赵波还在原地踏步,却遥遥领先于其他菜贩,那些原本支持赵波的人,现在又犹豫不定了,他们觉得,再这样下去,赵波会取代王大力。也就是说,王大力走了,来了个比王大力更有主意的赵波,大家日子照样不好过。

赵波也在思考这个问题。其实,所有问题归结起来,还是来光顾菜场的顾客太少了。

赵波消失了两天。两天后,他西装笔挺地出现在菜场,还请来了几位爱摄影的同学,他们拿着相机,在赵波的菜摊上"咔嚓咔嚓"一阵拍,赵波拿着新引进的刷卡机摆起了姿势。大家都不知道赵波出的哪招,王大力也揪心得很。

几天后,大家发现,到菜市场里买菜的年轻人多了起来。这些年轻人来到菜场后,就直奔赵家摊位,指指点点说笑了一通,然后拎着菜走了。

王大力咋也想不通,倒是儿子嚷道:"爸爸,你不知道,波哥现在是网上红人哩,他绰号叫'时尚卖菜哥',跟'犀利哥'、'烧饼哥'一样有名。"王大力的儿子学习不好,在赶潮流方面绝对可以拿个优等。他说着,就拿起手机,给王大力看:"爸爸,你看,这是他的微博,名字叫'时尚卖菜哥',粉丝有一万多呢。"

王大力不由得一拍大腿:"这小子,标新立异搏出位啊!"

儿子摇摇头说:"不只是搏出位,他的目标是变成最时尚的卖菜郎,他在微博上提供食谱,还把银联刷卡机引进菜摊,更绝的是,他还开通了'网上订菜'业务,比如想吃豆芽,通过微博告诉他,他就准备好菜。很多上班族经常一下子订购几天的菜,下班后不用花时间挑,直接刷卡带走。"

这个新招儿,让王大力佩服得很。

此后,赵波还帮其他菜贩申请了刷卡机。大家跟着赵波,更换了设备,新明菜场一下子成了全市的明星菜场,不少人慕名而来,菜场的生意如火如荼。

到了月底结算的时候,赵波的菜摊收益颇增,生意虽好,但王大力的摊位大,菜的品种多,营业额还是小胜"赵家鲜菜"。

摊贩们都劝王大力,以前的赌算了,毕竟赵波为大家招来了顾客。

王大力却不认账:"凭啥说那些人是赵波吸引来的?到现在,他的营业额也没超过我,他应该滚蛋!"

赵波也不示弱:"你等着,我的营业额一定会超过你。超过你一点不算赢,我要超过你一倍才算赢。"

两人就此又下了"战书"。

给对手留口饭

赵波下了"战书"后,又消失了。大家都说他赢不了王大力,另谋出路去了。

王大力听了大喜,老郑来找王大力求情,说:"老王,你别跟孩子一般见识。他卖菜就是糊口,用不着争个你死我活的,大家都有口饭吃,多好。"

王大力眼睛一瞪:"不好!喝稀饭也是吃饭,吃鲍鱼也是吃饭,老子不愿意喝稀饭。不管他小子出不出现,我可要出招了。"

第二天,"粤华酒店"的车来到王大力的菜摊。

原来,王大力把目光盯在了大酒店,他主动出去联系附近的大酒店，给他们供菜。一般来说，大酒店都有专门的采购人员，根本轮不着小菜摊。因此，菜贩们根本不敢打大酒店的主意。王大力交友广泛，他跟一个在酒店做采购的朋友喝酒时，偶然得知了一些"行业潜规则"。一些大酒店为了减少人工成本，采购人员很少，或者干脆不设采购员，由老板亲戚担任，这些亲戚同时还干着酒店的其他职务，导致采购人员非常忙碌；他又探听得知，大酒店需要的新鲜时蔬这一块，很多是大批量采购，然后放冷库里。这样的菜一是口感不好，二是损失多。因此，他主动上门，跟几家大酒店谈好了业务：每天供应所需的新鲜时蔬，酒店用不完的，可以退货。

这样减轻了采购员的工作强度，还保证了蔬菜的新鲜度。王大力的鲜菜又是正规的商家，大酒店也乐意做这种生意……

大家听了，直咋舌：一家酒店的量，顶得上一二百个普通顾客。按营业额来说，批发总比零售强吧。王大力的营业额跟赵家的一比，赵家马上给比下去了。

王大力得意洋洋，带领一帮兄弟，装腔作势地要让赵家菜摊滚蛋。

就在这时，赵波回来了，随他回来的，还有一部新型货车，上面写着"有机蔬菜"的字样。

赵波笑嘻嘻地指着车说："叔叔们，我现在卖有机蔬菜了，这种菜不打农药不洒化肥，而且价格较高，比如这白菜，在咱这里一斤七毛，我那里就四块钱一斤……"

大家瞠目结舌，王大力不屑地说："这么贵，有人要吗？"赵波笑着说："你等会儿看吧。"

到了下班时间，一大群人来到赵家菜摊，人人手里拿了一箱有机蔬菜，既不刷卡又不付钱，拎着菜就走了。

老郑见了丈二和尚摸不着头脑，悄悄地问赵波："你这菜是送他们的？他们可都没有付钱呢。"

赵波摆摆手说："他们已经付过钱了，网上支付宝付款！付完钱后，我这里的电脑就出单了。"

"大学生就是厉害啊！"

赵波笑笑说："其实我消失的这几天，都在联系农户种有机蔬菜。现在过年公司流行送有机蔬菜，而且，我的价格比一般的批发价更便宜，我和一家团购网合作，定期做一些优惠活动，那些要买有机蔬菜的顾客，看到我的团购价那么优惠，自然就都往我这里来了。"

一个月后，结算出来：赵波的有机蔬菜卖的量虽然没有王大力多，可是利润却非常高，几乎是王大力的三倍……面对这个结果，王大力目瞪口呆。他这时才发现，做人不能太嚣张，说出去的大话跟泼出去的水一样难以收回。为了脸面，他只好滚蛋。

在他收拾东西走的时候，赵波在一旁看着，心里不是滋味。王大力虽然嚣张跋扈，可也都是为了生活。他孩子正是花钱的时候，他如果离开了菜场，到哪里去卖菜呢？

老郑推了推赵波，说："如果没有王大力，你会不会有今天？"

赵波顿时醒悟了。是啊，王大力在这里，能激发起他的斗志。如果没有王大力，他怎么能做到现在的成绩呢？给对手一口饭吃，自己的饭才会更香，更有滋味啊！

想到这里，赵波连忙向王大力跑去……

后来，王大力回到了新明菜场，可儿子没考上大学，王大力担心他在街上瞎混，就想让他跟着赵波干。赵波奇怪地问："力叔，咱俩都是卖菜的，跟着你更好啊！"

王大力笑笑说："这孩子，起初看不起卖菜的。后来，你卖菜卖出了成绩，他对你服气得很，他愿意跟着你。要知道知识就是金钱，十个我，也不是你赵波的对手哦！"

（刘祖光）

土鸡专列

那年，简纯是县里的中考状元，本来可以上市里最好的高中，他却选择就读本县的职业学校。老师和同学都感到很惋惜，他反而不在意，说："没什么的！就算将来考取北大清华，家里也供不起我去读。"

在职校，他挑了最冷门的饲养专业就读，又让人感到意外，老师劝道："以你的底子学这个，太可惜了，以后出去打工都没人要。"简纯轻轻笑了一下，没说什么。

转眼过了三年，简纯毕业了。他回到家，妈妈就把象征家长权力的钥匙交出来，说："我总算熬出头了。以后吃饭还是喝粥，全看你的！"简纯假装不高兴地说："怎么这样说话？应该说'吃肉还是吃鱼'！"

妈妈虽说让简纯当家，自己不再干涉，但简纯要处理那五十根杉木时，她坚决反对。那是家里最值钱的东西，是简纯的爷爷年轻时一根一根从山上扛回来的，根根有海碗口粗，是上好的桁条。爷爷自己没本事造新房，打算留给儿子用，不料儿子比他还死得早，他就把希望寄托在孙子简纯的身上。

妈妈说："爷爷死前说的话，你没有忘记吧？"

简纯说："我当然没忘。可是现在谁家盖房还用桁条呢？放心，我不会让爷爷失望的，少则五年，多则十年，我一定建造一座楼房！"

妈妈只能由着他安排。简纯把一部分木头卖了，一部分用来做鸡舍、牛车。家里有四间平房，他清理两间来做鸡屋。准备妥当，他用攒下的奖学金买了第一批小鸡，300只。

妈妈担心道："依我们的家底，贷款很难办的。300只鸡，至少要吃半年才能出手，卖木头的钱远远不够买饲料。"

简纯胸有成竹地说："我自有办法。"

半月以后，妈妈才知道儿子做牛车的用处。简纯在车上放个木笼，笼里装着300只小鸡，他套上牛，驾！牛车就咿咿呀呀地开上村边的公路。大大小小的机动车来来往往，与牛车相遇时，车里的人都好奇地张望。

简纯的目的地是牛滩。那是属于村里的一块大草滩，先前，村里几百头牛都在那里放牧，因此而得名。

在公路平稳地走了一个多小时，再摇摇晃晃地走一小时的山路，简纯他们来到牛滩。老水牛很久没来了，远远望见牛滩，就高兴得"哞哞"直叫，加快脚步。简纯也兴奋地从牛背上站起身，大声喊道："牛滩，我来了！"远山回应："来了！来了！"

牛滩多年没人来过，草密虫多。小鸡一出笼，就忙着捕吃小虫，或者啄食嫩绿的草尖。老牛不忙，慢悠悠地甩着尾巴，一口一口惬意地啃嚼嫩草。简纯也惬意地坐在牛车上，在太阳伞下面，一口一口喝妈妈煮的白米粥，那叫一个爽！

晚上回家，小鸡的嗉子个个胀得要爆炸。简纯得意地对妈妈说："这下不用愁饲料钱了吧？"妈妈乐了，一个一个摸着小鸡说："饭好也不能拼命吃呀，看把你们撑的！"然后又心疼地对儿子说，"快吃饭吧，明天早点回来！"简纯的确饿极了，饭吃得香香的。妈妈在一边看着看着，眼泪就掉下来了，说："那么远那么闷的地方，老人都难呆得下，你一个后生家，难为你了！"简纯说："要是你们知道那里有金子，肯定比我还能呆。"

牛滩原来有个木棚,是放牛人搭来遮风挡雨的。架子还在,也结实,简纯收拾了几天,又可以利用了。他给自己的牛车取名叫"土鸡专列",早出晚归,风雨无阻。

很快,小公鸡应该阉割了。简纯自己动手,工具是阉鸡师傅送的。成功率竟然是百分之百!妈妈佩服得不得了,有点不相信地说:"儿子,你也太能干了吧?"简纯这才跟妈妈说,他也是吃了很多苦头才学来的。

两个月后,小鸡变成了中鸡。简纯又买了300只小鸡。土鸡专列变成两个车厢,一个装小鸡,一个装中鸡。带卡的牛车已经够引人注目了,毛色鲜亮的土鸡更加吸引眼球。公路上,有不少人停下车来,拦住简纯,想买他的鸡。简纯说:"还不到时候。"有人愿交订金,跟他预订,他也没有答应。

又过了几个月,中鸡变成了大鸡。土鸡专列的车厢变成了三个,前面是大鸡的,中间是中鸡的,后面是小鸡的。大鸡越发油亮好看,天天有人到家中,或在路上,或到牛滩向简纯买鸡,他都不答应。

在简纯决定卖鸡那天,简家门庭若市。不到半小时,近300只鸡就被抢购一空。近千只在栏的未成年鸡也被几个大酒家抢订完毕。

简纯把一万多块钱交给妈妈,说:"这下您放心了吧?"妈妈含着泪,点点头,把钱推给他,说:"你拿着我更放心。"

简纯掏出手机,给同学群发了一条短信:"亲爱的同学们,土鸡专列正式上线,欢迎垂询。"自此,简纯"土鸡专列列车长"的名声,也就这样传了开去。

(覃 旭)

盲人指路

　　林灵是冯教练从体校选拔出来的好苗子。为鼓励她参加年底举行的冬奥会，冯教练专门为她量身定制了一套训练计划。

　　一天，林灵正给自己"开小灶"，腿部突然感到一阵剧痛，便倒在训练场上。队医和冯教练赶来一看，只见林灵左踝骨周围又红又肿。队医指着冯教练的鼻子一顿臭骂："这样训练，好苗子也要毁在你的手里。她踝关节周围韧带严重受伤，三个月不能下地！"

　　冯教练急得团团转，为了实现她退役前未能实现的梦想，她倾尽全部心血，要帮助林灵进军冬奥运。林灵也不愿意放弃，请求队医帮她治疗，尽快恢复训练。

　　队医十分为难。他想起离训练基地不远处新开了一家推拿会所，训练基地不少运动员都去那里接受治疗，疗效很好。"要不，让林灵也去试试？他们的所长姓赫，赫赫有名的赫，天上一条龙的龙，叫赫龙龙。"

　　上海话瞎子的"瞎"与"赫"同音，冯教练听成了"瞎弄弄"？她连忙摇头，说："林灵的腿决不能让他瞎弄弄，腿要毁了，还怎么进军冬奥会？"

　　队医说："人家是高人，怎会随便'瞎弄弄'？"

　　林灵也吵着要去，冯教练只好死马当它活马医，陪了林灵来到推拿会所。

谁知,赫龙龙是个盲人,而且佝偻着背,斜着肩,走路一瘸一瘸,戴了副大墨镜,依然盖不住他脸上高高低低的伤疤。林灵见了吓了一大跳,心想:他自己浑身上下都是伤,还能治好我的伤?她十分胆怯地问:"我们队医没法让我短期内下地训练,你能行吗?"

"行不行,得看你伤得如何?我眼睛瞎了,看不了X光片,但我的手指胜过CT,它会告诉我你的病情。"说着,他让林灵躺在检查床上,用双手在她左脚的脚踝处,仔仔细细地摸了起来。尽管很痛,林灵咬住嘴唇忍着。突然,赫龙龙把林灵的耳朵提了起来,从胸袋摸出一根竹针,朝她耳壳上刺去。这一刺,痛得林灵头皮发麻,"哇"的一声大叫,人也从检查床上弹了起来。赫龙龙的手轻轻地搭在她的肩头上,从她坐起来的速度、力度,赫龙龙略带几分欣慰地对她说:"你放心,七天后,我保证让你参加训练。"

"七天?"这大大出乎冯教练的意料,她问,"你凭什么保证她七天后可以参加训练?"

"她的踝骨、膝盖周围虽有旧伤,但她股骨很强健,大腿肌肉也富有弹力。刚才我在她耳朵上取穴,她坐起来的速度,证实了她的腰腿肌肉有力、强壮,训练时只要转移踝骨的受力点,就可以带伤训练了。"

常言说:外行看热闹,内行听门道。冯教练虽然没看到他制订的带伤训练的具体计划,但已经知道他是个懂行的医生。此时,女助手拿来他们自制的6号膏药,男助手拿来一条三指宽,一尺长的青竹夹板,把它绑在林灵敷了膏药的踝骨两侧,连同脚后跟一起裹紧。这6号膏药具有内伤外泄作用,俗称吊伤药;这青竹夹板富有弹性,利用它的弹力,增强向内的压力,加强药物的渗透,这是赫龙龙在自己身上"瞎弄弄"摸索出来的内伤外泄治疗法。当膏药敷在林灵的脚踝处,林灵顿感凉飕飕的,舒服极了;上了夹板,痛感也明显减轻,这才相信赫龙龙的七天承诺不是空头支票。她看到了希望,便问赫龙龙:"这七天中,我还要不要到你这儿来?"

"必须来。每隔48小时,你来换药,我要检查你的伤情变化。第七天,你和你的教练一起来,我将建议她修改你的训练计划,如何'带伤'训练。"

冯教练很奇怪,问:"你对我们运动员的训练生活怎么这么熟悉?"

"没有金刚钻,不拦瓷器活。我为什么要把推拿会所开到你们训练基地附近?就是想为你们运动员作点贡献。"

冯教练挺高兴,今天没白来。林灵也挺高兴,在回训练基地的路上说:"教练,他人很丑,手上的功夫可真不赖,想不到草窝里还真藏了个金凤凰。"

师徒俩高高兴兴回到基地。谁知到了晚上,林灵的左踝骨又酸又胀,还伴随着一阵阵剧痛,左脚无法着地,哪怕脚趾碰到了床沿,也痛得她直冒冷汗。林灵为病情恶化而焦急,如果七天后不能恢复训练,那真要误了大事!她只能大声呼叫:"冯教练,冯教练,快陪我去找那个江湖骗子算账!"

冯教练听到喊声赶到寝室,见林灵的左腿,不仅仅踝骨周围肿胀,连小腿、膝盖周围也都是蓝沉沉地肿了起来。凡是肿胀都因为充血,应该是红红的,可林灵的腿却蓝蓝的,都蓝得发黑了,会不会是肌肉坏死的前兆?她真后悔,不该冒险将林灵送到"瞎弄弄"手里,她的腿真要被他弄废了,非但不能进军冬奥运,还无法向林灵家长交代啊!她二话没说,找来轮椅推着林灵去盲人会所。谁知,晚上会所里特别忙,健身、理疗的人真不少,大部分是他们训练基地的运动员,冯教练都认识。她好不容易找到了正在忙碌的赫龙龙,劈头盖脸就一顿数落:"你看看,你看看,你把林灵的腿弄成什么样子了?"

冯教练在火里，赫龙龙却在水里，他依旧一副无所谓的样子说："我是瞎子，你让我看？能看得见吗？是不是小林的那条腿肿了？别着急，我来摸摸。"

"你没给她治疗前，她的腿没这么肿，现在连脚趾都肿了，皮肤也黑了，你保证她七天后恢复训练，现在都肿成这样了，还怎么训练？你毁了她的腿，等于毁了我们两代人的梦！"

"哦，我听懂了。你是小林的教练？以前也是运动员吧？你没拿过冠军，所以希望通过小林来实现你们两代人的冠军梦。这没问题！我眼睛虽瞎，我嘴巴可从来不说瞎话，七天后小林不能恢复训练，你派人来砸我的会所！"

"教练，别信他的，叫他马上给我消肿止痛，否则，我给电视台打电话，让他们马上派记者来，把我肿成这模样的腿，在电视里给他曝曝光。到那时不用我们砸他的会所，他自己也得关门！"

不料，赫龙龙一点不着急。"如果电视台真能来了，我得谢谢你。今天，你的腿肿成这样了，我请他们做个后续报道，七天后，你出现在训练场上，不就给我做了广告，扬了名吗？"

就在这时，突然响起了令人振奋，激越高昂的国歌前奏。谁知，这么严肃的国歌，却是赫龙龙手机的彩铃声。赫龙龙对着手机大声说："恭喜恭喜，欢迎欢迎。"他话音未落，冯教练抢过他的手机，非常气愤地说："你这人太浑了！你竟敢把国歌当作手机的彩铃声，对国歌大不敬，你知道吗？"

就在这时，进来两位运动员，他们是田径队的，上星期去北欧参加邀请赛。刚才那个电话就是他俩打来的，确定下赫龙龙是不是在会所。他俩一进门，各自拿出一枚奖章。原来，他俩这次出征都夺得了冠军。一来向赫龙龙报喜，因为他眼瞎看不出，让他摸一摸冠军的奖章，分享他们夺冠后的喜悦；二来表示感谢，感谢他精湛的医术治好了他们的伤痛，更要感谢他时时用国歌来激励他们的斗志。

这回，他俩站在领奖台上，真的聆听到了激昂的国歌声。

林灵和冯教练知道了这两位冠军背后的故事，赫龙龙的彩铃声，原来不是随意"瞎弄弄"的，看来他不仅能治伤，还是个懂得运动员心结的贴心人。可是，为什么别人的伤他都能治好，唯有林灵的腿，他却越治越糟了呢？

等赫龙龙送走了两位冠军，冯教练问他："林灵的腿，你究竟还能不能治？"

赫龙龙用手摸了摸林灵的踝骨周围，滚烫滚烫的。他让助手推来龙门架，用绑带把林灵左腿吊了起来，对冯教练说："我想要的就是这个效果，把她内伤吊出来了，三五天后，肿胀会自然消失，她就可以恢复训练了。"

"皮肤都已发黑，这肿还能消吗？"

林灵的腿被吊起来后，她的痛胀感顿觉减轻了，心情也稍有好转。这时，赫龙龙和她们师徒俩聊起了天，讲了拔苗助长和水到渠成的故事，要她们尊重科学，耐心等待林灵伤势的恢复。

五天后，林灵的肿退了，皮肤由黑变粉，此时，赫龙龙从铁柜里取出一张16开的白纸。他裁下一半，放在热水里泡了三分钟，纸变得非常柔软，裹在林灵受伤的脚踝处，好像穿了只露趾的袜子。几分钟后纸凝固了，竟比石膏还硬，但脚腕的活动依旧自如。有了这双"纸袜子"，本该是踝关节受力的位置，现在被转移了，它既能治伤，又为带伤训练提供了方便！有人问这是一张什么样的纸？它可珍贵了，又是赫龙龙"瞎弄弄"弄出来的。由于这张纸非常珍贵，用剩的那半张必须放回铁柜去。

赫龙龙掏出钥匙去开铁柜上的锁，冯教练发现他的钥匙圈上有个挂件，是条不锈钢的龙。她马上从自己包包里也拿出一只钥匙圈，钥匙圈上也有个挂件，也是用不锈钢做的，却是一只引颈的凤凰。冯教练望着眼前的赫龙龙，她顿时认出了他，轻轻叫了一声："桑朱龙。"

赫龙龙听到"桑朱龙"三个字,手中的钥匙圈掉在了地上。冯教练把自己钥匙圈上的凤凰,塞到他的手掌心,说:"这是你用不锈钢给我一刀一刀锉出来的凤凰。四年了,今天我才找到了你的那条龙,你仍然和我一样,把它挂在钥匙圈上。"

赫龙龙摸到自己亲手制作的凤凰,他的手在发抖,他用发抖的手,抚摸自己受了伤,瞎了眼的脸,咬咬牙说:"你认错人了,我叫赫龙龙。"他把钥匙圈连同"凤凰"一起还给了冯教练。

说起桑朱龙,他曾经是一名优秀的桥梁设计师,他与运动员冯凰,从相识到相恋整整三年,是一对"龙凤"绝配,就等冯凰参加完世界锦标赛回来结婚。为此,他俩特意租了一套两居室新房,桑朱龙还特地制作了一对龙凤挂件,挂在各自的钥匙圈上。

就在冯凰迎接世界锦标赛而进行封闭式训练的关键时刻,桑朱龙不幸发生了车祸,撞断了胪骨、眉骨、锁骨、肋骨、胫骨和膝盖骨,从头到脚,总共断了十一根骨头,其中三处还是粉碎性骨折。他昏迷了七天七夜,幸亏遇上医术高明的李医生接好了他所有断骨,从鬼门关把他拖了回来。人是活了,眼睛瞎了,鼻梁塌了,腿也瘸了,连肩胛也一个高,一个低。活生生的一个人,一下子双目失明,人也站不稳,原有的工作干不了啦,他如何再生存?

为了不拖累冯凰,桑朱龙辞去原来单位的工作,退掉了准备结婚的新房,决定不再见冯凰。所以冯凰完成了封闭式训练,直到比赛结束,来到新婚房,门打不开了,新房已经易主,桑朱龙搬走了。她打桑朱龙的手机,他关机;去他单位找他,同事说他辞职了。桑朱龙就这样在人间蒸发了。

再说桑朱龙,虽然活下来了,但他不愿苟且偷生,就在出院那一天,他跪倒在李医生面前,要拜他为师,改学岐黄之术,他也要悬壶济世,救死扶伤。

李医生哪敢收一个双目失明的盲人为徒?尤其是中医伤科,望问闻切，全凭一双火眼金睛。桑朱龙估计到李医生不肯收他为徒，住院期间，他打听到了李医生的家史。解放前上海有名望的伤科医生有三大家和三小家。李医生父亲兼学了这六家医术，号称"六房合一子"，成了一代名医。李医生继承他父亲衣钵，接好桑朱龙十一根骨头，救了他的命。桑朱龙为了像李医生那样做个对社会有用的人，他向李医生提出二点理由：1.你李医生自学成才，身怀绝技，却没有一个入室弟子，"六房合一子"的精湛医术，没人帮你总结，将要断送在你的手上，岂非有悖你家先辈之意？2.我是同济大学桥梁系的硕士生，由于长期从事设计工作常用电脑，虽然失明，但我能盲打，只要你口授"六房合一子"的传统精华，我帮你打字记录，非但能传承你家绝世仁术，而且还可以把它发扬光大。

桑朱龙的两点理由打动了李医生，他收下这位盲人学生。一个认真教，一个用心学。去年年底，桑朱龙考出了伤科医生的资格证书，开办了具有疗伤资质的"赫龙龙盲人推拿会所"。

今天，他被冯凰找到了，冯凰怎会放过他？

"龙龙，我知道你爱我，你受了伤，不仅找到了自己重生的位置，还专门研究运动员的运动伤，足以证明你在保护我，四年来你没有离开过我。"说着两人紧紧地拥抱起来。

林灵见他俩抱在一起，大声地喊："别忘了，还有我呢，我的腿……"

冯教练告诉林灵，他的真名叫桑朱龙，绝不会"瞎弄弄"的。"我会和他一起给你制订带伤的训练计划，尽快让你恢复训练，进军冬奥运。"

这真是：谁说盲人步难行？心有明杖眼有灯。泰山难阻人生路，通幽何惧走曲径！

（黄宣林　张红玉）

三棵树

杨林村是个小山村,青壮年大多外出打工,村中常年居住的,基本上是留守老人和儿童。

一天中午,村后山路上,一个少年手提镰刀气喘吁吁地朝山上跑,他边跑边抹眼泪,嘴里喃喃自语:"不要——不要!就是不要!"少年径直跑到一片杨树林里,大叫道:"不要弟弟——我不要!"一下扑倒在地上。

这少年名叫郑志,十一岁。前年,他爷爷患重病,用光了家里所有的钱还是死了。祸不单行,后来,他随在广东打工的父母回老家时,半路出了车祸,他和母亲受轻伤,可父亲却丢了命。去年,母亲改嫁给她的同事,爹死娘嫁人,他听了别人"有后爹就有后娘的话",离开母亲,回老家跟年过六旬的奶奶相依为命。

这天上午,郑志接到母亲的电话,母亲先说已给他和奶奶寄出了生活费,叫他去取,又说一月前她生了个男孩,说他有了弟弟。郑志大喊一声:"我不要弟弟!"猛挂了电话,然后到后山坡割牛草。他越想越憋气,越想越痛苦,于是丢下背篓,手提镰刀,跑到自家林地里来,他真想砍些什么。

在地上躺了半天后,郑志起身,把锋利的镰刀尖狠狠地刺向树皮,擅长画画的他用镰刀在杨树上雕刻起了画。第一棵树上,他刻了

125

幅女人头像,这是他妈妈,妈妈头像的下边是一双充满怨恨的眼睛,这是他;第二棵树上,他刻了一个男人的头,这是后爹,还有一个小孩的头,这是弟弟。他还横着画了一条绳索,把两人牢牢地捆在这树上;第三棵树上,他刻画了一座高楼,楼旁飘洒着钞票。

刻完后,郑志把刀一扔,躺在地上望着天空,泪水顺着眼角流到了地上。眼泪流干后,他爬起来大叫:"我不要你们的钱!我自己挣,等着瞧吧!"

可是,大人挣钱都不是那么容易的,何况一个嘴上无毛的小孩,郑志上学和生活还得依靠母亲。

四年后,郑志上了高中。几年间,他个子越长越高,日子越过越难,可母亲寄回的钱却没增加。渐渐懂事的他慢慢减少了对母亲的怪怨,他知道弟弟大了,母亲的负担越来越重。

有一天,郑志接到同学罗亮的邀请,去罗亮家参加生日聚会。他最不喜欢这种活动,可罗亮很真诚,他不好拒绝,便买了个小礼物前去。

聚会很热烈,郑志应付一会儿后便来到阳台看花,他很喜欢一盆叫不出名字的红花。

"这花几百块钱一棵呢,喜欢吗?"同学李康过来问,郑志说:"还行。"他不想和李康多说,这家伙有钱,看人总是向下看的。

"还行?几百块一盆的花你说还行?好像你挺有钱似的。"李康一脸的不屑。郑志说:"我哪有你有钱!可你除了钱还有什么?"李康生气地说:"你不就成绩比我好吗?那有屁用。"说着伸手推郑志的肩,郑志向后一闪,突然感到肘部撞到了什么。

只听"砰"一声响,探头一看,那盆红花已经摔得粉碎。

大伙到楼下收拾时,郑志不停地向罗亮道歉,说要赔偿。罗亮说不必,不就一盆花嘛!郑志却在心里发誓,卖血也要赔!

几天后,郑志通过其他同学打听到,那盆花值五百,花盆一百。

他手头只有一百多块,于是,他利用周六周日去建筑工地干活,一月后他凑足了六百块。一个星期天,他敲开了罗亮家的门。

"郑志?欢迎欢迎!"罗亮热情地请他进屋,跟罗亮的父母打了招呼后,他掏出六百块钱给罗亮的父亲说:"罗叔叔,我摔坏了您家的花,对不起,这是我的赔偿金,请您收下。"

罗父赞许地拍拍他的肩说:"事情我都知道了,你的心意我们收下,赔偿就不必了。"郑志非赔不可,看不接受赔偿还真不行,罗父只好象征性地收下五十块钱,一定要留郑志在家吃饭。吃饭时,罗父说:"那花盆和花不稀罕,稀罕的是那养花的土。"

"土有什么稀罕的?哪里都有土。"郑志不解地问,罗父告诉他,最好的天然花土是一种叫"牛屎炭"的土,这是一种泥炭,是天然沼泽地沉积几千年形成的,但这东西正宗的比较难买,去年他托了几个人才买到十斤正宗"牛屎炭"。

几百块一棵的花,有钱人才玩得起,郑志没把这花放在心上,可"牛屎炭"这名字却让他忘不了。他哪里知道,这难听的名字后面正有一个难得的机遇等待着他。

这天是周日,秋高气爽,郑志又一次来到被他雕刻得伤痕累累的白杨树旁。树上的画基本还能看清模样,他躺在地上看着树叶飘落,又想起远方的母亲,觉得自己就像那离开树的叶子。

胡思乱想间他想到罗父说的"牛屎炭"。他查过资料,泥炭就是按不同程度分解的、松软的植物残体堆积物。既然这样,那树叶和泥土经过一定时间的沉积,不也可以成为花土吗?要是那样,不值钱的树叶和泥土不就值钱了吗?

他兴奋地跳了起来,马上回家取来了锄头、筛子和刀。他在这三棵树前挖了个坑,先铺了一层细土,又铺一层切细的树叶,适当洒一些水,这样一层土一层树叶把这坑填满,然后在上面盖了厚厚一层土……

第二年春天,当郑志刨出他自制的"牛屎炭"时,他看到了令他满意的效果,他用塑料袋装了一小袋直奔罗亮家。

罗父问了这土的来历,又仔细地看了捏了后,拍着郑志的肩说:"这虽然不是正宗的'牛屎炭',但这也是营养丰富的上好花土,我先用它试种花,有了效果再告诉你,小伙子真不错!"

三个多月后的一天,罗亮叫郑志到他家,说他父亲有事找。郑志忐忑地到了罗亮家,罗父一见他就说:"小郑,我多位花友试了你那花土后都说好,要买,这个星期天你回家带几百斤来。"

星期天,郑志装了几袋花土,租三轮运到县城,在罗父的指导下按不同重量分装成很多小袋,然后他们拉到了一个花土销售处,大半天时间便卖完了,得了八百多块。郑志非常高兴,要分一半钱给罗父,罗父坚决谢绝了,看着他欣慰地说:"小郑,人小志大,你以后定有出息,这花土还可进一步改进,我送你一些这方面的书。"

"谢谢罗叔!"郑志衷心地向罗父鞠躬致谢。

回家后,郑志再次来到那三棵树下,看着这三棵又一次长出新叶的树,还有树上那越来越模糊的画,他心里已没了几年前的那种抱怨和嫉恨,他看到的是生机和希望。

这以后,郑志经过学习钻研,在树叶和泥土的选择上做了进一步的改进,他制作了三坑花土,卖了两千多元。他信心大增,进一步钻研花卉知识,在罗父的指导下,他根据不同花卉的不同特点,有针对性地制作各类有机花土,并上网销售……

高三这年,郑志和罗父共同成立了家花土公司,他发动村里的乡亲一起制作有机花土,他负责技术研发和销售。

郑志成了学校有名的小老板,而且他没耽误学习,老师和同学都夸他,奶奶一说起这孙子脸就笑成了一朵花。

一眨眼,高考来了。临近高考的一天放学时,郑志突然接到了母亲的电话,母亲关心地询问了他的学习情况,还说打算回老家来陪他参加高考,顺便看看他是怎么制作花土的。他突然情绪激动地说:"别,您别回来,千万别回来。"说完立即挂了电话。

这时,罗父正好在他身旁,便关心地问:"小郑,怎么回事?你为什么不让你妈回来陪你?"郑志说:"我不想让她回来看到那三棵树。"

"什么三棵树?"罗父不解地问。郑志没回答,他犹豫了一会儿说:"考完试后我带您去看。"

高考完了,郑志感觉还不错。这天,他带着罗父来到了他家的山林里,他指着那三棵树说:"就是这三棵。"罗父看了三棵树上那些还能勉强分清模样的画,说:"这些都是你刻的?你为什么要在树上刻这些画?"

郑志怔了一下,说:"我当初刻这些画在树上,是想把它们深深地刻在我的心上。"罗父奇怪地问:"这些画是什么意思?"

郑志这才说出了他的身世和这些画的意思。罗父看着那三棵树说:"当初,怨恨、自卑、嫉妒,是你心中的三棵树。如果任这三棵树疯长,撑破的是你的灵魂。现在,你让它们上面的叶子落下变成泥土,变成肥料,心中开出的就是鲜花。"

郑志对着明亮的阳光说:"罗叔,您说得真好!"

一个多月后,郑志收到了理想大学的录取通知书。离开家乡时,他带上了两包花土,一包带到母亲那里,一包要带到大学里。他相信,美丽的鲜花人人都喜欢,种花就要花土,他的花土已经注册了商标,名字就叫"三棵树"。

(吴治江)

今天你"亲"了没

林娜是个二十岁出头的漂亮姑娘,一直想自己创业,最后决定开个网店,卖毛绒玩具。

网店开张后,林娜每天从早到晚都守在电脑前,可一个月过去了,愣是一个顾客都没有!这天,终于有顾客上来搭讪了,林娜激动得打字都有点不利索了,赶紧问:"亲,欢迎光临,需要点什么?"对方说想买一款抱熊,让林娜包邮。

林娜想都没想就同意了,可等快递员来了之后,林娜傻了眼,快递费比抱熊还贵!

林娜赶紧和买家沟通:"亲,我没想到运费这么贵,您能不能再添点运费?"买家不干了:"我买的时候说好包邮的!付完钱了你想赖账?就这个价,你若不发货,我就去投诉你!"

林娜想了想,算了,谁让自己没经验,没想到运费的问题呢?也算吃一堑长一智,就当交学费吧。接下来的日子,还是少有顾客光临,看着满屋子的毛绒玩具,林娜觉得这样下去,也不是办法,她心一横,干脆出去摆地摊!

摆摊的时候,林娜认识了一个卖内衣的小姑娘。两个人一聊天,巧了,原来那个小姑娘也是开网店的,她叫李影,是个公司的小白领。

林娜诧异地问:"你有工作还开网店干吗?"

李影苦笑着说:"我本来想利用业余时间开网店挣点零花钱,没想到,这网店比我工作还占时间呢,天天晚上熬到大半夜,第二天上班就迟到。再这样下去,钱没挣着,工作可就丢了。所以,我干脆关了网店,把剩下这些货处理掉,就省心了。"

两个姑娘聊着聊着,就成了好朋友,经常一起摆摊。可没多久,李影出摊的次数越来越少。她和林娜商量:"要不,我把这些内衣便宜处理给你得了,反正你的网店还要继续开。"林娜其实也想改卖内衣,就同意了。

李影象征性地收了林娜一点钱,就把剩下的内衣全部给了林娜。她拍拍林娜的肩,说:"好好干!哪天我去你店里光顾啊!"林娜笑着说:"好啊,亲,欢迎光临!"

林娜回家后,把那些漂亮的内衣拍了照片,挂到自己的网店里。没几天,就有顾客光临了,林娜热情地打招呼:"亲,你好!"

对方笑得比她还热情:"不用亲啦,我是李影!来买几件内衣。"

林娜有些不好意思:"这不太好吧?"李影说:"有啥不好?你帮我收了尾货,我还得感谢你呢。"就这样,林娜终于成交了一单生意。

接下来又是漫长的等待,看着自己小店惨淡的成交量,林娜开始反思自己的开店模式,她在网上寻找各种和网店相关的知识,认真学习。功夫不负有心人,在她的努力下,小店的生意渐渐有所好转。

这天,林娜打算搞一次秒杀活动,以一元包邮的价格,秒杀一款内衣。这其实是赔本赚吆喝,扩大小店的知名度。

林娜将一款内衣设定好了秒杀,点下确定后,就等着秒杀开始!果然,就像她设想的那样,客流量很快就上来了,林娜应接不暇。她看在眼里,喜在心上。但很快她就发现不对劲了,自己只准备秒杀30件内衣,可成交量到达30件后还在不断攀升!这时她才想起来,刚才自己设定秒杀时太激动了,竟然忘了设定秒杀产品的数量!不过,说来也怪,以她小店的知名度,搞一个店内秒杀,不应该在这么短的时间内就来这么多人啊，简直让她措手不及!

看着最后的成交量，林娜欲哭无泪，已经秒出去近两百件了! 30件已经是亏本生意，现在翻了五倍多，别说成本，光是运费就是一笔不小的支出啊。她的第一个念头就是毁约，跟买家解释一下，前30个买家她可以按秒杀价包邮，后面的一律不算数。

可如果这样，自己辛辛苦苦撑了这么久的小店，信誉就算完了，若没了信誉，以后谁还会来光顾呢? 可若是照单履约，那得亏多少钱啊?

林娜纠结了很久，最后一咬牙：发货! 谁让自己操作失误呢? 若没了诚信，自己的小店就更没法做下去了。

接下来的几天，林娜一直忙着打包商品发货，累得精疲力竭。她算了一下，这次的失误，把她一年多的利润全亏光了。接下来的几个月，她连生活费都成问题了。

就在这时，她接到了李影的电话："最近赚了不少吧? 该请我吃饭了!"林娜叹了口气，把这几天发生的事跟李影说了，最后有点不好意思地问："你能先借我点钱吗? 我最近连付运费的钱都快没有了。"李影惊讶地"哦"了一声，半天都没说话。

第二天，林娜刚一上线，就看到很多买家的询问，她以为又是催她发货的，不料，打开细看，竟然是买家们贴心的问候："店家，秒杀亏了啊? 下次一定经常照顾你店里生意!""掌柜的，够信誉! 挺你!"……

林娜一时间有点摸不着头脑，这是怎么回事呢? 这时，她看到李影的留言："亲，看你搞秒杀活动，我特意找了朋友们支持你，没想到帮了倒忙! 我把事情的经过发到论坛了，相信买家们都能理解你的!"

林娜急忙打开论坛。果然，李影的贴子被顶在最上边，她真实记录了林娜从刚开店一直到现在的种种努力，帖子最后写道："店主因为忘记设定数量,导致被秒杀了全部的库存。但她竟然有勇气承担,宁可跟朋友借钱付运费,也要保证小店的信誉……"帖子下面,是很多买家的留言:"我秒到了一套,这样的店主值得信赖!""东西已经收到,质量很好!支持你!""货真价实!以后买内衣就在你家了"……

看着这些留言,林娜伏在桌上,无声地哭了。开了这么久的店,经历过没人光顾的煎熬,经历过变态的纠缠,经历过买家的无理取闹,她都没哭过。现在,面对这一句句肯定与温暖的话,林娜再也忍不住了。

她一一回复着买家们的询问:"谢谢亲的支持!以后我会更努力!"最后,她给李影留言:"亲,谢谢你的帮助,虽然我亏了利润,却拥有了你的友谊和买家的信任!"

林娜的小店终于又红火起来,许多买家是看了她的故事后一路寻来的。虽然隔着电脑,看不到对方,但林娜每天仍旧面带微笑,热情地询问着:"亲,欢迎光临,需要帮忙吗?"

(高 玲)

名贵相机

白领青年周波喜欢摄影。这天,他开着越野车往深山里跑,准备拍一组好照片。

周波路过一个小镇,见路边一辆小货车上装满了翠绿的西瓜。周波停了车,拿着挎包走过去挑西瓜。

卖西瓜的是个胖女人,待周波挑好一只小西瓜,就想问一下,是否要把西瓜切开?周波懒得和她说话,付了钱,拿起挎包和西瓜回到自己的车边,从包里拿出一把小刀,只几下,就把小西瓜的皮削成了长条,盘在西瓜底部。又在西瓜肉上划了几刀,如一朵美丽的玫瑰花。周波一边吃西瓜,一边欣赏着山里的美景。

吃完西瓜,周波到小溪边洗完手,突然,发现手上没有相机。一拍脑门,坏了,一定是刚才选西瓜的时候把相机放在小货车上了!周波赶快往回跑。

胖女人正在小货车前数着钞票,见周波匆匆而来,刚要问,周波先开口了:"老板,你看见我的相机了吗?"

胖女人肯定地说:"没有。"

周波不相信,到处去找,那女人也帮忙找,可周波看她躲躲闪闪的眼神就认定有问题。于是他实话实说:"老板,你只要把相机还我,我给你一百元钱。"

胖女人的脸红了:"我真的没有捡到相机。"

那相机可是一万多元买来的。周波只得加码,一直加到五百元,可胖女人就是摇头。最后急了,擦了擦额头上的汗珠,稳了稳情绪,大声说:"我真的没有捡到相机,你不要拿钱来羞辱我们乡下人。"

周波看胖女人急了,脸红到耳根,分明是做贼心虚的样子,又发现她的身体慢慢地往一个筐子边移,周波仔细一看,筐子里露出一条黑色的相机带。他突然冲过去一拉,相机在花花绿绿的塑料袋中飞了出来。

胖女人恼羞成怒地抢过相机,紧紧地抱在怀里说:"这是我的相机。"

周波冷笑一声:"你知道这是什么相机,这么名贵的相机,你这乡下女人买得起?"

谁料,胖女人不但说出了相机的名字,连价钱也说得差不多。

周波愣了愣,就想上前抢回自己的相机。那女人更急了,大声喊:"老公快来,有人抢我相机!"

随着喊声,从不远处冲出一个黑大汉,一把推开周波,问:"你干什么?"

周波看他那凶样,有点害怕,结结巴巴地说:"我的相机刚……刚才掉在这里,谢谢这位大姐帮我捡到。"

黑大汉看了一下女人手里的相机,气呼呼地说:"这是我家的相机,如果你要,那就一万三千八,少一分钱也不行。免得这娘们天天捣弄相机,也不专心卖水果。"

周波知道自己遇上敲诈的人了,但自己人生地不熟,硬要,不行!于是他悄悄拨了110。

警察很快来了,周波和胖女人都说这相机是自己的。警察就让他们说出相机的特征。周波胸有成竹,说相机里有自己拍的三张照片,都是风景照。

135

警察打开相机,看了里面的照片,点点头,对胖女人说:"不错,相机是这先生的。"

胖女人不相信,翻动着照片,看着看着,脸色大变,惊慌失措地说:"你变的什么戏法,怎么把我的照片都换了?"

周波抢过相机,鄙夷地说:"不要装了,让人看了很恶心。"

黑大汉也要上来抢相机,被警察拦住了,为防意外,警察把周波护送上车。

周波开车跑了一程,看后面没有人追来,才停下车,拿出背包,准备把相机装在相机套里。

可他拿出相机套,一下就傻眼了,里面装着一台一模一样的相机。他仔细回忆,终于想起来,自己选西瓜的时候,把相机放在西瓜车上了;而称西瓜的时候看见相机竟然在筐子里,想也没想就拿了放进包里。是自己错拿了胖女人的相机。估计那胖女人也把自己落在车上的相机当做她自己的了,直接又放回了筐子里。

周波很好奇,一个卖水果的乡下女人,怎么也玩名贵相机?他忍不住打开她的相机,见里面存有不少照片,有一张照片吸引了他,那是一个穿着朴素的少年,正在给满头白发的妈妈买喜羊羊的玩具手机。妈妈脸上露出顽皮的笑容,充满了童真。周波在网上看过这张照片,标题是:我那返老还童的妈妈。署名好像是"飞舞的梦想",难道这个胖女人就是"飞舞的梦想"?

周波急急地往回赶,卖西瓜的车前,围满了看热闹的人。周波挤进去,胖女人在哭,黑大汉在大声地骂:"你这臭娘们就是欠揍,让你去买衣服,买首饰,可你就要买名贵相机。我缠不过你,才花了一万多元给你买了新相机。我说了多少遍,让你不要把相机带到街上来,可你不听,就是要带上,说是要拍下精彩瞬间。现在到好,相机被人偷了,还被警察训一顿,说我们见财起意,要敲诈别人。你也该醒醒了,你就是一个卖水果的女人,不要做摄影师的梦。"

胖女人擦干眼泪,说:"卖水果的就不能有自己的梦想?"

周波赶快挤进人群,拿出相机递给胖女人,说:"对不起!是我刚才错拿你们的相机了。"胖女人一惊,又赶紧接过相机,打开一看,那都是一张张熟悉的照片,脸上顿时露出开心的笑容。

周波忍不住一声喊:"飞舞的梦想。"

胖女人傻傻地望着他,周波笑了:"我是阳光小子。"

胖女人兴奋地喊道:"你就是贴图吧的周波老师呀!谢谢你教了我那么多的摄影技巧。我还有很多的照片,你帮我看看。"

周波看完胖女人的照片,每一张都没有经过修饰,但能打动人心,触动灵魂。

(卢树盈)

南瓜饼、红枣糕

夏薇刚刚大学毕业,正在找工作,可她读的是三流大学,转悠了两个月,工作还没着落。夏薇急啊,她家的日子挺难的,母女俩租住在小区一户人家的车库里,她是靠妈妈当清洁工供她念完的大学,心想等自己大学毕业参加工作了,也好帮妈分担一点,可现在工作都没着落,还怎么分担?

小区里住着的张老板,有一家挺大的公司,正在招人。夏薇也去试过了,但人家嫌她读的学校太次,拒绝了。夏大妈也上门去求过人家,人家还是没允。

人微言轻,关键是她们和张老板攀不上交情,真攀上交情,人家兴许就允了。可人家是大老板,自己是穷百姓,天上飞的,地上爬的,哪里攀得上什么交情呀!

这一天,夏薇无意中看到,张老板从外面回来时手里提着一袋南瓜饼,她的眼睛一下子亮堂起来:妈妈做南瓜饼最拿手了,兴许她的手艺能派上用场了。夏薇赶紧回家,将这个消息告诉了妈妈,夏大妈一听,也觉得这是一个能和张老板搭上话的机会。

夏大妈赶紧去菜市场买回一个大南瓜,又提回两袋米粉、面粉,母女俩就忙活起来。她俩煮了南瓜,然后和面、揉、擀、炸,比做贡品还要讲究、还要上心。做好了,尝一口,脆香生津,比外面卖的南瓜饼强了去啦,夏大妈赶紧找来干净的食品袋装了,亲自给张老板送去。

这南瓜饼连续送了七天,张老板那边还没动静。

第七天,夏薇出门去投简历,正碰见张老板匆匆从家里出来,下了楼,经过身边的一个垃圾桶时,他将一个沉甸甸的食品袋扔进垃圾桶里。夏薇眼尖,一下认了出来,那食品袋就是她妈妈用来装南瓜饼送给张老板的。她不由走过去,冲垃圾桶里望了望。这一望,她愣住了,头天晚上妈妈送给张老板的南瓜饼,现在还原封不动地扔在垃圾桶里呢!

夏薇愣着,张老板没走远,回头看到了她,也怔了一怔,尴尬地笑了笑,说:"太多了,吃不完,坏了。让你妈别再给我们做南瓜饼了……你工作的事,我心中有数。"

其实那些南瓜饼根本没坏,等张老板走远后,夏薇从垃圾桶里提出来,因为有食品袋裹着,还是干净的,打开袋子,香气扑鼻。

闻着袋子里南瓜饼的香味,眼看着张老板远去的背影,夏薇直发呆。这时,一个小伙子跑了过来,从夏薇手里接过那只袋子,笑嘻嘻地说:"暴殄天物啊,这么好吃的东西给扔了,多可惜。给我吧,咱可别浪费了。"说着,小伙子拎着袋子上楼去了。

傍晚,夏薇回到家里,妈妈又在那里忙活着做南瓜饼,忙得满头大汗。为了不让汗掉到面团上,她愣是在额头上裹了一条厚厚的毛巾用来吸汗,这么热的天裹着厚毛巾,有多么难受可想而知。夏薇看着,眼里发酸,走上前将面团都收了,说:"别做了,人家根本不吃,全扔了。"

夏大妈愣住了:"是不是咱们做多了,人家吃不完?"

"什么吃不完?人家根本一个都没吃,我数过了,昨天你送过去10个南瓜饼,10个全在呢,都扔了。"

夏大妈一下沉默了,想了好久,她终于悟出道理来:"再好吃的东西也架不住天天吃,他们是不是吃腻了?咱得换换花样。有一次我看到张老板买红枣糕呢,也许……红枣人家爱吃?"夏大妈说完,又匆匆跑出门,去市场上买红枣去了。夏薇真想拦住妈妈,但她知道,拦不住。

打那之后,夏大妈又开始给张老板做红枣糕了。夏薇多了个心眼,每天早晨留意观察,看张老板会不会又将红枣糕给扔了。还好,一连三天过去,没见张老板扔。夏薇和妈妈都高兴,也许做红枣糕,对路了。

第四天,夏薇刚出门,迎面碰上那个曾经拿走过南瓜饼的小伙子。小伙子迟疑了好半天,然后跟夏薇说话了:"别让你妈给张老板送东西了,人家不吃的。他们现在没好意思白天扔,都改在晚上扔了。"

夏薇愣住了:"为什么?"

小伙子说:"有一次,我听见他们夫妻俩说话。其实呀,不是东西不好吃,是他们不敢吃。"小伙子吞吞吐吐的,最终还是说了原因:"你妈是扫地的,他们怕……东西不干净。"

夏薇脑子里"嗡"的一下,这真是莫大的侮辱啊,她和妈妈做南瓜饼和红枣糕的时候,真的比做贡品都要讲究,每一次都是将案板抹得一尘不染,手洗了又洗净了又净,人家居然嫌她们做出的东西脏,就因为妈妈的地位卑微、身份低贱!

看见夏薇眼里湿漉漉的,小伙子解释说:"其实也怨不得人家,我就租住在张老板家的楼下,每次都听到了,他是坚决不让你妈妈给他送东西的,是你妈妈太想给你找份工作,执意要送的。"

这一天夏薇非常伤心,就因为自己地位卑微,连做出来的食品都被人嫌弃,这对她的打击太大了。她没再出去投简历,也不让妈妈做红枣糕了,躺在床上蒙头大睡,她的整个情绪沮丧到了极点,对找到工作几乎不再抱有任何希望。

就在她自怨自艾的时候,那个小伙子不请自来。他主动介绍他的情况,说他叫程凯,也是个刚刚大学毕业的学生,他租住在这个小区,就是为了方便找工作,可他已经找了两个月,还没着落。

相同的经历让两个年轻人有了共同语言,夏薇这才坐起来与人家聊开了。一谈起找工作的艰难,两个人都唉声叹气。

聊着聊着,程凯突然产生了个想法:"既然找工作这么艰难,我们不如自己创业好了。你妈妈做的南瓜饼和红枣糕那么好吃,我们干脆卖南瓜饼和红枣糕。"一提到南瓜饼和红枣糕,刚刚振作起来的夏薇顿时就没了精神头,她连连摇头。

程凯问:"你是嫌卖南瓜饼和红枣糕丢人?你要是嫌丢人,由我出去卖,你和你妈妈负责在家里做。"

夏薇叹了一口气:"我不嫌丢人。大学毕业了找不到工作,还靠妈妈养着,这才叫丢人呢。我是怕招人嫌弃,我们那么上心地做出来的东西,人家都嫌弃不干净,这太伤自尊了。"

程凯的双眼放起光来:"这倒给了我们一个很好的创意,我们干脆做个玻璃房子,透明的,让人家从外面都看得到我们是怎么做糕点。大家不都担心食品安全问题吗?我们就明明白白地经营,眼见为实,顾客会信任我们的,我们的生意会好的。"

一个月后,夏薇和程凯通过创业贷款建起了一个流动玻璃房,他们的糕点店开张了。可别说,这样透明的经营还真被顾客认可了,他们的生意火爆得不得了。两个人忙不过来,夏大妈也辞了清洁工的工作,来搭手了。才短短两年的时间,夏薇和程凯已经开了三家分店,成了小老板。朝夕相处,两个人也相爱了,已经登记结婚了。

结婚的前夕,两个人将各自的东西搬到了一处。夏薇在为程凯整理东西的时候,无意间看到了一张聘用通知书,那是一家大公司寄给程凯的,时间正是两年前两个人计划着创业的那个夏天。

夏薇愣住了,她扬着那张通知书,问程凯:"你那时候不是说你没找到工作吗?这张聘用通知书又是怎么回事?那时候已经有公司要聘请你了哇!"

程凯笑了笑:"是的,那时候我是找到工作了,但你没找到工作呀,我不能撇下你,一个人去上班呀,我有工作了,你咋办?"

夏薇打趣起来:"可那时候我俩并不熟呀,难道那时候你就暗恋上了我,所以不愿撇下我?"

程凯的头摇得像拨浪鼓:"别臭美了,我那时候会暗恋你?你那么消沉,还真入不了我的法眼。"

夏薇不相信:"你说谎,你要是没爱上我,你干吗放弃好好的工作不干,跑来帮我?"

程凯解释说:"因为南瓜饼和红枣糕。"那时候,他租了房子找工作,但两个月过去了,工作没着落,钱却花光了,到后来,连吃的东西都买不起,只能饿肚子。就在他饿得眼冒金星、认为自己快撑不过去的时候,他无意中发现张老板将夏大妈送的南瓜饼全扔进了垃圾桶。这以后很长一段时间,他就是靠那些南瓜饼和红枣糕度日的。张老板前脚将那些东西扔进垃圾桶,他后脚立马从里面拿出来,充当填饥之物。

程凯动情地说:"我听到过张老板夫妻间的谈话,知道他俩嫌弃你们做的食物,但我一直没有说破,因为我需要那些食物。直到我接到聘用书了,我才告诉你。那时候我是真的打算去公司上班的,但看到你那么消沉,我有些不忍心,毕竟咱俩境遇差不多,更何况是你们让我捱过了最难捱的日子,没有你们的南瓜饼和红枣糕,我只怕真的会饿死,我不能不知道感恩……"

听着,听着,夏薇哭了,她紧紧地搂住了程凯,哽咽着说:"你……是好人。"

"我们都是好人,懂得不依赖,懂得自立自强,都是好人。"程凯俯下身来,深情地吻着夏薇,她已经成了他真心的爱人。

(方冠晴)

老师,你好吗?

豆角月亮

老师问同学们:"你们说弯弯的月亮像什么呀?"
"像小船。"
"对,讲得对极了!娟子,你说呢?"
"像外婆院子里结的豆角。"娟子认真地说。

"哈哈——"教室里响起一片笑声。老师气得脸色发白:"娟子,不许说月亮像豆角,听见了吗?"娟子低下头,她好委屈,弯弯的月亮明明像豆角嘛,为什么老师会生气?

十几年后,娟子也成为了一名教师,她讲《月亮》那课时,也问道:"同学们,弯弯的月亮像什么呢?"有的说像镰刀,有的说像小船,只有一个小女孩怯生生地说像豆角。娟子好高兴啊,她说:"说得很好,弯弯的月亮是很像豆角的。同学们,答案是多种多样、丰富多彩的,我们不能只说别人说过的,要敢于说出自己的想法,新的想法。"

又是十几年过去了,娟子老师仍不改初衷,仍教着孩子们豆角月亮。她不断鼓励孩子们说自己的话,说别人没说过的话。

一天,娟子老师收到一封信,信里写道:"娟子老师,我是您教过的学生,谢谢您启发了一个孩子的想象力、创造力,谢谢您的豆角月亮。"

(袁炳发)

老师你好

路遇乞讨者

这天傍晚,县广播电视台记者刘文风吃过晚饭,带着儿子小鹏去附近的超市。走到超市的小广场,便看到那里围了好多人。

刘文风走近一瞧,原来是一个三十岁左右的男人坐在一张小马扎上,怀里还抱了个四五岁的小女孩,在他们面前铺着一张白纸,上面写着几行毛笔字。因为隔着好几层围观的人墙,刘文风看不清上面写了些什么,但他觉得有些奇怪,这几年假借乞讨者骗钱的事,大家早已熟视无睹。今天为什么有这么多人围观呢?

正想着,忽然听见旁边有个中年妇女幽幽叹了口气,道:"他们父女俩真的好可怜,这做爸爸的还是个老师哩!"

骗子水平越来越高了,竟扮成老师在这里行乞,难怪有这么多好奇的人围观。刘文风拉着小鹏挤到前面,才看清纸上的字。

白纸上的毛笔字就像这个男人怀里的小女孩一样清秀:"我是一名来自贫困山区的代课老师,我爱人今年春天不辞而别,跟别人来到贵地打工,学校刚放暑假我便带女儿寻找妈妈来了,可是现在我们身无分文,仍然没有找到她。恳请好心人施舍,为我们父女凑齐八百元回家的路费。好人一生平安。"

看到这些,刘文风不禁鼻子一酸。因为他以前在乡下也干过三年代课老师,每月拿着不到正式教师三分之一的工资,上的课却没见少。虽然教学成绩优秀,但从来没拿过一分钱的奖金。好在几年前,自己通过努力,考进了县广播电视台当上了一名新闻记者,总算从困境中走了出来……

刘文风想帮帮这位"同病相怜"的外地代课老师,但他又怕上当。虽然这男人还在白纸旁摆着身份证和代课教师证明,但这年头招摇撞骗的人实在太多了。于是刘文风咳了一声,问那一直低着头的男人:"这位老师,请问你在学校里代什么课呀?既然你是有单位的,在外面碰到了难处,为什么不打个电话回去向学校领导求助?"

男人这才抬起头,满脸涨红地回答:"上学期,我在学校教初一年级三个班的数学,下学期我跟班教初二。不瞒你说,我们父女这回出来的大部分路费,都是我们校长和几位好心的同事赞助的,现在我哪还好意思再向他们张口要钱呀!"说完又低下了头。

真是巧了!儿子小鹏今天做暑假作业有几道题不会做,刘文风特地去请教了他的一位老同学,解题方法就在身上带着。这下正好可以测试一下这个人。刘文风赶紧把题目拿出来,然后递给男人道:"这位老师,我儿子刚上完初中一年级,这里有几道题他不会做,请你帮忙看看好吗?"

男人听了两眼一亮,当即接过纸条,把小女孩放在身旁,然后掏出笔,看了看纸上的题目,就低头刷刷地写了起来。

不到三分钟,男人就把数学题的解析方法写好了,信心十足地递给刘文风道:"这几道题不算太难,关键是解析方向。"

刘文风向他道了谢,然后掏出一张十元钞票塞在了对方手里。男人连声感谢道:"谢谢、谢谢!明后天晚上我可能还在这里,你儿子要有什么不懂的,只管让他来问我……"

看到这一幕,一些原本心存疑惑的围观者也纷纷伸出援助之手,把一枚枚硬币投进了男人面前的小铁碗里。

众人施援手

这天晚上,刘文风躺在床上辗转反侧,爱人半夜醒过来问他有什么心事,他笑了笑说:"这回我一定要帮那代课老师一把!"

第二天刘文风就扛着摄像机,找到那个带着小女孩行乞的代课老师。那男人吓得赶紧低下头道:"大哥,求求你,给我留点脸面,别拍我好吗?要不是走投无路了,我也不会带着女儿乞讨路费呀!"

刘文风赶紧解释道:"老师,你误会了,我以前也当过代课老师,所以我一定要帮你的忙。"说着掏出八百元,"你现在就可以回家。但我想你先缓缓,我把你带着女儿来这里寻找爱人的事儿放上电视新闻,你爱人看到后,一定会打电话给我们,然后与你们父女取得联系的……"

那男人听了,才决定配合采访。他告诉刘文风:他叫徐小根,他的爱人方细妹因不满自己是个代课老师,觉得生活太苦,竟离家外出打工。后来徐小根从岳父母家得知细妹的打工地,就利用暑假,不远千里来这里寻找。可是一星期过去了,徐小根抱着女儿兰兰找遍开发区所有的工厂,仍然没找到他爱人方细妹。

拍摄采访结束后,刘文风又主动提出让徐小根带着女儿兰兰搬到他们家闲置的车库去住,还说来这之前,他已经同小区十几位初一年级学生的家长谈好了,也到教育部门备了案,明天上午就请徐小根为他们的孩子补习数学,每人每天交十元钱,这样,徐老师可以一边教书,一边找爱人,住宿和生活费的问题都解决了。

徐小根不禁感激涕零。刘文风把他们父女俩带回了家,让爱人下了两碗热腾腾的水饺。等他们吃完后,又搬出了以前用过的木板床、床单、床垫和一些生活用品,然后把他们送到底楼的车库里过夜。

第二天一大早,刘文风又借来了十几副旧桌椅、一块黑板、两盒粉笔,上午八点钟,一个临时的数学补习班就算开张了。刘文风又扛着摄影机,拍下了徐小根为十几名学生上课的场景。

当天晚上，这些镜头就上了县电视台的晚间新闻。县电视台领导们还答应，这则新闻将在黄金时段循环播放一周。

又过去了一个星期，代课老师徐小根已在县城家喻户晓，但刘文风和电视台的值班人员却没有接到徐小根爱人方细妹打来的电话。倒有不少初一年级学生的家长，纷纷打来电话，要求让孩子进这个特别补习班。只可惜，车库里已放不下多余的桌椅了。

时间过得真快，一转眼不少日子过去了，方细妹一直杳无音讯。徐小根怀疑她早已离开此地，不然她又怎么狠得下心来不见他们父女俩呢？他决定再教一个星期，就带着兰兰回陕西榆林老家。

在平时的聊天中，刘文风得知方细妹嫌丈夫每月才九百元工资，她要丈夫和自己一起去外地打工，但徐小根舍不得他的学生，方细妹一怒之下才不辞而别的。

徐小根的教学水平，刘文风看在眼里，很想劝他留下，于是说道："依我看，你爱人出来打工，打电话告诉了家里，目的就是想让你找到她，然后跟她在这里一起打工挣钱。我敢肯定，过了9月1号，她一定会主动来找你们父女俩的。"

徐小根点头同意刘文风的分析，他知道，过了9月1日，学校就开学了。徐小根为难地说："可是，9月1日之前我必须赶回老家，因为那里还有两百多名学生，他们都等着我去给他们上课哩⋯⋯"

刘文风一时说不出话来。

老师快回来

几天后的一个上午，刘文风忽然抱着一沓考卷走进了车库。他对徐小根说："我有个朋友，是一所私立中学的校长，他们学校的数学老师出了一份试卷，我想检验一下你这些天的教学成果⋯⋯"

徐小根将考卷发给学生。一个半小时后，这场突击考试结束了。刘文风抱走了所有考卷，说要拿回去请那位出卷的老师亲自批阅。

第二天上午，刘文风不但带回了批阅过的考卷，还带来了一位红光满面的中年男人。刘文风介绍说："这就是我的朋友，私立中学的校长李先锋，昨天的考卷是他们初一数学提高班的考核试卷，他们的平均成绩是七十八分，而你们却达到了八十分，我们查过这十几个学生期末考试的成绩，他们的进步完全超过了我的预期。"

刘文风刚说完，李校长就上前握住徐小根的手，说："徐老师，我一直在默默关注你，你的确是一位优秀的数学老师！我想聘请你来我们学校教初中数学，月薪三千元，解决住宿问题，教得好年底还有奖金！"

月薪三千，这比徐小根老家的正式教师工资都高了许多呀！第一次得到这样的评价和认可，徐小根不禁感动得热泪盈眶。

但平静下来后，徐小根又面露难色道："我很感谢刘大哥和李校长对我的赏识，但我还得打电话回去问问我们校长，如果他们能请到其他数学老师代替我，那我才能留下来。"

刘文风当即掏出手机递给他："徐老师，你现在就打电话给你们学校的校长，我们李校长今天亲自登门，真的是求贤若渴呀！"

徐小根拨通了老家学校校长的电话，把自己来这里寻妻不遇以及刘文风好心相助的经过简单说了，最后才嗫嚅地道出李先锋校长要聘请他在这教学的事儿。

那边的校长一阵沉默后，才回他道："我现在不能答复你，明天中午十二点你等我电话吧！"说完就把电话挂了。

刘文风又当起了说客，说："徐老师，你爱你的学生我很敬佩，但在哪里教书不是教呀！我敢断定你爱人目前还在我们县城，只要我把你决定留在这里当老师的新闻播出去，你爱人很快就会出现在你们父女面前！"

这条件真的是非常诱人，但徐小根却坚持道："虽然我现在非常缺钱，但做人要讲诚信，我要等明天中午得到老校长的答复，才能最终决定是否留下来……"

第二天中午,刘文风把摄像机带来了,还请来了同事协助他拍摄。快到十二点钟时,李先锋校长也带着大红的聘请书赶来了。

十二点整,徐小根再次用刘文风的手机拨通了老家中学校长的电话。没想到,对方接到电话马上就提出,让徐小根赶紧去网吧,找一台有摄像头的电脑,说好多学生都想通过视频向他问好哩!

刘文风忽然有种预感,那个校长不简单,这一手太狠,看来徐小根不可能留在这里了!无奈之下,刘文风还是叫来李先锋校长,然后跑上楼取来了笔记本电脑,插上电源打开电脑加了徐小根记下的QQ号码。

五分钟后,视频连接上了。只见百十名衣着破旧的学生挤在那边的摄像头前,向这边的徐小根喊道:"徐老师,您快回来吧!我们想您!我们都离不开您!我们的爸爸、妈妈都说了,只要您回来教我们,他们愿意一起出钱给您加工资……"

徐小根的眼泪流出来了,好一会儿他才哽咽着回答:"同学们好!老师过两天就会回来,请代老师向你们的父母说声谢谢!"

刘文风和同事噙着眼泪拍下了这组镜头,李先锋校长轻轻拍了下徐小根的肩膀,叹息道:"徐老师,虽然知道留不住你,但我还想请你收下这本聘书,只要你哪天想回来,我们学校的大门随时为你敞开着!"

真的好想你

当晚,县电视台新闻节目播出了这段催人泪下的师生视频,好多观众都看得热泪盈眶。

节目快结束时,刘文风深情地呼唤:"我们多么希望方细妹能看到这段视频,更希望她能理解徐老师的追求。明天中午十一点半,徐老师就要带着女儿返回陕西榆林老家了,因为在那里还有两百多名求知若渴的学生等着他啊！请你一定要现身，哪怕只是来向你的爱人和女儿道个别……"

第二天中午十一点十分，刘文风、李校长，还有一些补习班的学生和家长们，一起把徐小根父女送到了长途汽车站。

徐小根放好行李后与大家一一话别，几个学生都拉着他的手，求他明年暑假再来为他们补习数学。

发车的时间快到了，但刘文风企盼的奇迹始终没有出现，他多想看到徐小根的爱人细妹能在这一刻突然出现，带给徐小根父女一份欣慰，也带给大家一个惊喜！

时间无情地流逝着，十一点半到了，司机关上了车门，徐小根把头探出窗外，噙着热泪向大家挥手告别。

就在这当口，刘文风的手机忽然响了，他刚按下接听键，里面就传来了一个女人的哭喊声："刘记者，我是徐小根的爱人细妹，我看到你们了……"

刘文风赶紧拦下了已经启动的汽车，向司机大喊一声："快停车，还有人没上车哩！"

正喊着，一辆黑色的小轿车拦在了客车前，车门打开后，一个年轻的女人提着大包小包钻了出来，哭喊着："兰兰，妈妈跟你们一起回家！"

谢天谢地，徐小根的爱人细妹总算在最后一刻赶到了！已听过刘文风解释的司机打开了车门，让细妹上了车。

看到他们一家三口久别重逢、抱头痛哭的场面，车上车下的人们都一齐鼓起掌来。车站领导得到消息后，也赶来表示祝贺，还特许这趟客车迟发十分钟。

细妹是饭店老板开车送过来的，他告诉大家：细妹已在他们饭店打工半年多了，手脚勤快的她现在已当上领班，每月工资加到了两千元。可最近一个月来，大家发现她的情绪很不稳定，老一个人躲在旁边偷偷抹眼泪,直到半小时前,老板才得知,她就是电视新闻里那位代课老师的爱人!

正说着,徐小根抱着女儿兰兰走下了车,细妹也跟了下来,一家三口一起向大家鞠躬道谢。当他们回到车上,又探出车窗使劲地向大伙挥手。汽车开远了,刘文风一帮送行的人还站在原地眺望。

半个月后,徐小根从老家打来长途电话,告诉刘文风,当地教委已经为他加了工资,而且还把细妹安排到学校食堂工作。

听着那边徐小根开心的语气,刘文风却一点也高兴不起来。你说这么优秀的一位数学老师,哪所私立学校不欢迎啊。沉默好久,他才回答道:"恭喜徐老师!祝你们一家平安快乐,日子越过越红火!更盼望明年暑假你能来我的车库继续为孩子们补习数学……"说到这里,他的嗓音哽咽起来。电话那边,也传来了啜泣声……

(江永年)

大美莲山

陆天青是国际知名的大画家,他回国后的第一件事,就是要到莲山村去看看。三十多年前,陆天青正是凭着在莲山村创作的《大美莲山》,一举夺得了世界金奖,崭露头角。

莲山村海拔高,一年中有两百多天都是云雾缭绕。对面屹立着的莲山,宛若一朵漂浮在水中的莲花,山上隐约看得到房屋村民,好似海市蜃楼、人间仙境。当年,陆天青被下放到这里,整天痴迷画画。好在有淳朴善良的村长庇护,所以陆天青从心底里感谢老村长。这次回国,他的一个重要行程就是去拜访老村长。

三十多年过去了,老村长已满头白发,他拄着拐杖,硬要带陆天青参观村里的学校。老村长说:"想当年,这里只有几张破桌子破板凳。还记得吗?你下乡时就住在这里的。"如今学校焕然一新,孩子们坐在明亮的教室里,齐声说道:"欢迎陆天青伯伯。"

老村长感慨地对陆天青说:"真希望他们中能出个像你一样的人才。可惜,学校一直请不到正规的美术老师,孩子们都是自己乱涂乱画。"

陆天青想了想,说道:"我这次回国,准备休息一阵,我可以留在这里,义务当一段时间的美术老师。"

老村长激动地说:"那真是太好了!"

陆天青又说道:"我精力有限,这样吧,让愿意学的孩子都交幅画来,我看了再决定收几个学生。"老村长听了,忙让校长张罗去了。

于是,陆天青在村里住了下来。这天清晨,他一个人四处走走。昔日宁静的小山村如今已游人如织,《大美莲山》成为名画后,好些人都背着画板专门来这里采风。

陆天青不觉走到自己当年坐着写生的地方,那是山崖边的一块大石头。可他发现,石头边居然有人用绳子拉了一段隔离带。这是干什么?陆天青没多想,就准备大步跨过去。突然,一个声音叫道:"不许过去!"陆天青吓了一跳,定睛一看,是个半大的男孩。男孩一本正经地说道:"你们都不许过去。"还有几个游客也想越过绳子去写生,可都被男孩拦住了。陆天青奇怪地问道:"为啥不能过?"

男孩还没说话,游客中有一个人说道:"我知道了,这块石头是画莲山最好的取景点,小朋友有生意眼光啊,来,给你十块钱,可以了吧?"

陆天青这才明白,原来这男孩是要收钱。只见男孩张嘴想说什么,但迟疑了一下,什么也没说,慢慢把绳子放了下来。

陆天青愣住了,看着被磨得光亮的石头,真没想到三十多年后坐它还要钱。这时,有个村民在旁边小声说道:"这是老村长家的儿子,想了法子赚钱呢。"

这男孩是老村长的儿子!陆天青回来后,还没有去过老村长家。他想起当年村长家穷得揭不开锅,更娶不起媳妇,这孩子看起来十五六岁的样子,一定是老村长晚年得子,宠得不行。陆天青懒得再说什么,自顾自往回走了。

回到住处,校长正抱着一大摞画到处找他。陆天青翻了翻,好些都是模仿他那张《大美莲山》画的,呆板而缺乏创意。陆天青翻看着,突然,一张古树的画吸引了他的目光。

这是一棵初春的榆钱树,在春风的吹拂下,白色花瓣漫天飘落。整幅画的风格温馨淳朴，作者对构图和用色的把握都极有天赋。陆天青不由得点了点头，爱不释手。校长在旁边说道："这孩子叫许小勇，今年十五岁，从小就喜欢画画。"

陆天青说道："叫他来聊聊吧。"校长一路小跑地出去了，一会儿工夫就带了个男孩进来。陆天青抬头一看，不是别人，正是那个占着石头要钱的男孩。老村长姓许，许小勇就是他的儿子了，陆天青立马拉下脸，问："这画是你画的吗？"男孩脸涨得通红，连连点头。

陆天青话锋一转，说："也难怪，天天问人要钱，画出来都是满纸的钱。"许小勇没听明白，疑惑地看着陆天青。陆天青指着画说道："看看，这榆钱树上大大小小的都是钱，不是财迷是什么？"许小勇的眼泪在眼眶里打转，掉头跑了出去。

校长疑惑地看着陆天青，陆天青说道："画画是条清贫的路，光想着赚钱，肯定走不远，这样的人我不能收。"陆天青又看了看手中的画，叹了口气，道，"真是可惜了。"陆天青接着挑了几幅画，终于把人选定了下来。

傍晚时，老村长带着许小勇来了。老村长对陆天青说了原委，许小勇拉着绳子并不是要收钱，他是发现那里的山崖下有窝白鹭，刚孵出两只小白鹭，他怕游人多，白鹭会受惊，所以远远地拉了绳子。没想到后来有人主动给他钱，这孩子不知怎么想的，竟然收下了。老村长说，自己已经狠狠地教训了他，孩子认错了，保证以后再也不会收钱了。

见许小勇揉着哭红的眼睛，老村长眼巴巴地看着自己，陆天青实在拉不下面子，他叹了口气，说："让他先学着吧。"见陆天青松了口，老村长这才舒了口气，一个劲地说："我一定叫他好好跟你学，这孩子可喜欢画画了……"

陆天青收了学生后用心教导，过了一段时间，孩子们的进步都很大。

这天，陆天青说要带孩子们出去写生，但刚宣布完他就想到一个问题，这些山里孩子哪有钱买画板啊。陆天青想自己买画板送给孩子们，可又怕伤了孩子们的自尊。正在为难，谁知道写生那天，孩子们背着清一色的"神笔马良"画板来了，这种正品画板买起来可不便宜。陆天青觉得很奇怪，一问，孩子们异口同声地说是许小勇卖给他们的。陆天青一听，心里的火顿时又冒了起来，这孩子太会钻营了，一有机会就打小算盘赚钱。

大家都画好了，许小勇画得又快又好，他第一个把画交给了老师。陆天青看也不看，就把画压在最下面，他对别的孩子一个个耐心点评着，就是不理许小勇。许小勇咬着嘴唇等了半天，好不容易大家的画都点评完了，谁知道陆天青却站了起来，说："今天就画到这儿，大家休息吧，我们到草地上玩一下。"许小勇动了动嘴唇，想说什么，可最终没有说出口，只得跟着大家来到草地上。

大家在草地上开心地说笑着，陆天青问孩子们："你们学画都是为了什么？"有的孩子说，要把最美的东西画下来；有的说，以后要当个画画老师……陆天青边听边点头，轮到许小勇的时候，他瓮声瓮气地说道："我要成为你，我一定要拿大奖。"

陆天青不由皱了皱眉头，这孩子的功利心太强了，他是奔着出名拿奖去画画的。陆天青想到回村第一天，老村长对自己说的那番话，原来苦心张罗着让他收徒弟，就是想让自己的儿子学画得大奖。

陆天青拉下脸来对许小勇说："你以后不用再跟我学画了，你父亲来也没用，我不会再教你画画了。"许小勇不知道自己说错了什么，委屈地转身跑了。

别的孩子都傻了，陆天青指了指他们的画板，说道："许小勇是个做生意的料，不是画画的人。"一个女孩子怯怯地站了起来，说："老师您误会了，这些画板，许小勇只是象征性地收了我们很少的钱，我知道，他是为了顾全我们的自尊心。"

另几个孩子也七嘴八舌地说道:"对,他说上次拉绳子收钱错了,就把收的钱买了画板,变着法子送给几个家庭困难的同学。"

陆天青怎么也没想到事实会是这样。

晚上老村长还是来了,陆天青语重心长地说道:"不管你愿不愿意听,别让孩子抱着出名得奖的目的去学画。"老村长愣住了,半晌才说:"我从来没有这么教过他,这孩子有自己的想法。唉,其实许小勇不是我的亲生儿子,原先他家在对面莲花山上的白际村,他爸爸是我一个远亲,家里很穷。前几年他父母去世后,我就把他过继过来了。"

陆天青愣住了,问道:"白际村就是莲花山上的那个小村庄吗?还像以前那么穷吗?"

这时许小勇从村长身后钻了出来,说道:"老师,您画了《大美莲山》,莲山村就出名了,大家都来莲山村取景写生。莲山村通了公路,村民们都富了起来,可对面的白际村还是那么穷。我要学画,长大后画白际村,让白际村的人也都富起来,这样我爸就不会因为看不起病去世了……"

陆天青的眼眶湿润起来,他摸了摸许小勇的头,说:"孩子,我明天就去白际村画画,画好多画,把它们都带出去,给世界看。"不料许小勇倔强地摇摇头:"不,我说过的,我要成为您,我要自己把白际村画下来!"

(沈 燕)

去北京采风

大学毕业后,我来到了川西一个羌族寨子,当起了支教老师。支教的生活有苦也有甜,但最让我难以忍受的,却是夜深人静后的那份孤独感。幸好,我带了一把心爱的吉他。

这天,夜幕降临,我坐到床上,弹起了吉他。在这黑漆漆的夜里,在这只有山风和着松涛的山顶小学,一首首校园歌曲,为我消散了不少的孤独感。

然而,我没想到,就是这把吉他,在日后的生活里,惹来了许多麻烦。

第二天一大早,一群学生跑到我的寝室,围在我的床边,催我起床。我一看,傻了,我的学生们全都穿着节日的盛装,一个叫阿吉的学生说:"老师,昨晚寨子里天降梵音,我阿爸叫我今天上完课后到山上去拜谢神灵。"

我听了,差点从床上掉下来,急忙跟他们说,这不是天降梵音,是我昨晚在弹乐器。说完,我指了指靠在床头的吉他。孩子们一愣,阿吉怯生生地问:"金老师,这是汉人的琴吗?"

"这叫吉他,你们也可以叫它六弦琴。"

阿吉便伸出手去摸琴,不小心拨动了琴弦,"嘣"的一声,他一下把手缩了回去。后来看我微笑地看着他,他才又高兴地嚷了起来:

"我弹响它了,我弹响它了!"其他孩子羡慕得不得了,于是,我告诉他们,每人可以拨动一次琴弦,但必须排好队。孩子们马上就按高矮次序排好了队伍,一个接着一个走上前来,拨响了琴弦。

从这以后,每天课间休息的时候,我都抱着吉他到教室里,给孩子们弹一些儿童歌曲、校园民谣。孩子们听得很是陶醉。

六一前夕,一个北京的艺术团来县城义演,学校里争取到两张票。校长经过一轮评比,把票给了阿吉和一个叫阿岩的孩子。两个孩子高兴极了,一大早便骑着马下了山……不料第二天回来,两人却蔫蔫的,我问他们怎么回事,他们说,没什么,就是心里不舒服。

然而,有一次,阿吉和阿岩突然问我:"金老师,用吉他能把什么歌都弹出来吗?"

我说是啊,阿吉紧接着问:"那我们寨子里的歌呢?"

我一愣,不知该如何回答了。"寨子里的歌",是指羌人世代口耳相传的民歌,它没有现成的曲谱;而我呢,又是业余得不能再业余的吉他手,他们的问题一下把我给难住了。

阿吉和阿岩看我不说话,眼神里满是失望。我只好使了个缓兵之计,说:"我是真的不会弹寨子里的歌,不过,你们以后可以学着弹。"两个孩子听了,顿时高兴了起来。

几天后,我去县教委拿资料,下午回来后,发现我的吉他断了一根弦。吉他断弦其实很正常,我的包里就有备货,可是,我不能容忍当我不在的时候,有人偷偷拿我的吉他,不行,这样下去那还得了?

我走到教室里,装作很生气的样子责问学生:"你们谁碰过我的吉他?"学生们低着头,没人承认。我的喉咙更响了:"好啊,你们不承认?没关系,反正吉他也坏了,以后大家都没得听了!"说完,我气呼呼地转身走了。

那天正是星期五,我和同来支教的同学早已约好到他那里玩,所以也没顾得上换琴弦,便骑着马去了。到了星期天下午,我回到学校,走进寝室,竟然看到我的小床上摆着一把崭新的吉他,吉他下面压了张纸,上面写着:"对不起,金老师,是我弄坏了您的吉他。我阿爸去镇上卖了猪,到县城里买了一把吉他回来赔给您。我阿爸说,您给寨子带来了知识,带来了山外的快乐,请您千万别生气。阿吉。"

原来是这小子。唉,现在正是猪长膘的时候,卖猪划不来呀,再说,我的吉他压根儿没坏呀!我心里很是过意不去,当即决定明天把吉他还给阿吉,让他阿爸退掉,再把猪换回来。

就在这时,忽然听到校长在外边喊:"是金老师回来了吗?"

我急忙出来,问他这会儿去哪儿,校长叹了口气,说是去阿岩家。他说,阿岩家是寨子里的贫困户,今年春上,家里的老牛跌下山崖摔死了,家里就指望剩下的一头牛犊长大好干活。谁知在前天,阿岩从学校回家,哭着说,他不小心把老师的吉他弄坏了。他阿爸心一横,就瞒着他阿妈把牛犊牵到镇上给卖了,到县城买了把吉他,想赔给我。他阿妈知道这件事后哭得不得了,这会儿正在闹呢。

坏了,这真的坏事了,原先只以为是阿吉弄坏了吉他,让他家卖了猪,现在可好,阿岩也牵扯进来了,还把牛给卖了,这……这可如何是好?我随即深深地自责起来,没想到自己仅是一时气话,弄得两家人牺牲这么大。

校长看我低着头不言语,就说:"金老师,你别难过。我们羌人就是这样直,做错事就会负责任,他们毕竟弄坏了你的吉他呀!"

"可是……可是我的吉他并没有坏。"我的声音小得连我自己都听不清楚。校长一听,眉头立刻皱紧了,早知道吉他没坏,这两家何苦去卖猪、卖牛呀!

第二天上课的时候,阿岩将一把新吉他拿给我,说:"对不起,老师,是我弄坏了您的吉他。"

话音刚落,阿吉赶忙站起来:"不,是我弄坏的!"在他们的争辩中,我才知道两个孩子上回看了演出回来后不高兴的原因。

原来,来县城义演的那个北京艺术团里,也有很多少数民族的孩子表演的节目,其中有一个维吾尔族的孩子,一边敲架子鼓,一边演唱自己民族的歌曲,赢得了台下排山倒海般的掌声。这个节目完了以后,主持人来了个互动,恰巧就找到阿吉和阿岩,他让两个孩子也演唱一首自己民族的民歌。两个孩子就唱了羌人的《祝酒歌》,可因为没有音乐伴奏,演唱的效果很差,唱完后只听到象征性的微弱鼓掌声,这让两个孩子很受打击。

阿吉和阿岩回来后,就问我吉他能不能弹奏出寨子里的歌,我不明就里,就说让他们以后自己学。可是,两个孩子的家庭都不富裕,哪有余钱去买吉他呢?那天中午,他们看我不在,便想试着弹弹,却不料用劲过大,把琴弦弄断了。而我呢,又想着吓唬他们,便故意说吉他坏了,没想到两个孩子都认为是自己的错,于是让两个家庭跟着折腾起来,卖猪卖牛……

我满心歉疚,对他们说:"吉他只是断了琴弦,没有坏。你们赶紧把吉他拿回去退掉,把猪和牛犊赎回来。我不应该吓唬你们,你们能原谅老师吗?"

两个孩子没想到事情是这样,呆在那里不知该说什么,可是第二天,校长带着阿吉和阿岩的阿爸来到学校,原来,县城的琴行有规定,乐器卖出,不是质量问题就不能退货。这可怎么办?我当时才上班,身上也没多少钱,根本不够赎回猪和牛犊。

正当我为此内疚不已、不知所措的时候,阿吉的阿爸说:"金老师,你别太自责了,是孩子们有错在先。这琴不能退就不退了,孩子们也该有自己的琴呀,你放心吧,家里的事,寨子里的乡亲都会想办法的。"阿岩的阿爸也说:"孩子们喜欢琴,你能好好教他们吗?让他们完成自己的理想——去北京采风。"

"去北京采风?"我糊涂了。阿吉和阿岩告诉我,那天看演出时,主持人问那个维吾尔族小孩:"为什么会来我们这里演出?"那小孩说:"我是来献爱心的,同时来大山里采风。"阿吉和阿岩不明白"采风"是什么意思,但他们很向往像维吾尔族小孩一样,能弹着吉他,表演自己民族的民歌,然后去北京演出,让所有的人都知道羌人的歌是多么的美丽、动听。

我的眼泪已经在眼眶里打转,羌人的善良和大度让我久久不能自已,而孩子们的理想又让我激情满怀,对,我要帮他们完成"去北京采风"的理想。

这以后,我带着"赎罪"般的心情,竭尽全力教阿吉和阿岩,同时,还请教了不少当地的音乐人。他们听完两个孩子的故事,很受感动,便经常来山里教孩子们。阿吉和阿岩本身就有音乐天赋,在努力之下,很快便掌握了弹奏吉他的要领。

又到了六一节,县城里举办了一台晚会,其中有两个羌族孩子,弹着吉他,唱着《祝酒歌》。歌声醇厚,琴声悠扬,打动了台下无数的人,当然,他们就是阿吉和阿岩了!有一位远道而来的音乐学院的教授,听过之后,便要两个孩子到省城去表演。他说,如果表演得好,他们很快就可以去北京演出。孩子们笑了,他们的梦想不再遥远,"去北京采风",终有一天会实现的。

(金十三)

我要给你缴话费

戴倩大学毕业后,找工作高不成低不就,还和男朋友吵了一架,一赌气回到家乡,在小镇上开了一家移动收费厅,做起了小老板。

一个周末上午,有个十三四岁、穿着校服的小姑娘走进店来,对戴倩说:"姐姐,我要缴话费。"小姑娘掏出一张纸,上面写着一个手机号码。戴倩输入号码后,电脑显示这个号码的主人叫陶力行。戴倩随口问道:"这陶力行是谁呀?"

"他是我们老师。姐姐,钱在这里。"小姑娘说完,从身上掏出一个塑料袋放到柜台上,里面是一大叠的钱。

戴倩倒出来一看,全部都是零钱,最大面值也就10元,其他大都是1元2元的,还有不少硬币。戴倩心里一阵嘀咕:老师的话费怎么叫学生来缴?不会是叫学生凑的吧?

小姑娘走后不久,一个手里抱着书的年轻人走进店里,他说刚才收到手机充值信息,问是不是别人缴费时弄错了号码。戴倩问:"你是陶力行?"

年轻人点点头。

戴倩说:"是一个女学生,说是你叫她来的。"

"学生?"陶力行眉头一皱,然后恍然大悟,"哦!我知道了。"

戴倩还没听明白,陶力行又说,以后如果再有学生来,千万不能收他们的钱,说完,匆匆走了。

戴倩一头雾水,这是怎么了?

又是一个周末,一个瘦小的身影走进店里,戴倩一看,还是上次来的那个小姑娘。小姑娘气呼呼地问:"姐姐,上次我充话费的事,你为什么告诉我们老师?"

戴倩说:"我没有告诉他呀!"

小姑娘不相信:"你骗人!你没告诉我们老师,他是怎么知道的?害得我们挨了一顿骂不说,钱也退给了我们。"

戴倩心中一怔,马上明白了:"小妹妹,你们是用自己的钱帮老师缴话费?"

小姑娘嘴巴一撅:"我不告诉你,不然,你又要跟我们老师说了。"

戴倩乐了:"这样吧,我告诉你是谁说的,你也把这事给我说清楚,怎么样?"

小姑娘点点头。于是戴倩告诉她,其实只要给手机充值,就会有信息自动发送到手机里,人家就自然知道了。说完,戴倩还现场演示给小姑娘看,给自己手机充了20元话费,果然,手机马上就接到了信息。小姑娘相信了,说出了事情的真相。

原来,小姑娘是白云山小学的学生。白云山小学在离镇40多里外的大山深处。学校很小,只有来支教的陶力行一个老师,带着几十个学生。学校没有电话,与外面联系全靠陶老师的手机。

学校的学生大多数都是留守儿童,前段时间,有个学生因为想念在外打工的父母,偷偷跑到镇上去打电话,结果在路上摔下了山沟,还好伤得不重。

陶力行知道后,就对学生说,今后谁想爸妈了,就用老师的电话打。可是山里的学生都很懂事,知道手机打长途费用很贵,所以谁都不提出打电话。陶力行发现后就规定,每个学生每个月至少与父母联系一次,并且每次他都先拨通电话再让学生接听。

学生们看在眼里记在心上，商量着说不能总让老师出钱。于是大家就从自己的伙食费零花钱中抠，你一元我五毛的，凑了一百多元，让那个小姑娘偷偷到镇上给老师缴费。没想到被陶老师发现了，小姑娘以为是戴倩告诉老师的，所以才来兴师问罪。

戴倩听后，好一会儿才问："陶老师真的那么好吗？"

小姑娘说："陶老师是最好最好的老师，他是城里人，跑到山里来教我们。他还经常给我们买生活用品和学习资料，我们大家都很喜欢他。"

戴倩点点头，若有所思。

过了段时间，一个中年汉子来到店里说要缴200元电话费。戴倩输入号码，发现又是陶力行的。就问："这不是你的号码啊？"

中年人很奇怪："你怎么知道？"

戴倩笑着说："这是陶力行老师的。"

中年人说："对，我就是给他缴的。"

半个小时后，陶力行打来电话询问这事。戴倩跟他装糊涂："可能是别人弄错了。"

陶力行不相信："老板，你说实话，怎么回事？"

戴倩也不隐瞒，把实情讲了出来。

陶力行着急地说："我不是跟你说了吗，不让别人给我缴费，你怎么不听？"

戴倩辩解说："你只说过不让学生给你缴费，没说其他人呀！"

陶力行停了一会儿，大声嚷道："你这人怎么这样？见钱眼开呀！以后不管是谁，都不能再让他们为我缴费了，听见没有？"

戴倩还想解释："人家是真心诚意的，你就别……"

可话还没说完，陶力行的电话挂了，看来他真的生气了，戴倩无奈地摇摇头。

春节过后，山里的农民又成群结队外出打工了。这天，四五个带着行李的农民来到店里,一个领头的大个子从身上掏出两张百元大钞,对旁边几个人说:"来,每人200块。"那几个人都掏出钱来,交到他手里。那大个子说:"姑娘,缴费。"

戴倩一输入号码,脑袋都大了:又是陶力行的!

她为难地说:"大叔,我不能收这钱。"

大个子奇怪地问:"这里不缴费?"

戴倩实话实说:"这是陶力行老师的电话。他早就交代过我,不让别人为他缴费。"

大个子吃了一惊:"啥?陶老师说过这话?"

"对!他真的说过。各位大哥,我还知道你们为什么给陶老师缴费。你们心意到了就行,我代陶老师谢谢你们!"

大个子看了其他几个人一眼,说:"姑娘,这是我们的一点心意。我们在外面,最牵挂的就是家里的老人和孩子。每次接到孩子打来的电话,我们心里就踏踏实实的,再苦再累也不怕。我们总不能老让陶老师垫钱吧!你就帮帮忙,收下吧!"

戴倩心里一酸,态度却很坚决:"我真的不能收,你们就别为难我了。"

"你这个妮子怎么这么死心眼?送上门来的钱不赚?哪有这样的道理?"大个子生气了,"你也是读书出来的,怎么这样没良心?"

周围几个民工也嚷道:"你这里不收,我们到别的地方去。"

几个人气呼呼朝店外走去,边走边七嘴八舌地说道:"这镇上就这一家店,怎么办?"

"干脆到县城去算了。"

"可车子就要开了,没时间了。"

几个人越走越远,戴倩听见了,脸红红的,好像做了坏事一般。

不一会儿,那几个人又回来了,手里还拿着笔墨红纸,大个子高兴地说:"姑娘,有办法了。"

戴倩不明白他这是干什么。大个子得意地说:"刚才我看见前面有个超市在搞抽奖活动,就想到了一个办法。姑娘,你也可以搞一个店庆多少周年的抽奖活动,特等奖就是陶老师,奖金是1000元话费,钱我们出。其他的奖糊弄一下就行。这样陶老师就没法说你了,这下总可以了吧?"

戴倩眼泪差点流了出来,她看着那几张朴实慈厚的笑脸,使劲地点点头:"行,我现在就写。"

晚上,戴倩找出自己那本师大毕业证书,反反复复看了又看,最后鼓起勇气给男朋友发了一条短信:毕业时没有选择跟你一块去当老师,是我的错,我现在想明白了,我也要到你那里去……

(黄　平)

涉世之初

名单风波

我大学毕业后,来到一所市区小学教书。由于工作努力,我得到了年级组长的赏识,他安排我当了班主任。其实,年级组长比我大不了几岁,工作能力强,我挺佩服他的。不过,随后发生的一件事,让组长的形象在我心中黯然失色。

这天,组长召集我们开会,说了下举办"暑期奥赛夏令营"的事:通过笔试,每班选出5名学生。笔试结果一出来,我发现孩子们的成绩相差很大:一个叫李天昊的同学得了最高分95分,而另一个外号"肉球"的胖男孩居然交了白卷!

我将包括李天昊在内的前5名报了上去,同时也为这些孩子感到高兴:他们暑期可以去大城市参加夏令营了。

不久,组长在会上口头宣布了核定的最终参加夏令营的学生名单,我大吃一惊:咦,我报上去的5人,一个也没被选中!倒是交白卷的"肉球"的大名,赫然在列!

散会后,我留了下来,怒气冲冲地质问组长:"组长,你这名单是怎么核定的——连交白卷的都进来了!那先前搞的那场笔试又有什么意义?!"

"这次暑期夏令营,每个人是要交报名费的,上次开会时都给你们交代过了。你报上来的那5个人,没有一个家里交得起这报名费。所以,你报上来的那份名单没用,是废纸一张!"组长"振振有辞"地驳斥我。

什么?废纸一张?!我气愤至极,几乎是吼着嚷道:"那你们直接按谁家有钱来定名单好了,何必还搞那么一场笔试?糊弄谁呢!"

"糊弄教育局!"组长的声音低了下去,语气却是不容置疑的!顿了顿,组长将语气放缓了些,解释道,"这次奥赛夏令营,是经过教育局批准的,笔试成绩上报教育局,是有指标限制的。你涉世未深,以后会明白的。"

我还想追问,组长已经不耐烦地挥了挥手,示意我可以走人了:"有些事情,你到时候就明白了!单靠嘴皮子跟你解释,三天也说不清!"

徒劳无功

夏令营名单的事,让我终日如骨鲠在喉,郁闷不已。为此,我专门对笔试前5名的孩子一一做了家访。一轮家访做下来,我更加泄气了:这些孩子的家庭条件的确都很困难,父母大都是进城务工的农民工,家里一贫如洗,难以支付报名费,倒是那5个孩子都流露出对大城市无比向往的神情。这深深地刺激了我,我暗暗下定决心:一定要尽最大努力,争取让这些孩子去大城市里看看。

我鼓足勇气,走进了校长办公室。校长倒是耐心地听完,才微笑着回答:"老实说,你说的这个情况,我这个一校之长也无能为力啊。夏令营要交报名费,是经过教育局批准了的。指标呢,也是由教育局定的,既然那些孩子交不起报名费,与其眼睁睁看着指标被浪费掉,不如让另外交得起报名费的孩子顶替,这未尝不是一件好事呀。"听了校长的话,我只得悻悻而归。

后来,我又"铤而走险",将匿名举报电话直接打进了教育局,教育局的回复是:"证据呢? 我们要讲求证据的!"

我当即哑口无言,是啊,证据呢? 组长只是在会上口头宣布了名单,如果教育局现在追查下来,组长完全可以一口否认的呀。

最后,年轻气盛的我决定:决不能坐视不管。于是,我找到在市报当记者的堂兄,求他写篇报道,干脆把事情闹大,大不了我豁出去,这个工作不要了! 堂兄听完却摇摇头:"现在报道,还为时过早。"

"火山爆发"

很快,暑期到了。由清一色的富家子弟组成的"奥赛夏令营"开拔了,作为带队老师之一的我,既沮丧又哭笑不得。

一进站,我发现组长居然选择了一趟"慢车",这趟车差不多每站必停。问组长这是为何,组长不以为然地回道:"慢车好啊,这样才能保证孩子们有充裕的时间,好好欣赏沿途的乡村风光。这些孩子在城里呆久了,这是难得的'放风'机会,当然要让孩子们看个够!"

选择了慢车,组长却没给孩子们买卧铺。他的解释是:列车运行的时间基本上都在白天,孩子们活蹦乱跳的,谁能躺得下来? 买卧铺,不是白白浪费钱吗?

火车不久就出了城,孩子们果然对沿途的乡村风光看得津津有味。我对组长的不满刚有了一丝缓和,接下来的一幕,却使我心里"火山爆发"了……

火车上开始卖盒饭了,我叫住卖盒饭的师傅,试图讨价还价:"师傅,我们一下子要好几十个盒饭呢,便宜点怎么样?"

"你想吃盒饭,买你自己的就行了。"组长拉住我,轻声说了我一句,转身从行李架上拖下一个大袋子,又从大袋子里掏出一个灰不溜秋的布兜,依次给孩子们发吃的。我跟过去一瞧,惊得眼珠子差点掉出来:组长给孩子们发的,居然是烤白薯!

组长,你怎么让人家吃烤白薯?! 没等我这话脱口而出,那边接过烤白薯的孩子们开始嚷嚷要水喝。这时有卖纯净水的小货车经过,售货员听到孩子们的嚷嚷,立马拿起架上的纯净水就往孩子们的手里塞,却被组长伸手拦住了。接下来,令人"叹为观止"的一幕出现了:组长从他那个大袋子里又拎出来一个开水壶,像变戏法似的弄出了一扎一次性杯子,将杯子递到要水喝的孩子手中,然后提着开水壶,依次给孩子们倒水,边倒边说:"这是我事先烧好的凉白开,你们尽管放心喝!"

我现在终于明白了:这一切都是组长挖空心思在省钱而已,省钱就等于多赚钱!难怪他无视笔试成绩,硬要选有钱人的孩子进夏令营,他从头至尾就想着一个"钱"字呀!

等组长给孩子们倒完水后,我不由分说,硬拉着组长到了僻静处,我指着组长的鼻子说:"你赚钱也赚得太狠了点吧!他们都还是孩子呀!"

组长拨开我的手,拧身回了车厢,边走边扔下一句:"烤白薯怎么了?凉白开怎么了?只要孩子们喜欢吃,就行!"

我只好也跟着回到车厢,抬眼一看:孩子们正就着凉白开啃烤白薯,一个个吃得欢实着呢!

我感叹:组长的能耐,我算是领教了。

暗渡陈仓

火车到站,我们一行人换乘大巴,往"奥赛基地"赶去。

刚到基地门口,我就看见一群孩子,站在那儿拍手欢迎我们,一个熟悉的声音传来:"曾老师——"我循着声音定睛一看:天呐!这不是李天昊吗?!这时候,又有几个孩子喊着"曾老师"围了过来,就是笔试前5名的5个孩子!

"你们怎么都到这儿了?!"我惊疑地问。

孩子们一指年级组长,异口同声地说:"是组长老师打电话到我们家,让我们来的。"这时,我想到一个关键的问题,赶紧问孩子们:"你们的父母是怎么凑足报名费的?""我们都是免费的!"孩子们又是异口同声地回答。

什么?免费?!我一把拽住组长,请他解释这一切。组长先招呼孩子们进基地参观,又叮嘱其他的带队老师跟上孩子们。这才扭过头来,对我说:"说白了,我这也是不得已。奥赛笔试成绩一出来,我一摸底,能选上的孩子,百分之九十家里都拿不出报名费。如果我不想法拉他们一把,他们就只能错失这次好机会,也不能亲眼看看这座大城市了。我为此烦心不已,不久前,我在街上碰到一个学生家长,他直抱怨孩子一点也不懂生活的艰辛,要送孩子到什么地方吃点苦头就好了,我的心里顿时有了一个主意:对,可以两个'夏令营'同时进行呀,明修栈道,暗渡陈仓——明里是'吃苦夏令营',暗里则是'奥赛之旅',用'吃苦夏令营'省下的钱资助'奥赛之旅'!你一路上也看见了,我对这帮孩子乍一看很苛刻,其实,对吃惯了'肯德基'、'麦当劳'的他们来说,'烤白薯'、'凉白开'是另类、新鲜的体验,谈不上什么'吃苦'的!"

"那你为啥不把我安排到李天昊他们那个营带队,也省得我这一路来对你的不满了。"我追问道。

"一切都是我特意安排的,李天昊他们有这个能力和各路奥赛选手切磋,我就安排他们早一天出发,并且坐的是特快!等咱们领着"肉球"们赶到"奥赛基地"时,李天昊们已参加完所有的比赛项目,接下来就是和"肉球"们一起参观、游览这座国际化的大都市了。

我听了之后惭愧难当,组长拍拍我的肩:"你不是有个堂兄在市报当记者吗?让他好好地写篇报道吧,要是能叫停这些收费昂贵的夏令营就好了,让更多的孩子有机会去看看外面的世界,多好?"

我重重地点了点头。

(曾拥军)

纸玫瑰

这天,江老师正在教室里上课,突然"咿呀"一声,有人将教室的门推开了。大家不约而同地朝门口望去,只见一个头发被风吹得很乱、穿着也不讲究的老爷爷将身子探了进来,小声地说:"我来找我家外孙女……送一件棉衣给她!"

同学们猜想,老爷爷一定会被老师赶出去。因为学校有规矩,上课是不准接待学生家长的。

可是,同学们想错了,江老师看了一眼老爷爷,似乎犹豫了一下,说:"哪位同学是这位老人家的外孙女?请出来一下拿衣服。"

课堂上静静的,同学们都不说话,江老师这才知道老人家找错了,便和气地跟老人家说:"您的外孙女叫什么名字,她在哪个班?"

老人一时说不清,江老师只好将老人送到教师办公室去。就在江老师陪老人家去办公室时,走廊上过来了几个人。江老师不知道,这是教育管理部门的检查组,来学校进行例行检查。江老师接待家长的事恰巧被他们撞见,给检查组留下了很不好的印象。

过了几天,校长找到了江老师,对他说:"校有校规,上面定的规矩,你又不是不知道!江老师啊,我也想做好人,罚你也是没办法,和你一道受罚的还有门卫……"

江老师说:"我知道上面定的规矩,可是一个乡下老人,不知跑

173

了多远的路，就为了来学校找外孙女送件衣服……天这么冷，我实在是不忍心！"

校长说："哎，上面检查组看见的，影响很不好，而且，据我所知，这样的犯规你已经不是第一次了……学校不是接待站，廉价的同情是没有用的，况且，我们学校向来是不缺人的！"

江老师心里一个"咯噔"："校长，你们要开除我？"

校长说："我也是无奈之举，上面给的压力，我不得不照办。你到会计室算一下工资，明天开始，就不用来了！"

江老师急了："有这么严重吗？"

校长说："跟你算一笔账，你就知道它有多严重了。你自己耽误一分钟是不要紧，可全班六十名同学，加起来就是一个小时。如果是两分钟呢？你自己算吧。"

江老师低下头，不说话了。

校长说："更严重的是，上面要摘了我重点示范学校的牌子，这你能担得起吗？"

话说到这个地步，江老师明白校长说的是真的了，他忍住就要溢出的泪水，离开了办公室。

离校的那一天，江老师看着熟悉的校园，心里说不出的伤感。这时，有个瘦瘦的小女生从校舍里跑了出来，截住江老师，送给他一张画着红色玫瑰的硬纸片，低着头说："江老师，对不起！你不知道，那个送衣服的老人是我的外公，我嫌他穿得寒酸，怕同学们知道了会看不起我，就没敢站起来……如果我那时候能及时站起来，你现在也不会离开学校了……江老师，真的对不起……"

江老师将纸玫瑰拿在手里，看了又看，脸色被那红色的玫瑰映得格外红润，他释怀地笑了……

（王前锋）

谁弄丢了我的考卷

李小鹏是个初二学生。这天,他参加完市里组织的数学统考走出考场,真想狠狠揍自己一顿,然后找个地方痛痛快快地哭一场。为啥?不用说,这次他考砸了。

李小鹏的爸爸不久前在一次事故中去世了,突如其来的打击,让李小鹏产生了辍学打工的念头,无论妈妈怎么劝,他也不听。后来,还是新来的班主任彭老师一次次家访,苦口婆心地让李小鹏回到了学校。可没想刚回来,就当头挨了这一棒。

回到教室,李小鹏仔细回忆了一遍,发现其实这次竞赛题目并不难,都怪自己以前学得不扎实,做题的时候又粗心大意。他觉得自己真不是读书的料,不由又有了回家的念头。

没想晚自习的时候,彭老师抱着一摞已经批好了的试卷到教室里来了,别看彭老师病病歪歪的样子,教数学绝对是一把好手。

和往常一样,他从高分到低分依次把试卷发给同学们:"王岚,100分。张大江,99分……"90分以上的念完了,没有念到李小鹏的名字。80分以上的念完了,还是没有李小鹏的名字。只剩下最后一张考卷了,李小鹏觉得自己的脸滚烫滚烫的,他低着头,像等待法官判决一样,等着彭老师叫自己的名字。

可是,最后那份考卷是另外一个同学的,这些考卷里竟然没有李小鹏的。

彭老师发完考卷,朝同学们扫视了一眼,说:"成绩不好没有关系,可是居然有同学没有交卷,请那位没有拿到考卷的同学站起来,解释一下原因吧!"

什么,没交考卷?李小鹏站起来,结结巴巴地辩解说:"老师,我……我交了卷子的。"

彭老师把目光转向数学课代表,问:"卷子是你收的?"

课代表红着脸回答:"不,是大家自己交到讲台上的。可只要交了就应该都在,怎么会……"

李小鹏恨得牙根直痒痒:"我真的交了。肯定是她不小心给我弄丢了!"

这时候,同学们七嘴八舌地说开了,有的甚至还幸灾乐祸:"这小子肯定怕丢脸,把考卷撕了!""瞧他那熊样,还想打肿脸充胖子!"

听到这些话,李小鹏简直气坏了,不服气地争辩说:"谁说我没交卷?我绝对交了!"

看着他们各不相让的样子,彭老师连忙朝他们摆摆手,说:"这样吧,我有个提议:咱们给李小鹏一次机会,让他当着大伙儿的面重做,真英雄、假英雄,不是一下就检验出来了?"

哼,就凭他这样,再做十次也是狗熊!同学们叽叽喳喳又七嘴八舌起来。不过,李小鹏生气归生气,还是憋着一肚子气坐在教室的最前排,重新做起考卷来。

第二天数学课上,彭老师兴冲冲地走进教室,说:"昨天晚上的考卷,李小鹏做得非常好,不简单,得了98分。如果按标准评奖,他该得二等奖……"

哇,这不会是在做梦吧?李小鹏脑袋晕晕乎乎的,他简直不敢相信自己的耳朵。而教室里早就炸开了锅,有的同学说他是瞎猫碰上了死耗子,有的同学说要公平竞争,当场没交卷不能参加评奖……最后,彭老师说,同学们的意见也不是完全没有道理,为了公平起见,她给李小鹏评了一个特别优秀奖,不占大家评奖的名额。

下了课,彭老师把李小鹏叫到办公室,说:"老虎不发威,别人还以为你是只懒猫!昨天晚上你憋了一股气,潜能就发挥出来了。那张考卷我留下做样卷,先不还给你了,你没意见吧?以后是当懒猫还是当老虎,就看你自己了!"彭老师说着,轻轻拍了拍李小鹏的肩膀。

李小鹏心里热乎乎的:看来,只要发狠劲儿,我也可以发挥潜能,我也能够获奖!他从此彻底放弃了辍学的念头,就凭着这一股狠劲,在学期结束的时候,他的学习成绩上升到全班前十名。到这一个学年结束的时候,他的成绩又上升到了年级前五名。初三毕业,他顺利考上了县里的重点高中。

可是彭老师却积劳成疾,在硬拖着病体把李小鹏他们送上高中后的那个暑假,他去世了。

得知这个噩耗,李小鹏和几个同学一起去彭老师家帮忙料理后事。在清理彭老师遗物的时候,李小鹏竟意外地发现了两张考卷,仔细一看,天哪,其中一张不就是自己丢失的那张试卷吗?上面大部分是红叉叉,彭老师都改了,但是没有成绩;另一张是他那天晚上当堂做的,上面的成绩让李小鹏大吃一惊:只有78分。

这一瞬间,李小鹏什么都明白了,为什么彭老师当时没有把这两张考卷还给他,而且还故意给了他一个高分。

泪水模糊了他的双眼……

(美 桦)

敲诈"老巫婆"

袁圆今年高一,其他老师她都不怕,就怕教化学的吴老师。

这是因为有一次化学考试,袁圆因为没好好做准备,考砸了。吴老师在课堂上让袁圆站起来当众说明原因,袁圆不以为然,轻描淡写地说:"没啥原因,只不过刚开学,还不适应。"没想到这一句话捅了马蜂窝,吴老师立马朝她开起"机关枪"来:"不适应?那你什么时候才能适应?高中毕业,还是退休以后?你这脾气挺臭的嘛,怎么像硫化氢的味道?你这种学习态度,跟你那一身漂亮衣服好像不太般配吧?下次考试,你准备考零分还是考一分?嗯?"

听听,这像老师说的话吗?

袁圆以前一直都是学校里的"骄女",啥时候被老师这么训过?所以她又害羞又生气,一低头就哭着跑出了教室。以往这种情况,事情过后老师会让同学把这个学生叫回去,可这次袁圆躲在寝室里哭了半天也没有人来理她,而且吴老师竟然还让同学通知袁圆,如果随便旷课,还要对她作出严肃的纪律处理。没办法,袁圆只好悻悻地回到教室。她心里嘀嘀咕咕着:算你狠,"老巫婆"!

从此,吴老师在袁圆的眼睛里十足就是一个老巫婆。

不过说实话,袁圆对老巫婆的教学还是很佩服的,她的课听起来就是有劲,她总是能把很枯燥的化学原理讲得很精彩,再难的题目只要被她一分析,就会变得非常明白易懂。袁圆的化学成绩很快就冒了尖,有一回测验,全班同学就只有袁圆一个人得了满分。同学们都向袁圆投去羡慕的眼光,袁圆很得意,可是老巫婆却从来不表扬袁圆,总说袁圆成绩好是应该的,袁圆觉得老巫婆对她有成见。

一年一度的化学期末考试到了,试卷上的题目袁圆都能做,但袁圆却动起了歪脑筋,她乱做一气,把这张卷子做得"惨不忍睹"。要知道,吴老师的教学在全省都是出了名的,她教的学生从来没有期末考试成绩不及格的。可是现在,袁圆偏偏就是要给吴老师开创一个"历史新纪元",一想到那时吴老师准会气歪鼻子的样子,袁圆在考场上竟忍不住笑出声来。

化学成绩出来后,袁圆听说老师办公室里一片哗然,都奇怪吴老师怎么也会教出不及格的学生。袁圆终于出了一口憋了许久的闷气,心里特别快活。哼,大不了再被这个老巫婆在课堂上羞一顿,怕什么!

但出乎袁圆意料的是,吴老师居然在课堂上什么也没说,根本就不提这件事。反倒是袁圆仿佛有了一种失落感,她心里忐忑不安起来:这个老巫婆,她会不会报复自己?

很快,袁圆就感到自己开始领教老巫婆的厉害了。

那是第二个学期开学不久,全市举行中学生化学知识竞赛。不是袁圆自己吹,她要去参加比赛的话,极有希望捧个一等奖回来,可谁知参赛名单一出来,哪里有袁圆的名字?袁圆班里一个同学平时化学成绩根本没有袁圆好,可他参加了初赛进入了复赛,参加了复赛又进入决赛,一路过五关、斩六将,最后竟拿到了大奖。看看那个同学风光极了的样子,袁圆的肠子都悔青了。

接下来,袁圆听到了一个更加令她惶恐的消息:很快就要举行全国中学生化学知识竞赛了,这次全市比赛的成绩,将作为参赛资格选拔赛的重要参考。袁圆后悔死了,由于自己的意气用事,将再一次与这么重要的比赛擦肩而过。怪谁呢？只能怪自己啊！

袁圆伤心透了，一个人躲在寝室里大哭一场，连饭也不吃。她真想去给吴老师认个错，让吴老师帮她去争取一个参赛名额，可是吴老师能原谅她吗？

正当袁圆无比懊恼时，吴老师把袁圆叫了去，问袁圆愿不愿意参加全国竞赛；如果想参赛的话，必须做一套她专门出的题目，而且成绩必须在80分以上。袁圆不禁又惊又喜，她想向老巫婆认错，可老巫婆却是一副冷冰冰的样子，朝她摆摆手说："道歉没用，做完题再说。"

做就做。袁圆接过卷子，立刻埋头做了起来。

天哪，一做题目，袁圆才明白自己又落入了吴老师的圈套！她原以为自己的化学成绩挺不错，做练习题有什么难的，可哪知这些题比她想象中的难得多。哼，可恶的老巫婆，你不让我参赛我就不参赛呗，干吗拿这么难的题来损我？

袁圆赌气地把卷子一丢，站起来要走，吴老师叫住了她。吴老师语重心长地对她说："袁圆，你的成绩确实不错，但是你太骄傲，常常自以为是。老师实话告诉你吧，今天这张卷子，是故意难难你的，目的就是想要杀杀你的傲气。你要知道，学习是没有止境的，做学问不虚心怎么行？这次全国比赛，老师会给你争取一个参赛名额，至于赛得怎么样，要看你自己努力了。你大概还没吃饭吧？"吴老师说到这里，端出一碗热气腾腾的鸡蛋面条，"你赶快把它吃了吧！吃完了，抓紧时间回去准备。"

此刻，袁圆不知道说什么好，她从吴老师手里接过面条，嘴巴里大口大口地吃着，眼睛里的泪水却"哗哗"直往下掉。

这以后，袁圆把一切可以利用的时间都利用起来了，她下定决心，一定要好好准备，为吴老师争气，为学校争光。终于，功夫不负有心人！袁圆闯过了市里、省里的一轮轮选拔赛，在最后全国总决赛中,拿到了一等奖。

得到消息的那个晚上,吴老师特别高兴,她把袁圆和同学们叫到一起,笑眯眯地说:"今晚老师请客,你们喜欢吃什么呢?"

"哇噻!"袁圆夸张地叫起来。这个可怕可敬又可爱的老巫婆,平时上课的时候她从来不笑,原来笑起来,竟也这么可爱!

袁圆朝吴老师扮了个鬼脸,对同学们说:"这可是吴老师自己说要请我们的哦,我建议,我们得好好'敲诈'吴老师一次。吃烧烤,怎么样?"

"好!好!好!"同学们一呼百应,都拍手叫好。

吴老师"呵呵"笑着说:"烧烤就烧烤!我还以为你们要我请你们吃满汉全席呢!"

袁圆真想趁这个机会好好向吴老师认个错、道个歉,可她刚张口,就被吴老师"堵"了回去。吴老师悄悄对她说:"袁圆,老师可能有时候对你要求过分严格了,你毕竟还小,难免不理解,老师不怪你。老师只是不想看到明明能够成才的学生,最后却成不了才,这就太让人痛心了……哦,对了,"吴老师说到这里,突然话题一转,"你以后当上了化学家,请老师吃什么啊?"

袁圆一愣,继而"扑哧"一笑:"到时候,我要请吴老师吃方便面!"

(原上草)

给粉笔穿花衣

班级里有个小女孩,喜欢吃各种各样的糖果,还爱收集花花绿绿的糖果纸,有时甚至在课堂上也拿出来玩。

这天上课,老师走进教室,打开粉笔盒的时候,惊诧地发现每根粉笔底部都包了一层糖果纸。老师勃然大怒,第一个便想到了女孩,狠狠地对她进行了一番"思想教育"。

这时,班长站起来怯生生地说:"老师,你看看你的手!"老师这才瞅瞅自己的手,因为天气太冷,手指都冻出了一条条口子,每次板书,都觉得钻心地疼。班长继续解释道,"老师,她是看你的手指裂了,才用糖纸把粉笔包起来,这样你的手指就不痛了!"

老师闻言愣怔了一下,片刻才回过神。原来这个顽皮女孩,竟有一颗质朴细腻的童心。老师静静地走到女孩身边,轻轻地拭去她的眼泪,温和地说了声对不起。

课上,握着穿上花衣的粉笔,一阵阵暖流袭遍老师的全身,当她在黑板上奋笔疾书一个大大的"春"字时,她动情地对学生们说:"同学们,在寒冷的日子里,只要我们心中藏着一份爱,那么春天将会永远伴随着我们!"讲台下,掌声热烈地响起,此刻,春天的暖意洋溢在每个人的心间。

(万安峰)

家的N次方

总有一粒种子会发芽

有一个女孩,没考上大学,被安排在本村小学教书。由于讲不清数学题,不到一周她就被学生轰下了台。母亲为她擦了擦眼泪,安慰道,满肚子的东西,有人倒得出来,有人倒不出来,没必要为这事伤心。后来,女孩又跟伙伴一起外出打工,她又被老板轰了回来,原因是嫌她裁衣服手脚太慢。母亲对她说,你又没学过裁衣服,怎么快得了?之后女孩又当过纺织工,干过市场管理员,做过会计,但都失败了。每次女孩沮丧地回家时,母亲总安慰她,从没有抱怨。

三十岁时,女孩凭着一点语言天赋,做了聋哑学校的辅导员;后来,她又开办了一家残障学校;再后来,她在许多城市开办了残障人用品连锁店。现在,她已经是一个拥有几千万资产的老板了。

有一天,女孩凑到年迈的母亲面前,她想知道,当她连连失败,觉得前途渺茫的时候,是什么原因让母亲对她那么有信心呢?

母亲说:"一块地,不适合种麦子,可以试试种豆子;豆子长不出来,可以种瓜果;瓜果也长不出来的话,撒一些荞麦种子一定能开花。只要是一块地,总有一粒种子会发芽,也终会有属于它的一片收成。"

(陈文英)

长在垃圾堆上的向日葵

他生下来就是个脚尖朝后的残疾人,四岁那年才一颠一颠地学会走路,同伴们的嘲笑,陌生人看猴一样的眼光,使他从小就感到非常自卑。于是,他发奋苦读。可命运对他总是不公,那年高考,他的分数超过了本科录取线,但因为他身体的原因,结果却没有一所大学录取他。这一致命的打击彻底击垮了他,从此他一蹶不振,变成了一个破罐子破摔的人。

他的父亲是个老实本分的清洁工人,母亲开着一家炒货店。他们虽然读书不多,但在儿子身上却没少下过功夫。自小到大,要没有他们时时刻刻的教诲和鼓励,他的生活不知会糟成怎样,可这回,父母对他也爱莫能助。

但不久之后发生的一件小事却彻底改变了他。

那天,家里炒瓜子,他坐在一边呆呆地看着。炒之前,母亲先把瓜子筛了一遍,筛出的秕粒都倒进垃圾桶里。说不清为什么,当他看到这一幕时,竟忍不住哭了起来,他觉得自己就和这些秕粒一样已经毫无用处了。

父母看见他突然抽泣起来,先是一愣,尔后似乎明白了什么,母亲忙丢下手中的活,走到他身旁,想对他说几句安慰的话,却被父亲拦住了,父亲说:"让他哭吧,哭了好受一些。"那一刻,他看见父亲的脸上居然露出一丝释然的笑意。

　　第二天天还没亮,父亲要去上班,走之前特意叫醒了他,说:"凌儿,还是跟我出去散散心吧,老这样呆在家里会憋出病来的。"

　　黎明的街道上非常寂静,父亲用单车驮着他,他能感觉到父亲身上散发出的一种活力。父亲说:"先看看爸爸是怎么工作的,好吗?"

　　父亲拉着一车垃圾带他上路时,天还没亮,清新的空气中散发出一股垃圾的腐臭。他不由苦笑起来,他的生活为什么总是离不开垃圾?他突然改变了主意,便对父亲说:"我不想去了,让我下车吧。""不行,你一定得去!"听父亲这么一说,他就干脆靠在驾驶室里打盹,不知什么时候,车突然停了,他睁眼一看,天已大亮,父亲说:"看看,到哪儿了?"

　　他无精打采地朝车外瞟了一眼,说:"不就是垃圾场吗?"

　　父亲领他走下车,指着前面的垃圾问他:"你看见了什么?"

　　他头也没抬地说:"垃圾。"

　　"抬起头,再往前看。"

　　"还是垃圾……"突然,他睁大眼睛惊叫起来,"向日葵,怎么会有这么多向日葵?"他转头问父亲,"爸爸,这都是你种的吗?"

　　父亲摇摇头,说:"这都是秕粒,当成垃圾运到了这里,可你看,它们同样生长着,而且,它们把垃圾当养料,生长得格外茁壮。"接着,父亲拍拍他的肩头,肯定地说道,"凌儿,你要记住,人生没有秕粒! 我相信你会振作起来的,一定会的。"

　　听着父亲的话,望着那些挺拔的向日葵,他的心不由一震,禁不住落下了滚滚热泪,他终于明白了父亲的一片苦心。是的,面对挫折,应该像垃圾堆上的向日葵一样,选择坚强!

　　打那以后,他再也没有颓废过……

(王国玫)

把每一个今天的游戏玩得精彩

有一个小男孩,今年十岁,特别顽皮好动。那天,他把家中的抽屉拉出来,翻了个乱七八糟,地上扔满了大罐子、小瓶子、纸盒子,还有一些粉面、颜料、药片,那情形就像是开起了杂货铺。

据小男孩说,他正忙着配制一种药,等他成功的时候会让大家大吃一惊的。就在这时,他的爸爸回来了,见这个调皮鬼正撅着屁股趴在地上,两只脏手抹着头上的汗,脸上满是颜料、灰尘。爸爸气坏了,要知道,前些日子这个调皮的儿子偷偷拆了一个收音机,说要看看这个机子里又唱又说的究竟是谁。但零件拆下后就装不上了,不用说,这只收音机被拆坏了。上次的账还没算,你瞧,这次他又惹祸了:两只小脏手忙着捣腾,把爸爸费了不少力托人买的治胃病的进口药捣碎了,正掺入一罐粥样的面糊里……

爸爸的脾气本来就不好,他的一只脚提了起来,哟,儿子的屁股要变成足球了!

屋里很静,儿子正全神贯注地在继续着他的"发明",一点没有意识到身后即将到来的危险。不过,不知为什么,爸爸的那只大脚没有踢出去,而是轻轻落在地上;接着,爸爸弯下了腰,默默地瞧着儿子捣鼓的小把戏,他看到地上摆的配料很丰富,瓶瓶罐罐里是香油、色拉、味精、果酱,这简直是在烹调营养丰富的美餐!

爸爸轻轻地问:"你这是干什么?"儿子的回答十分自信:"配药。爸爸,储藏间里有只老鼠,可坏啦……"

爸爸宽容地笑了,他什么也没说,只是用赞许的目光瞧了儿子一眼,点点头,转身走了。

吃晚饭的时候,爸爸向储藏间张望了一眼,小声对孩子的妈妈说:"喂,咱家的老鼠马上就要加营养餐啦,说不定就会长成一只小肥猪呢!"

过了一会儿,儿子从储藏间走了出来。显然,他已经把自己配制的"老鼠药"放在里边了。大家心照不宣,谁也没有说破,只是静静地等待着儿子"发明"的结果。

几天过去了,儿子每次从储藏间里出来,那张小脸上就会露出失望的神色。一次,妈妈忍不住嬉笑着问:"药死老鼠了吗?"

儿子低着头一声不吭。这时,爸爸瞪了妈妈一眼,轻声告诉儿子,这次配药为什么失败,应该怎样做才是对的。"你还必须注意安全,每次做完事一定要洗净这双小脏手。"爸爸用鼓励的目光看着他,意味深长地说,"重要的不是老鼠……"

儿子瞪圆了两只大眼睛想了很久,从此,他记住了教训,也明白了不懂就问的道理,他的两只小脏手又起劲地捣鼓了起来。

又过了一些日子,有一天傍晚,儿子刚打开储藏间的门就兴奋得大叫了一声,只见一只肥胖的老鼠沿着储藏间的墙角跑了出来,像瞎了眼似的在地上转了几圈,颤抖着身子伸了伸腿,死了。

你得明白这个理:一个做错事的孩子,只要有赞许的目光照亮他的路,那么,他就会从跌倒的地方爬起来……

(于大玮)

父子战争

　　龙县一中是省级示范高中，它拥有龙县最优质的教育资源，是龙县乃至周围县市中学生心目中的"圣殿"。对初中生田立来说，进入龙县一中这个"圣殿"并不是难事，尽管他的学习成绩算不上拔尖，但他有一个特殊的身份——他爸爸是龙县一中新上任的校长。

　　田校长上任后，制定了一个政策，对一中的老师们来说，算得上一件大好事：本校教职工子女报考本校，可以加20分。有了这道保险，田立进一中，就是板上钉钉的事。

　　中考临近，田校长给儿子说了这个优惠政策，可儿子并不领情："我凭什么得到优惠？就因为我是老师的儿子？这对那些不是教师子女的考生公平吗？"

　　田校长说："好多事情确实不公平，但这就是潜规则，大家都在做。"田立盯着爸爸问："潜规则就不可以改变吗？如果每个人都不做，潜规则还存在吗？"田校长无奈地说："你还小，不成熟，不懂这个社会。"田立一字一顿地说："那我宁愿永远不成熟！"田校长以为儿子不过是年少气盛，也没在意，敷衍几句了事。

　　一晃，中考的成绩下来了，一中的录取分数线是619分，田立考了616分。

　　田校长很高兴，儿子以这个分数，进一中绰绰有余。但让田校长意想不到的是，田立在填志愿时，第一志愿是龙县二中，根本没有一中的影子。

田校长逼着田立改志愿，田立不肯，说："爸，如果你坚持要我进一中，我宁可选择辍学。"

"你个'二货'，总有一天会后悔的！"

看见爸爸难受，田立搂住爸爸，说："爸，你相信我，如果我进了一中，才会真正后悔的！"事已至此，田校长还能怎么办呢？虽然二中比不上一中，可总比儿子不读书强吧。

田立进了二中后，学习很努力，三年后，考上了师范大学。田立成了大学生，可并没有像父亲期望的那样成熟起来，倔脾气一点没改。田校长每次都骂道："你个'二货'，不撞南墙不回头，非得吃几次苦头你才能聪明起来。"

田立大学毕业前夕，田校长担忧的事终于发生了。一天，田立打电话给他，说自己已经联系好了新学校，过几天就出发。田校长问是哪所学校，田立说："青海玉树的红岭小学。"

田校长惊叫道："你疯了吗？去一中当老师多好呀！"

田立说："爸，一中不缺教师，但红岭急缺教师，我想到能让我干事的地方去。"

田校长又一次领教了这个"二货"不按常理出牌的"另类"手段，他退而求其次，说道："如果你真的想做一个被人急需的老师，二中也是你的选择，二中也缺教师。"

田立说："可是，红岭比二中更需要我。"

"田立，老子服了你！"田校长虎着脸说，"你不就是想折腾吗？好！我让你折腾，我等你哭着闹着要回来的那天！"说罢，他挂了电话。

田立真的去了玉树的红岭小学。红岭小学只有五位民办教师，校长姓程。程校长看田立踏实肯干，情真意切地说："田老师，我想让你做校长。按说,我不该把这副担子推给你,但你是专业学教育的,孩子们需要你这样的校长。"

田立想了想说:"行!这担子我接过来。"

在红岭小学,田立一干就是三年。三年间,学校有了很大的变化。田立利用和外界的关系,给学校盖了新教室,五名老师也得到了培训。可喜的是,红岭小学毕业的学生,到镇里上初中,学习成绩也出类拔萃。

田立扎根偏远山区的事迹上了报纸、电视和网络,他一下成了名人,但田校长却高兴不起来,因为他知道儿子为此付出了多少。儿子原先白皙的脸庞染上了特有的高原红,儿子的好多同学都结婚了,可他的女朋友还没有影子。这期间,田立的妈妈一把鼻涕一把泪地要他回来,可田立总说,这里离不开他。田校长安慰妻子说,儿子倔不了多长时间,迟早他会主动要求回来的。田校长还说:"下学期我就退居二线了,县里正在筹划公开选拔一中校长的事情,他再不回来,想回来也没那么容易了!"

田校长的预言成真了。三年后的夏天,田立风尘仆仆地赶回家,向爸爸提出,他要回来!

县里公开选聘一中校长的活动开始了,田立终于参加了选拔。田校长高兴得不得了,看来这小子并非是不食人间烟火,心里有小算盘呢。

校长候选人的竞选演讲开始了,田校长来到现场,观看儿子的表现。

田立最后一个上台演讲,相比其他参与选拔者的发言,田立的演讲辞短得可怜:"各位领导,尊敬的评委,我的演讲只有两句话:第一句话是,我爱教育,我能在玉树踏踏实实地做三年老师,更能在一中勤勤恳恳做一辈子;第二句话是,与在座的参选者相比,我有一个优势,就是有做校长的经验,虽然那是一个只有六名教职工、一百多名学生的学校,但管理学校的道理都是一样的,那就是热爱和创新,公平与正义。谢谢大家!"

田立鞠了一躬,走下台来。

台下的评委小声地互相交流着,田校长发现,不少人是赞许的表情。

几天后,公开选聘的结果揭晓,田立以绝对优势获胜,出任龙县一中校长。作为父亲,田校长非常自豪,儿子是龙县一中历史上最年轻的校长,这一定会载入龙县一中的校史。

田立上任后干了两件大事:第一件事是,取消所有报考一中的优惠政策,让所有的考生公平地站在同一条起跑线上;第二件事是,动员一中教学任务不饱和的教师,前往贫困地区支教。

这天晚上,父子俩坐在家里,田校长扔了一支烟给儿子,说:"儿子,你是和老子对着干吧?好了,现在你胜利了。"

田立给爸爸点着了烟,自己也深深地吸了一口,认真地看着田校长说:"爸,对不起,这些年来,儿子没少惹你生气。我回来参加竞选,有两个原因,一是红岭小学缺老师,如果我能当上一中的校长,就可以派更多优秀教师去支教;二是我想向潜规则宣战,我总觉得,一个人不应该向潜规则低头。"

田校长望着儿子,半晌,说:"儿子,你没给老子丢脸。爸爸输得高兴!"

(杨 格)

少年张三冲

张三冲经常在同学面前感叹："唉，咱摊上刘罗锅这号人做家长，真是悲剧呀！"他说的"刘罗锅"，不是别人，正是他的继父刘得宝。

张三冲的亲生父亲叫张大为，是名刑警，长得英武彪悍。张三冲从小跟着父亲练拳习武，小小年纪，就好打抱不平，眼里掺不得半点沙子。

三年前，张大为在一次抓捕毒犯的过程中身受重伤，虽然最终将两名毒贩抓捕归案，但他自己因伤重不治而牺牲。那两名毒贩是一对亲兄弟，最后哥哥被判了死刑，弟弟被判了无期。

张大为过世后，张三冲的母亲阿秀改嫁给了工程师刘得宝。刘得宝有点驼背，加上生性懦弱，三棍子打不出一个闷屁，所以别人都叫他"刘罗锅"。婚后不久，刘得宝下了岗，为了生计，他在自家门口开了个五金修理店，小到插销锁头，大到机电油泵，还真没有他修不好的。

但是，张三冲打心眼里瞧不起这个继父，把继父和生父一比，简直一天一个地。所以，张三冲从没管"刘罗锅"喊过一声"爸"。

这天，张三冲在放学路上，看见一个男生欺负一位女生，他立即上前制止。一语不合，竟三拳两脚把那男生给打骨折了。

那名男生的家长找到学校。校长让张三冲给人家赔礼道歉，张三冲据理力争："是他先欺负女生，我才揍他的，错的是他，为什么要我道歉？"校长无奈，只好打电话叫家长来。刘得宝一到学校，不问是非曲直，立即点头哈腰地给人家赔礼道歉，还掏了八百元赔给人家做医药费。张三冲见刘得宝那副胆小怕事的窝囊样，气就不打一处来。回家的路上，张三冲自己走在前头，一句话也没跟刘得宝说。

回到家吃了晚饭，外面就下起了瓢泼大雨，街上没有一个行人，刘得宝眼看没什么生意了，就早早地把五金修理店的大门关了。

晚上九点多，忽听得修理店的大门"砰砰"作响。刘得宝想是有客人上门，急忙开门，却见门口站着一个陌生男人，穿着雨衣，满脸胡碴，看不出多大年纪。一双眼睛，在风雨中闪着逼人的寒光。刘得宝打量对方，见对方两只脚的脚踝处各有一圈血迹，顿时警惕起来，问道："您有事吗？"

那男人撩起雨衣下摆，从雨衣里拿出一支猎枪，说："我是到郊外打猎的，下山的时候，脚被野猪咬了，我连开几枪，野猪虽然被赶跑了，但是猎枪也烧坏了，想请你修一修。"

刘得宝一看，男人手里拿的猎枪黑黝黝的，有两米来长，一看就知道是把威力巨大的火药枪。刘得宝面露难色，正想拒绝，男人却已经拿着枪走进了店里，并且反手关上了店门。

刘得宝自知来者不善，只好硬着头皮接下了这单生意。他接过猎枪看了看，一下就看出了问题所在。刘得宝拿出工具，把猎枪零件一个个拆下，就在工作台上修理起来。

刘得宝住的房子并不大，一间门面房一分为二，一边是他的工作间，堆满了车床和五金配件，另一边是家里的大厅，中间只有一道透明的玻璃门。坐在屋里看电视的张三冲透过玻璃门看见外面的男人，总觉得有些眼熟，但到底在哪里见过，却又想不起来。

屋外电闪雷鸣,雨越下越大。过了半个小时,刘得宝利索地把猎枪重新组装好了,随后交给了那男人,说:"行了,修好了。"

"这么快就修好了?我得试试看。"那男人有点信不过刘得宝的手艺,就在枪膛里填上了火药和钢珠。

正在这时,电视里突然插播了一条新闻,说是今天晚上,市郊监狱有一名囚犯越狱,他在山下一个猎人家里抢了一支猎枪,开枪打伤三名追捕他的狱警后逃脱。警方呼吁,市民如果发现与该名逃犯有关的线索,立即报警,接着电视里播出了该名逃犯的照片……

张三冲顿时呆了,这越狱的逃犯,不就是外面来修枪的男人吗?他顿时觉得血气上涌,抄起旁边平时练习的二节棍,大步冲出去,指着那男人喝道:"原来你是个逃犯!"话音刚落,"呼"的一棍出手,打在那男人的头上。

男人疼得直咧嘴,可不等张三冲第二棍出手,男人已将猎枪的枪口抵住他的胸口:"兔崽子,身手不错嘛,不愧是张大为的儿子。"

张三冲一怔:"你认识我爸?"

男人狞笑道:"当然认识,把我哥送上刑场的是他,把我送进监牢的也是他,我这一辈子都忘不了他!就算他已经化成灰了,我还在惦记着他呢!"

男人字字句句都不怀好意,张三冲盯着那男人的脸,只见那乱蓬蓬的胡子中,一条长长的刀疤若隐若现,他猛然醒悟过来,叫道:"原来你就是当年被我爸抓进监狱的毒贩,难怪觉得眼熟,原来曾经在报纸上见过你的照片。"

那男人用枪口狠狠地顶了张三冲一下,咬牙切齿地说道:"我大哥之所以会死,我之所以会坐牢,全是你老子的'功劳'。没想到你大爷我今天刚从牢里逃出来,就能把仇报了!我今天要亲手杀光张大为全家,让我哥在地底下好闭眼!"说到这里,他眼中杀机毕现,仿佛下一秒就要朝张三冲扣动扳机。

195

"不！求你不要杀他！"阿秀见儿子有危险，奋不顾身地扑了过来，"他只是个孩子，求求你放过他，你要报仇，就杀我好了！杀我！"可怜的女人哭着跪在那男人跟前，拼命把那枪眼往自己胸前拉过来。

男人冷酷地一笑，飞起一脚，将她踢到一边："急什么，要死也要轮着来。"

张三冲哪能见得自己母亲遭人伤害，不由两眼直喷怒火，两只手握拳握得能掐出血来。他朝站在男人一侧的刘得宝使个眼色，意思是叫他从旁边袭击，分散对方注意力，自己再奋起反击，争取将对方一举击倒。谁知刘得宝竟害怕得蹲在地上瑟瑟发抖，张三冲不由心生绝望，摊上这样一个窝囊废做继父，悲剧呀！

"小鬼，到阎王爷那边跟你老子做伴去吧！"那男人面露狰狞，借着雷声的掩盖，猛然扣动扳机，张三冲脸色苍白，闭目等死……

"轰——"屋内的枪声、屋外的炸雷声同时响起，然而巨响过后，张三冲并没有感觉到有什么异样，他好奇地睁开眼睛，才看见那男人的火铳不知怎么的，竟然炸膛了，枪膛被填满的火药炸得粉碎，无数铁屑像暴雨一样打在男人的脸上，那张脸顿时像开了花似的，血肉模糊……

就在张三冲几乎惊呆的时候，刘得宝突然一跃而起，从门后拿起一根麻绳，叫道："三冲，接住！"说罢，他将绳子一头甩给张三冲，另一头自己拿着，张三冲立即明白了他的意思，父子俩拿着绳子围绕男人转了几圈，男人顿时就被麻绳捆了个结结实实。

男人这才明白自己上了刘得宝的当，他眯缝着眼睛，痛苦地说："你、你竟敢在枪膛里动手脚！"

刘得宝说："不错，我在修枪的时候，用一块小铁片将枪膛堵住了，只要你一开枪，猎枪就会炸膛，受伤的只能是你自己。"

男人问："你、你为什么要这么做？难道你早就……"

刘得宝说:"是的,我早就知道你不是什么好人。"

张三冲忙问:"你怎么知道的?"

刘得宝说:"他进门的时候,我看见他两只脚踝处各有一圈淤青和血迹,明眼人一看就知道,那是在挣脱脚镣时留下的。你想什么人会在深夜里挣脱脚镣冒雨跑出来呢?"

张三冲脱口说道:"从监狱里跑出来的逃犯!"他忽然明白,刚才自己朝继父使眼色,而继父假装没看见,那是因为他不想让自己冒险,以免造成不必要的伤害,更是因为他早有安排、成竹在胸。

这时,刘得宝拍拍张三冲的肩膀,意味深长地说:"孩子,你要记住,有时候用脑子,比用拳头更能解决问题!"张三冲的脸红了,嗫嚅着说:"爸,我记住了。"

阿秀早已拿起电话报警,屋外很快响起了警笛声……

(岳　勇)

洗　礼

　　自从石涛成为全省高考的理科状元后,各路广告商的到来就打破了他们家的宁静,我也是其中一个。我在一家著名的广告公司工作,最近刚升为经理。

　　两天前,当我找到了石涛——这个黝黑憨厚的小伙子时,发现他住在小山村的一个普通船屋里,小小的茅草屋很是简陋。有一个补脑液的广告商正在屋里跟他详谈。当那个广告商给出大学费用全包和5万块的奖金这个条件时,石涛露出了笑容。在他们要签字之前,我及时出现了。我开出了20万的报酬,只要石涛答应拍我策划的那个美国眼镜广告。听到我的话,石涛的笑容僵住了,满脸惊讶。

　　就在这时,第三个广告商进来了……就这样,城里的小车打破了山村的宁静,狭小的茅草屋里一下子挤满了形形色色的人,价位一个比一个高,嗓子一个比一个大,俨然一个拍卖行。

　　看他们争夺不休,我发了狠话:"你们都别争,我这个美国眼镜广告非石涛不可。不管你们把价位抬到多少,我出的钱都会比最后的那位高出5万。"

　　话一出,我看见石涛的眼睛一亮,石涛的母亲险些倒下,一把抓住儿子的手臂。

　　其他广告商都知难而退,我跟石涛作了详细的交流,当我说到

"其实很简单,你只要说'彩虹眼镜助我成为高考状元'之类的话……"时,一向沉默的石涛说:"这不是让我说谎吗?我不干。"

石涛的母亲一听石涛说不干,着急得直拽石涛的手。我笑着制止了石涛的母亲,耐心地给石涛讲了一个故事:

六年前,大西北的一个学生以全省最高分考上了重点大学,可面对瘫痪在床的母亲、年迈的父亲和家徒四壁的家,他绝望了。这时,一个复读机的广告商找到了他,让他为复读机做广告。就这样,这个学生不仅为自己挣得了读大学的所有费用,还为母亲挣来了治病的钱,现在,母亲可以下床走动了;更值得高兴的是,这个学生毕业后,凭着自己过硬的专业技术,找到了一份很不错的工作,现在,还为家里盖了新楼房……

"故事里的这个学生就是我。你想,如果当初我不接这个广告,我现在会是怎样?"我悠悠地问石涛。

石涛的母亲听我说完自己的身世,就抹起了泪,对石涛说:"你不干,就没有学费,没有学费,你怎么读大学?"看石涛不言不语,石涛的母亲竟哽咽了起来,继续说,"你不为自己,也该为你阿姐,阿姐为了让你读书,有希望升大学的她竟放弃了;你阿爸,常年累月在深山里干活;还有这房子,一到刮风下雨就东摇西晃……"

看着母亲的伤心样,石涛对我说:"给我两天时间吧。两天后我给你答复。"

两天一过,我大清早就赶到了石涛的家。看见我走进院子,石涛的母亲从菜圃里小跑着过来,看了看我,不说话。我问:"阿姨,怎么了,石涛呢?"

石涛的母亲盯着我傻愣了起来,眼泪在她浑浊的眼里打转,泪越聚越多,最后像条溪水般淌了出来。

细问,我才知道,石涛昨天已离开了家,说是去找我。

"那路上会不会出了什么问题?"我紧张地问道。

石涛的母亲喃喃地说："不会，自己的娃儿自己知道，他是怕我逼他答应你，偷溜出去打工挣学费了。"说完，捏了把鼻涕抹了把泪，缓缓转过身，走了。

这下我呆了！找不到石涛，我的生意就砸了，这还是小事，最重要的是砸了美国客户交给我的第一个订单，对我前途影响不小。

我追着石涛的母亲问了半天，问石涛最有可能去哪打工，她不是抹眼泪，就是说不知道。好半天也没个结果，我失望地离开了。

走了几步，我又折了回来，掏出一千块钱和名片递给石涛的母亲，说："如果知道石涛在哪，记得给我打电话。"她看了看钱，没接。

我把钱放地上，转身走了。身后，传来她的声音："你去俄贤岭看看，他阿爸在那。"

我一刻都不怠慢，驱车前去。

一路打听，我在半山腰的村落里找到了石涛父亲的屋子。我叫了几声，没人应。木板钉成的门没上锁，我用力一推，门"吱"地开了。

屋里太简陋了，除了一张木板搭成的床，墙上挂着的几件衣服，就是一个用泥砌成的小灶，灶上挂着一口铁锅。

这么简陋的房子却让我眼睛一亮，因为我在床边的墙上，看见了一个书包和一件学生的校服，这表明石涛在这里！

等了一个多小时，石涛父子还没回来，我决定上山，去林子里瞧瞧。山上林木翠绿，各种古树参天盖地。树下有树，林内有林，层层叠叠。让我惊奇的是，在岩石边上，我竟看到了名贵木材黄花梨！树又高又粗，树皮是浅浅的灰黄色。这样的宝树，竟在这山间不择地势地生存，成为名扬天下的"木中黄金"。

我左看是树，右看是树，前看后看还是树！来回走着我竟迷了路。渴了，喝点山涧水；饿了，吃点不知名的野果；累了，以落叶为床，树叶为帐，我躺倒就睡。不知过了多久，一阵悠扬的声音扰醒了我。那是用树叶吹出的音乐，在林间飘荡……

当我顺着声音找到石涛父子俩时，已是黄昏时分。又一次看见我，石涛很淡定。石涛的父亲第一次看到我，憨厚地冲我笑了笑。这个衣着简朴、双手粗糙、面孔发黑的中年男子，看起来比实际年龄老得多。

看见我们仨回屋子，两三个邻居的小孩大叫着"状元回来了！状元回来了！"朝我们冲了过来。石涛大笑着迎了上去，孩子们有搂着石涛的，有跃上石涛后背的，石涛父亲的眼睛笑成了一条缝。听说状元家来了客人，热心的邻居送来几两肥肉，石涛的父亲高兴地烧起菜来，石涛也帮着生火。

我在石涛旁边蹲下，说："只要你答应为这个眼镜做广告，公司除了全包你在大学期间的所有学费，再额外给你30万，让你家盖新房子，补贴家用。"

听到这话，石涛父亲拿着铲子的手僵在了半空中……石涛却平静地继续往灶里添柴。

石涛不说话。我只好转向石涛父亲，征求他的意见。他看了看我，又看了看石涛，说："这事还是得让石涛拿主意！"说完，继续炒他的菜。

石涛盯着我，说："我有今天，帮助我的也不是彩虹眼镜，而是我父亲！一个勤劳的农民，他大半辈子都默默无闻，如今我成了状元，是多么让他骄傲的一件事，我怎么能为了钱，就在电视里对大家说谎呢……"

听到这里，石涛的父亲忘了翻动手里的菜铲。屋里一片寂静，偶尔传出木柴在燃烧时发出的"噼啪"声，锅里爆炒的肥肉蹦跳的油炸声。

在他们的沉默中，我走出了屋子。

在我下山时，石涛追了上来，说送送我。

路上，石涛指着岩石里长出的黄花梨问我："你知道这是什么树吗?"我点了点头,石涛继续说,"这样贵重的黄花梨却在这样的环境里生长,何况我们人呢?我现在一点也不觉得苦。我比你幸运,我父母健康,我父亲的老板知道我的情况后,招我做了暑假工;开学之后,我还能到银行贷免利息的学费。我已经有了这样的优待,还奢求什么呢?"

我无言以对。分手时,我用力地拥抱了一下石涛,然后一头扎进了我的小车。路上,我流泪了,为我父亲,为我六年前说的那句话:"助我成为状元的——光明复读机!"我当时怎么就没有石涛这种顽强的毅力呢?

石涛这种自强不息的精神震撼了我,感染了我。回到城里,我用匿名的形式给石涛汇了5000元钱。我下了决心,在以后的每学年里,我还会以这种形式资助石涛,直到他大学毕业。

(何 燕)

老妈不烦

王刚是个游戏迷,平时下班回家,就往电脑前一坐,废寝忘食地打游戏。可他偏偏摊上个爱管事的老妈,平时在电话里唠唠叨叨也就罢了,最近她老人家还不远千里,从老家赶到王刚的蜗居,监督起他的饮食起居来。

从此,只要看到王刚在玩游戏,老妈就会勒令他关机。王刚只好改变策略,等老妈睡着了再玩。这天半夜,王刚蹑手蹑脚地打开电脑,刚进入游戏界面,电脑就黑屏了!灯光大亮,老妈神不知鬼不觉地出现在王刚身后,手里拿着拔掉的插头,对他说道:"少跟我耍花枪!赶紧滚上床!"

就这样,王刚虽然心有不甘,但还是在老妈面前败下阵来。面对老妈的唠叨,他也只能回敬一句:"您怎么就这么烦呢?"

正当王刚无计可施的时候,老家的大哥打来电话,说小侄子闹着要学习机,让王刚赶紧给买一台。放下电话,王刚乐了,赶紧一溜小跑直奔学习机专卖店。他乐啥?学习机买回来,谁给大哥送?老妈自然是最合适的人选啦。

回到家,王刚把学习机往老妈手上一送,心头想,总算可以把烦人的老妈打发回老家了。老妈似乎猜透了他的心思,没忘给他泼瓢冷水:"别以为我走了就没人管你了,告诉你,我很快就会回来的。"

王刚心里却早算计好了，老家离得远，路上得花两天；老屋很久没人住，一定脏得不行，加上后园那些杂草需要收拾，老妈一去一回至少得花一个礼拜——足够他把一款新出的游戏玩到通关。

不想，老妈临出发前一天，竟然拎着王刚的耳朵，手把手要逼他学自己的绝活。王刚听了，不由嗤之以鼻，啥"绝活"，不就是"鸡脑壳"吗？

这"鸡脑壳"是王刚老家的一种面制食品，类似于水煮面疙瘩，形状有点像鸡头。不过，不得不承认，老妈做的"鸡脑壳"特别劲道，在老家人人吃了都说好。

虽然心里头一百个不愿意，但想到曙光即将到来，王刚还是全力配合，和面、揉面，丝毫不敢懈怠。"鸡脑壳"做好了，老妈尝了尝，赞不绝口："不错，得了我的真传！"

第二天一早，王刚跟老妈道了别，去上班了。坐在办公室里，王刚正想着那款最新的游戏，邻座的小马冲他努努嘴："瞧，你妈来了。"怎么可能？这会儿她应该上车了才对呀！可由不得不信，一眨眼的工夫，老妈已急吼吼走到王刚跟前，说是还他家里的钥匙。

离开时，老妈不知哪根神经搭错，当着所有同事的面往王刚脸上贴金："大家知道吗？我儿子厨艺可好了，昨天一晚的工夫，他就学会了我们的家乡菜'鸡脑壳'，做出的那个味儿，啧啧，都跟我差不离！"

王刚的脸一下子红到了脖子根，赶紧把老妈往门外推。可她老人家不肯消停，回过头还向里面吆喝："我没瞎白话，要是不信，大伙儿可以叫他露一手。"

老妈的这一吆喝，可把她儿子害苦啦！王刚的同事，除了科长老张，全是些小年轻，整天巴望着蹭个饭局，现在有人主动邀请，哪有不乐意的？老妈前脚出门，小马后脚报名："王刚，去你府上尝个鲜，咋样？""算我一个。""还有我。"不得了，科室里三十多号人，几乎所有人都向他抛出了"绣球"。

王刚心头直抱怨。可大家一个办公室呆着,低头不见抬头见,既然张了嘴,就不能驳了人家面子。王刚只好憋出笑脸,一一应承下来。

考虑到吃客太多,为缓解压力,小马提议分期分批上门,还热心地拟了一份表格。小马自诩劳苦功高,日程表上他是一天不落。

就这样,王刚在家摆起流水席,一到饭点,就有同事找上门。跟着小马头一拨上门的,是科室里仅有的几名女同事,饭局还算顺利,王刚现学现卖,做出来的"鸡脑壳"赢得了大家一致好评。第二回再做,王刚俨然以熟手自居,动作上一麻溜,质量就有所下滑。"鸡脑壳"一上桌,小马就皱起了眉头,说:"这味道咋跟上次不一样了?"他这一抱怨,其他男同胞的眼睛就齐刷刷瞄向了王刚,王刚便知情况不妙。

不出所料,第二天办公室流言四起,说王刚男女两重天,重色轻友。为挽回影响,又一拨男同事上门,王刚使出了浑身解数。仓促之中,他发现灶台上的独家配料已所剩无几。这配料是老妈苦心琢磨出来的,堪称秘方。少了它,"鸡脑壳"味道就大打折扣。

小马又开始煽风点火,听得王刚心头窝火。现在唯一能做的,就是提升"鸡脑壳"的品质,堵住小马的破嘴。配料不用担心,王刚知道在橱柜的顶层,装有百合根、车前草、板蓝根等十多种晒枯的草药、野菜,老妈那神奇的配料就出自这根根草草。他赶紧每样各取一些,混在一块碾成粉末。

本以为这下料齐了,可等到下一轮饭局,"鸡脑壳"还是没能在小马这头"过审",王刚又落个大花脸。不过他算是弄明白了,老妈那配料得讲个比例搭配。为了尊严,王刚跟小马打了个赌,不问老妈,靠自己破解老妈的秘方。可这谈何容易?一连两天,他熬红双眼,琢磨了一道又一道配方,均以失败告终。每回的饭局上,小马那刻薄的点评倒没少听。直到第五天晚上,王刚拿着配料一闻,心头一阵狂喜,就是老妈那味儿!

　　为给小马以最有力的还击,在第六天中午的饭局——也就是日程表上的最后一顿,王刚使出了浑身解数。这一次,"鸡脑壳"没给他丢脸,大家一开吃就竖起大拇指……

　　心里头的石块落了地,王刚猛然想起,这些天只顾琢磨"鸡脑壳",把"正事"给撂一边了。就在他打算用剩下的时间好好耍两把游戏时,又出了变故。下午王刚去找科长汇报工作,发现老张黑着个脸,心里一寻思:这几天只顾招待那帮小年轻,把头儿给冷落了,老张能没想法?汇报完工作,王刚诚惶诚恐地发出邀请:"科长,要是您不嫌弃,晚上到我家尝尝我的家乡菜'鸡脑壳'咋样?"

　　老张脸上顿时放晴:"嫌弃啥?大鱼大肉早就吃腻了,正想换个口味呢。"不曾想,这老张连放了他两次鸽子,到第七天晚饭才大驾光临。因为心情不好,这回的"鸡脑壳"味道实在不咋地,可老张毫不挑剔。吃完,他和颜悦色地说:"小王,这几天受了不少委屈吧?不是大家成心难为你,其实这都是你妈的意思。"

　　经科长这么一说,王刚才明白老妈临走前去他公司是干什么了。老妈此举可谓一箭双雕:王刚生活无规律,时常饥一顿饱一顿,前些日子还犯了老胃病。老妈担心这七天他重蹈覆辙,才想出这歪招,让同事蹭饭的同时,也让他填饱肚子。除此之外,这短短的一星期,自己认识两三年都只是点头之交的同事,现在都跟自己称兄道弟起来。原来,老妈还想告诉他,人与人之间的关系,也像这"鸡脑壳"的秘方,得用心调配……想到这,王刚心头不由暖烘烘的。

　　送走科长不久,门外响起了熟悉的脚步声。王刚赶紧开门,老妈的目光在他脸上审视了一阵,俏皮地说:"烦人的老妈回来了,不欢迎?"

　　王刚赶紧从她手中接过行李,回敬一句:"哪儿敢啊,老妈,您老人家一点儿不烦!"

(刘丽华)

出色的着色师

朴卓的工作很特别,他是名"着色师"。朴卓天生对色彩有敏锐的感觉,作品在他手中,因为有了更棒的颜色而锦上添花。

有才干的人常常会惹人嫉妒,同事王宏就一直很眼红朴卓的创意。这一次,王宏竟偷走了朴卓的创意方案,拿去参加比赛,获得了全国大奖,而朴卓自己的作品却被主办方认定为抄袭之作。很快,这件事在同行间传播开来,朴卓的信誉面临着严重危机。

这一天,朴卓再也压制不住心头的怒火,给已经离职的王宏打电话:"你拿我的作品去参赛,这么做比小偷还可恨!"

王宏好像早已经准备好了托词:"你在说什么,我不明白你的意思。"说完,"啪"地挂断了电话。

朴卓正在气头上,只听门口传来一阵敲门声。朴卓忙去开门,看到一个五十来岁,穿着朴素的中年男子站在他面前。朴卓没好气地说:"你敲错门了吧?"说完便要关门。

中年男子忙说:"娃,不认识我了?我是你老舅。"

朴卓吃惊地上下打量了他一番,还真是老舅!朴卓十多年前上小学时见过他。朴卓忙让他进了屋。进了屋,老舅在床上坐下,张嘴就说:"娃,我这次来北京办事,顺道看看你。最近工作不顺利吗?"原来他刚才在门口,已经听到了朴卓在电话里说的话。

朴卓心情不好，淡淡地回答道："没啥，一点小事。"

老舅劝道："人活在世上啊，总有那些不如意的事儿，你看看我，命运弄人啊……"朴卓以前听母亲提到过老舅的坎坷遭遇，说他小时候因为打错药，成了残疾；后来好不容易在照相馆里谋了个差事，不料又第一批下了岗；老婆跟他结婚两年就离了婚。那以后，老舅一直在打零工，后来做起了修鞋匠，一晃就过了这么多年。

老舅在朴卓这儿一住就是几天，丝毫没有走的意思。

这天，朴卓路过老总办公室门口，偷听到老总和他部门领导的对话："……现在都在怀疑，但还没什么证据。如果是真的，那就是朴卓人品有问题……"朴卓听了，半天没缓过神来。这以后，他无心工作，总感觉周围的人都在用异样的眼光看着他，索性辞职回家了。

一连几天，朴卓整天闷在屋里上网，心情沮丧到了极点。老舅买来许多好吃的，放在他面前，说："娃，你也别急着找工作，心态很重要。还要注意身体，少抽点烟。"朴卓心不在焉地答应了一声。

几天后的一个傍晚，朴卓在街上无所事事地溜达了半天，正往回走，在街角处看到有几个人正在殴打一个修鞋匠，朴卓立刻上前阻止，那几个打人的见来了个文质彬彬的小伙子，其中一个抓住他的衣领，其余几个一哄而上，一顿拳打脚踢，把朴卓狠揍了一顿，直到有行人报警，他们才跑开。

朴卓忍住疼痛，从地上爬起来。这些天他一直憋屈得慌，也是想借着打架出出气，不料不是人家的对手。朴卓扶起缩成一团的修鞋匠，刚要安慰几句，却不禁"啊"了一声，原来，修鞋匠竟是老舅！只见老舅手里捧着一个铁盒子，面色灰白，脸上露出了一丝侥幸的微笑，指了指铁盒子。朴卓打开铁盒子，见里面装了些零钱，最大的面额才十元。

朴卓生气地说："你真是舍命不舍财，这点钱，给他们就是了。"老舅一字一句地说："不能给他们，给他们保护费，下次还会再要。"

这可是我的辛苦钱啊！"

"你怎么在马路上给人修上鞋了？"朴卓纳闷地问。老舅憋红了脸，慢吞吞地说："我看北京街上的人可真多，修鞋一定赚钱……"说着，他数起铁盒子里的钱，"今天赚了大约二百来块呢！"

"是吗？"朴卓忽然瞥到盒底压着一张照片，朴卓好奇地抽出来一看，不禁愣了，这不是自己五岁时的照片吗？怎么会在这只铁盒子里？

老舅见状连忙解释道："这张黑白照片是你母亲领你照的，我当时在照相馆工作，说起来跟你也算是同行了，是名着色师，专门给照片上色。这张，就是我给着色的，一共印了两张，我就留了一张。"

朴卓以一个内行人的角度仔细端详着这张照片，可以看得出这是精心之作：健康自然的肤色、细腻精致的围巾、耳朵是用玫瑰红勾勒的，每个细节都有颜色层次的变化，足见扎实的功底，老舅娴熟精湛的手艺透过动人的照片展露无遗。朴卓看了，内心佩服，他这个艺术院校毕业的高才生也自叹不如。可看到老舅现在这双长满老茧、缠了创可贴的手，怎么能跟着色师联系起来？朴卓不禁说道："可惜，可惜！"

老舅听了却说道："我觉得也没啥可惜的，现在我活得很充实。曾经我也很消沉，想想自己丢了工作，老婆也离开了我，多凄凉……可这么多年下来，我悟出个理儿，生活的底色本来就是黑白的，只有自己当一回生活的着色师，在底色上添加漂亮的颜色，才能让生活变得丰富多彩！"

朴卓万万没想到，这样的话能出自老舅口中。朴卓想了好久，一个修鞋匠都不向命运低头，自己还有什么理由怨天尤人地活着？

朴卓对生活积极起来，开始留意起各大招聘网站。终于，有一家知名动画公司让他去应聘了。在面试的时候，主考官对朴卓现场着色的作品非常满意，但他话锋一转，说："你对抄袭别人作品如何看待？"

朴卓内心吃了一惊，心想，他不会是知道了一些关于自己的流言吧？朴卓稳了稳神，说道："抄袭作品很可耻，我是坚决抵制的，而且我曾经深受其害。"

见朴卓这么说，主考官又问："那你说说，为什么从原来的公司辞职？"

朴卓顿时脸色发红，低声说道："因为当时自己扛不住流言蜚语的压力。当别人用有色的眼光看我时，我心里灰暗到了极点，没有了自信，当时选择离开也是一种逃避吧。现在我总算想明白了，人生的黑白需要自己用色彩去弥补，这也是我为什么来面试的原因。"

主考官听了朴卓的话，点了点头，说："你对着色有自己独特的理解，我们也相信你的人品。恭喜你，你被录用了。"

朴卓高兴极了，想立刻把这个好消息告诉老舅。他飞快地下了楼梯，可刚出公司大门，竟意外地遇到了王宏。

王宏见了他，有些尴尬地说："朴卓，自从我获得那个不属于我的荣誉以后，我再也做不出好的作品，心里总像有鬼一样。今天，我特意来找你，想求得你的原谅。"

朴卓笑了笑，说道："我早已经原谅了你。"王宏听了，脸上终于露出了释然的表情。

朴卓回到家，只见屋子里打扫得干干净净，老舅却不见了。在餐桌上，朴卓发现了老舅留下的一封信和那张儿时的照片。打开信，上面写着：

"娃，我回老家了，抽屉里有两万块钱你收着，在北京生活不易，对自己一定要充满信心。"

朴卓百感交集，这些钱一定是老舅的老本了，自己可不能花他的钱，心下便打算过年的时候回老家一趟，将钱还给老舅。

不到一个月，朴卓接到了母亲打来的电话，在电话中，母亲说老舅得病去世了。朴卓惊呆了。

母亲带着哭腔说:"小卓,这么多年来,有件事我一直瞒着你……其实老舅才是你的亲生父亲……他离婚后觉得自己残疾,怕拖累你,便将你托付给了我。其实他一直很想你,想认回你,但怕你记恨他,便一狠心没再登我们家的门。前些日子,他知道自己时日不多了,就去了北京,想去多看你几眼。"

朴卓听完,顿时潸然泪下,想起老舅他宁可挨打也护着手里的盒子;想起每天一到家,端上来的可口饭菜;想起他絮絮叨叨的话语……朴卓抚摸着自己儿时的照片,禁不住哭着说道:"爸爸……你才是最出色的着色师……"

(姜　欣)

父亲和我的呢子大衣

那年夏天,14岁的我借口暑假要补课,偷偷跑到市里工地当小工。一个月,我换来了三百元的工资。三百元,对我这个农村孩子来说,是一笔不小的收入。当我将钱送到父母面前时,父亲的眼里闪现着晶莹的泪花。

这天晚上,我对父亲说,城里的百货大厦在搞促销,原价六百元的呢子大衣,现在只卖二百元,如果是晚上八点到十点之间买,再加送一件短大衣。真的很划算,我们工头自己买了件大号的,短大衣给了他儿子,穿着挺洋气的。

我知道父亲早就梦想着有一件体面的呢子大衣,无奈价钱太贵,每次都舍不得买。

在我和母亲的劝说下,父亲终于答应和我一起进城,去买一直想买的呢子大衣。

到了城里,我们却迷路了,七转八弯,总算找到了百货大厦。

我和父亲走得气喘吁吁,直奔卖呢子大衣的柜台。两个十足的农民,一下子吸引了店里所有人的目光,我后悔没让父亲换件干净衣服再来。

父亲小心翼翼地走到柜台前,说他要买件呢子大衣。售货员说:"马上要下班了,你们赶紧挑。还有,买一送一的活动时间已经超过了,现在二百元只能买一件呢子大衣。"

父亲犹豫着,他的手揣在兜里,那里藏着我一个暑假打工挣来的三百块钱。我拽了拽父亲的衣服,说:"买吧,先买一件给你,我不要了。"

父亲挪动着双脚,不安地问道:"姑娘,我们从乡下赶过来的,很远的,能宽限一点时间吗?十点才刚刚到……"

售货员收拾着货架,态度很坚决:"对不起,这是公司的规定。"

父亲是个老实人,看样子是想放弃了。我的眼里藏着苦涩的泪水,不知如何劝慰他。

正在此时,我们身后响起一个陌生男子的声音:"小姐,是你的表快了五分钟,我的手机显示,离十点还差五分钟呢。"

大家看到,说话的人是一个父亲,他带着一个孩子,正拿着手机朝售货员和围观人群做说明。周围的人也附和起来,他们似乎明白了那个男人的心思,异口同声地说道:"还不到十点,小姐,你的表走快了。"

售货员满脸疑惑,好大一会儿,她终于明白了,说道:"不好意思,是我的表走快了,你可以参加我们买一送一的活动!"

面对着突然发生的一切,我有些不明白其中的况味。回来的路上,父亲对我说:"这世上,还是好人多呀,孩子,你要答应爹,一辈子做个善良的、充满爱心的人。"

许多年过去了,我仍然记得那个温馨的夜晚,那个陌生男人送给我们的五分钟,它是如此地刻骨铭心,令我感激终生。

(古保祥)

妈妈，别哭

牛宏宇是一个大学生，在半年前的一场车祸里，他的爸爸和肇事司机一起遇难，坐在副驾驶的妈妈则受了重伤，左臂没能保住，成了残疾人。

妈妈出院后像是变了个人，不出门也不说话，总是一个人呆在房间里默默地哭。家庭的不幸，让牛宏宇一下子长大了，他劝慰绝望的妈妈："妈妈，别哭，还有我呢！"

为了照顾妈妈，开学都一个多月了，牛宏宇还没去学校上过课。这天，妈妈坚决要让儿子回学校上课去，她可以让大姨来照顾。

牛宏宇答应了，不过他提了一个条件：想吃妈妈做的绿豆糕了，能不能多做一些，他好带给同学们分着吃。看着儿子眼巴巴的样子，妈妈心里一酸，答应了。

几天后，牛宏宇带着行李和一袋妈妈的绿豆糕回了学校。

没过几天，牛宏宇乐颠颠地回来了，一起回来的还有一个同学，叫小张。小张一见妈妈，用一种崇拜的语气说："阿姨，您做的绿豆糕比外面卖的好吃多了，我女朋友特别喜欢，您明天再帮我做一斤好不好？"说着，他双手递过了五十块钱。

不用想就知道，这小张分明是儿子请来哄她开心的"托儿"。外面的点心店多着呢，她做的绿豆糕怎么比得过那些专业面点师的手艺？更别提她现在只有一只手，虽说有大姨帮衬，但好多工序都使不上劲儿了。

没想到，牛宏宇反而对小张说："我家的绿豆糕真材实料，我妈做一次要花大半天呢，你才给五十块钱，好意思拿得出手？"

看到小张苦着脸的样子，妈妈突然觉得有些好笑，她想了想，还是接过了钱。小张赶紧掏出几个小巧精致的模具递了过去，说如果做出不同形状的绿豆糕，他女朋友一定会更喜欢。妈妈接过模具，心里有一丝苦涩：儿子都是为了自己好，我就配合他把戏演下去吧。

妈妈没想到的是，从"卖"出第一斤绿豆糕开始，连续一个月，儿子经常会拿些钱回来，说是同学预付的钱，刚开始时只有几十块，后来慢慢地，每天到了两百多。妈妈有了活儿干，心情不知不觉地开朗了不少，但是，她心底仍然压着块大石头：就算儿子在校园摆摊卖绿豆糕，每天也绝对卖不了那么多钱，这一张张大票子到底是怎么来的？她暗暗决定：一定要去学校一趟，亲眼看看儿子到底在做什么。

几天后的一个下午，妈妈由大姨搀扶着来到了牛宏宇的大学。这是她受伤后，第一次主动走出家门。两人一进校门，嘿，说来也巧，还真有几个学生边走边吃着绿豆糕呢，是不是就是她做的呢？妈妈忍不住叫住了一个女生，问她这绿豆糕好不好吃，在哪里买的。那女生笑眯眯地说："您是说这'喜乐果'吗？买不到的，你让我们学校的'微笑跑腿哥'帮你跑个腿，他就会送你一块，很划算哟！"

妈妈惊呆了："喜乐果？微笑跑腿哥？"

"是呀，跑腿哥说了，'喜乐果'就是能带来微笑和快乐的果子，吃一块，一天都会有好运气呢！跑腿哥跑一次腿只收两块钱，送三楼以下都不加价。不过您要想吃的话得快点下单，好多人都是冲着他的笑脸和'喜乐果'请他买货送货的。他还是个好学生，只送货到六点半，时间一过就要去上晚自习了哦！"

女孩说完，美美地咬了一口"喜乐果"，要走了，大姨连忙拉住她，问那"跑腿哥"是不是叫牛宏宇，女孩为难地眨巴两下眼睛，兴奋地指了指前方："看，跑腿哥来了，你们自己问他吧！"

前方迎面而来的那人把自行车蹬得飞快，这"跑腿哥"果然就是牛宏宇！妈妈的心里苦苦的，却掩不住浓浓的甜：怪不得儿子能挣这么多钱，他其实不是在卖绿豆糕，而是在校园里为同学跑腿送货，亏他想得出，绿豆糕竟成了他开拓客源、招揽生意的一块招牌！为了让她获得活下去的勇气和动力，孩子竟然在背后辛辛苦苦地做了那么多事！

此时，牛宏宇看到了妈妈和大姨，大吃一惊，车把手一歪，重重地摔倒在地。车上装载的各式小包裹散落一地……牛宏宇摔得很疼，不过，当看到妈妈含着眼泪走来时，他脸上立刻露出了微笑："妈妈，别哭，我一点都不疼，真的……"他看了看母亲的脸色，赶紧又补上了一句，"我只是在空闲的时候帮同学跑跑腿，当健身了，一点也没耽误学习，不信你去我们宿舍问问……"

妈妈用仅剩的右手揉揉眼睛，露出了笑脸："傻小子，我断了手都没喊疼呢，你最多就蹭破点皮……你不知道吧，老妈我除了会做'喜乐果'，还学会了'幸福饼'、'雨后彩虹糕'，回家做给你尝尝？"

牛宏宇愣愣地看着妈妈久违的笑脸，什么话也说不出来了，他一下子扑上前去，紧紧地抱住妈妈，忍不住"哇"的一声，哭得天昏地暗……

（周　锦）

擦玻璃的妈妈

孙亮今年读初二,是市一中学的尖子生,在班里很受老师和同学的欢迎。孙亮生活在一个单亲家庭里,爸爸很早就去世了,妈妈靠做清洁工,一个人把他拉扯大。孙亮自尊心很强,所以从没和同学说起过自己的家庭状况。

这天下午放学,孙亮一进家门,妈妈就兴冲冲地对他说:"儿子,妈妈明天要去你的学校干活呢。"孙亮一愣,只听妈妈继续说道,"新年到了,学校要彻底打扫卫生,可又不敢让你们学生自己擦,怕不安全,所以今天去我们公司请保洁工了。我一听是去你们学校,就主动要求去了……"

没等妈妈说完,孙亮气愤地吼道:"妈!你能不能别去?你去了只会给我丢人!"

妈妈从没见儿子发过那么大的火,她明白了,儿子是嫌她干清洁工给他丢面子。

明白了儿子的心思,妈妈感到一阵难过,只能怪自己没本事,不能干一个体面的工作。她真的想去儿子学校看看,何况公司都已经安排好了,这要是不去,该如何跟经理说呢?

妈妈怯怯地看着儿子,说:"都和公司说好了,明天去你学校,我保证不去你教室擦窗户,让别人去,行吗?"但儿子仍旧没搭理她,扭头钻进自己屋里,关上了门。

第二天,北风刺骨,不久竟下起了雪粒。孙亮坐在教室里,不时望望窗外,想到马上要来学校擦玻璃的妈妈,心里既心疼又恐慌。

虽说妈妈答应不去擦孙亮教室的窗户,可他还是担心着。这时,窗外出现了一个人影,那是一个清洁工,系着一根安全带,悬挂在半空中,寒风吹着雪粒子打在她身上、脸上,虽然她戴着胶皮手套,但那沾了水的湿抹布依然叫人感觉到她手上的冰凉。她细细地、一遍遍地擦着玻璃,不一会儿,教室窗户变得干净明亮了。

同学们都不时地看看擦玻璃的清洁工,唯有孙亮一直不敢朝窗户那边看,因为他之前偷偷地用余光扫了一眼清洁工。虽然看得不是很清楚,但是清洁工额前的那一缕头发,很像妈妈,妈妈平时就是留着这样的刘海。孙亮满脸通红,生怕同学们知道为教室擦玻璃的清洁工就是自己的妈妈。

这时候,老师敲敲讲台说:"请同学们把注意力放回课堂上来,不要再朝窗外看了,"说到这儿,老师指着孙亮,"这一点大家要向孙亮学习,他就一直没朝窗外看……"

老师的表扬让孙亮的脸"腾"地一下烧起来,他垂下头去,感到全班同学的目光都集中到他身上,似乎同学们都知道了清洁工就是自己的妈妈。他真想赶紧钻到桌子底下藏起来。

同学们都集中了精神,开始专心听课,可孙亮的脑子里却是一片混乱,老师讲的话一句也没听进去。他只希望妈妈赶快擦完,他担心下课后,有去过自己家的同学会认出妈妈。此刻,他真有点恨妈妈,为啥非要来此让他难堪不可。

下课了,同学们纷纷站到窗前看清洁工擦过的玻璃。见同学们围到窗前,擦玻璃的清洁工摘下了口罩。这时,只听班里最美的女生刘晓飞突然惊叫一声:"妈妈——"她拨开同学,扑向窗户。窗户被打开了,窗外的清洁工解开保险绳,跳进教室。刘晓飞不顾清洁工

218

一身的泥水,与她紧紧抱在一起。

同学们都愣住了,孙亮也愣住了。大家都知道刘晓飞家境优越,爸爸是部队的军官,妈妈是公司董事长,而刘晓飞在同学们眼里就像个美丽骄傲的公主。眼前一身泥水的清洁工,怎么会是她的妈妈呢?同学们都围着她们母女俩,好奇地听着她们的对话。

"妈妈,你、你怎么成了清洁工,来给我们擦玻璃呀?"

"妈妈早就想来了,来看看你们上课,只是工作太忙,没有机会呀。"接着,刘晓飞的妈妈一五一十地做了解释。原来,今天早上她去下属保洁公司检查工作,恰巧遇上一个女工跟经理请假,说自己的儿子病了,所以必须要请假。经理不肯让步,刘晓飞的妈妈就上前问清楚情况,了解到学校正是自己女儿念的那所,就提出替那女工来干活。

说到这里,刘晓飞妈妈看着女儿又说:"你不是埋怨妈妈整天在外面忙,从来不管你吗?今天,就让妈妈来补偿一回,为你和你的同学擦一回窗户,让你们好好学习。"

刘晓飞拿起妈妈的手,心疼地说:"这么冷的天,妈妈太辛苦了!"

刘晓飞的妈妈说:"做妈妈的为自己孩子服务,再苦也是甜,我在外面一边擦玻璃,一边看着你们上课,简直就是一种享受,别人的妈妈还没这份福气呢。"

听了这话,孙亮不由脸红到了脖子,他急忙远离了同学们,一个人躲到一边,竟有一种想哭的感觉。

放学回到家,妈妈小心翼翼地对孙亮说:"妈妈今天请假了,没去你学校干活。"

儿子看着满脸皱纹的妈妈,知道她也想像刘晓飞妈妈一样,然而自己却硬生生毁了妈妈的福气。

孙亮悔恨交加,抱着妈妈大哭起来。

(曾宪涛)

三 丫

刘三丫是我们镇上出了名的丑小鸭,比我大上几岁。从我记事起,我就常找三丫玩,有时还会去捉弄她。一次,镇上放电影《刘三姐》,看完之后,我对刘三姐印象很深。那天,我瞅见正浇菜的三丫,冲着她高喊一声"刘三姐——"然后就猫到了墙根儿。三丫转过身来没看着人影,纳闷地摸着大脑门。我捂住嘴,瞟见丑小鸭似的三丫,脸红红地拿着喷水壶犯傻,两颗大兔牙不听话地跳到了嘴唇外边。

三丫光是一年级就念了三年。刘婶每次开完家长会,都恨铁不成钢地用食指猛戳三丫的大脑门:"笨瓜!再不好好念,跟你爸一起去卖菜!"

每天放学后,三丫的第一件事是帮妈做饭,收拾好碗筷再写作业,常常一拿笔就犯迷糊。

刘婶偏爱四喜,三丫的弟弟。他聪明,五岁就会看秤星,爱跟在刘叔屁股后头去菜市场。一张小嘴像抹了蜜,"叔伯姨婶"叫个不停,逗得原本不想买菜的人,也会摸摸他的红脸蛋再抓把香菜啥的回家。刘叔笑歪了嘴,把四喜捧在手心里怕吓着、含在嘴里怕化了。四喜有时在外面疯,骨碌得跟个泥猴似的,也从不挨骂。刘婶常笑嘻嘻地同我妈说:"我家喜子,嘿,真好!比他姐强!"三丫听了,从不计较,她也喜欢弟弟。

四喜上学了,三丫初中没毕业,就跟着刘叔去卖菜了。可连菜她也卖不好,因为三丫不会抬价,人家说"便宜点便宜点",她就憨憨地笑着应了。一转眼三丫二十一岁了,刘婶想找个人家把三丫打发出去,却没人给她提亲。三丫长得不好看,人又憨,刘婶愁得不行。

　　别看三丫念书不灵,又不会做买卖,手却真是巧。三丫曾经用马莲草编了一个精致的小篮子送给我,里面插满了五颜六色的野花,特别好看;三丫还会剪纸,一张普普通通的纸,经她的手那么一来一去,一下变成了蜻蜓,翅膀呼扇着像要在天上飞;一下变成了鱼儿,鼓着鲜润的腮帮子,仿佛放进小河立马就会游走似的……

　　一天过了晌午,三丫来找我,嘀咕着:"不知道外边是啥样。"我午觉刚睡醒,还没反应过来,三丫就给她妈喊走了。

　　第二天,三丫跟一个常年在外打工的亲戚去北京了。北京啊!那么远,是我做梦都没去过的地方。三丫能找到活干吗?几天后,三丫来电话了,说:"俺给一户人家当保姆,东家老两口都是退休教师,挺和气,平时俺就买菜做饭、打扫卫生。闲了他们还给俺补课呢。"我听了三丫的话,悬着的心终于像羽毛一样落了下来。

　　转眼到年根了,三丫的身影还没见着。问刘婶,说东家给放了几天年假,三丫想省点路费,就不回来了。年三十的晚上,看着漫天开放的烟火,我想,三丫也在北京的天空下看烟火吗?

　　又是两个年头过去,我已经习惯了听刘婶转告我关于三丫的一点一滴。

　　这一年的腊月二十七,我懒懒地坐在火炉旁出神,就听见隔壁的四喜高声喊道:"姐——"我一激灵,跑到门口一看,嘿,真是三丫!白了,胖了!大脑门前蓬松着一绺刘海,脸上洋溢着自信、愉悦的光彩,跟以前唯唯诺诺的神色判若两人,身后还跟着一个小伙子,个头不高,厚厚的嘴唇。

　　那天,刘婶望着女儿流泪了,刘叔举着酒杯对小伙子说:"干!"

三丫真的不是过去那个木讷的三丫了。在北京,她的剪纸才华偶然被东家发现了,恰好东家原来教书的学校开了一个民间艺术课堂,老人推荐了三丫。站在大学讲台上,三丫说她的腿都赶上筛糠了,可一摆弄起那熟悉的纸张,她的心慢慢踏实了。台下的听众有大学生,也有老师,他们对三丫的手艺表现出了浓厚的兴趣。这之后,三丫竟成了民间艺术课堂的特聘教员。受大学气氛的感染,三丫步入了夜大的校门,在那里,她收获了金色的知识,也遇到了火热的爱情——就是那个小伙子,她的夜大同学。

年初四,三丫就张罗着回北京了,她放心不下东家老两口。

我去送三丫,三丫的脸蛋红扑扑的,就像很多年前一样。

"三丫,别忘了老朋友。"我说。

"咋能呢,你看。"三丫从怀里拿出一张剪纸画。暖融融的阳光下,我看见了画上有春日的小河,河边,三丫正在浇菜,有一个人猫在墙根,是我。

(王素艳)

成年礼

谁来接重担

春节前夕,曹伟携妻儿回到老家鸽子林。在鸽子林,大年三十和初一要放大大小小的鞭炮,这是雷打不动的重要习俗。放鞭炮的一般是家里的长子。

曹伟是父母膝下唯一的儿子,这些年来,他自然是燃放鞭炮的不二人选。

可这次,曹伟不小心扭伤了腰,他疼得直哼哼,家人紧张地围着他问长问短。曹伟说:"没事没事,睡一晚上就好了。但是——"曹伟看着儿子曹文瑞说,"这次我是不能放鞭炮了。"家人一愣,这还真是个不大不小的麻烦。

曹伟的爸爸年事已高,腿脚不便,好几年前就不能放鞭炮了。这下,就剩下曹文瑞。但问题是,自小在城里长大的他,一直是学校里的"乖宝宝",从没做过诸如放鞭炮这类"野蛮"的事。何况鸽子林放鞭炮没那么多条条框框,实在太野太危险。可排查来排查去,曹伟表示只有让儿子来接这副担子了。

可妻子文丽叫道:"不行! 太危险! 鞭炮是什么? 那就是个小型炸弹! 如果操作不当,炸到儿子怎么办? 你没看到这几天电视上老播放鞭炮出事的新闻吗?"

曹伟一向听老婆的话，但此时此刻和她较上劲了："不至于这么夸张吧，放个鞭炮惹祸上身，那是概率很低的事。再说了，儿子马上就18岁了，都是个大小伙了，放个鞭炮也不行？男人总该有男人的气概，娘里娘气的不好！"

妻子还是不松口，曹伟只能期盼地看着儿子，激将道："文瑞，想当年老子我8岁就放鞭炮了，也没伤到一根毫毛。你二大爷18岁的时候，都和鬼子拼刺刀了。"

文瑞没接话，低头思考着，屋外传来阵阵欢快的鞭炮声。忽然，他抬起头说："好吧，这担子我接了！"

总会有办法

文瑞走到爷爷身边，伏在他耳边小声地说了几句话，爷爷不住地点着头。随后，爷孙俩就一起走出家门，不一会儿，老爷子竟领了个"太空人"回来，只见文瑞戴着个摩托车头盔、换了一身厚实的冲锋衣，手里还有一副硕大的手套，俨然是全副武装的样子。

爷爷乐呵呵地说："跟隔壁开摩托的二李子借了套行头，我们家文瑞这小子精着呢！"

文瑞得意地在面罩里做鬼脸，文丽看了哈哈大笑，连夸儿子聪明，可曹伟板着脸说："可不能这么放鞭炮！"

文瑞摘下头盔，问为什么。曹伟说："依照鸽子林的风俗来讲，放鞭炮是对神灵的敬畏，对来年美好的期望。放鞭炮前，燃放鞭炮的人都要沐浴更衣，净手洗面。你这样戴着头盔、手套，脸都不露一个，是大不敬！再说，放个鞭炮，你至于么？你看鸽子林哪家的男人这么办事的？"

文瑞傻了，喃喃道："那怎么办呢？""不管怎么办，你不能这么办！"曹伟言之凿凿地说。

文瑞拖着腮帮想着主意，这时，他看见院子里的一棵大榆树，眼睛一亮。这棵老榆树,造型特别,在半腰处伸出一根不大不小的枝干来,文瑞看上的就是这截枝干,他想,如果将鞭炮挂在这截树枝上,自己不就可以避免挑着鞭炮的危险了吗?剩下的危险是点燃鞭炮,文瑞想了一会儿,眼睛又是一亮,他拍了一下大腿说:"有办法了!"

文瑞的办法是分两步走。

第一步,文瑞先在引信上做文章。他拆散了一小挂鞭炮,将一条条引信拆下来,拴在一起,结成了一截一米多长的引信,再将这条一米多长的引信接在树上三千响鞭炮的引信上。这样,这挂鞭炮就有了一条超级长的引信了。显然,文瑞这么做的目的是:在点燃引信时,最大限度地远离炸响的鞭炮,最大限度地远离危险。

第二步,文瑞找来了一架梯子。曹伟明白了儿子的意图,无奈地摇摇头。他捧着鞭炮,叫儿子登梯子上树。文瑞嘿嘿笑着说:"爸,那危险系数太大了吧,我可能还有恐高症。"

曹伟火了,大声地说:"你不是想让我和爷爷来替你上梯子吧?"文瑞笑而不语,他守在门口,拦下一个八九岁的小男孩。他给了小男孩一包巧克力后,小男孩便答应帮文瑞把三千响的鞭炮挂上树。

这下,文瑞只要把引信拽直,就可以远离爆炸区。点燃引信后,他再迅速撤退,就安全无事了。

曹伟捏着那条长长的引信,看着儿子骂道:"你个兔崽子,够狡猾啊!"

文瑞调皮地说:"爸,这不叫狡猾,这叫智慧!"

一夜长大

期盼已久的年夜饭即将开始,燃放鞭炮的庄重仪式正式到来。

文瑞来到大榆树下,找到引信,用烟头点燃,随即,他迅速撤离到安全地带,捂着耳朵瞅着、听着。引信吱吱地燃着喜庆的火花,很快燃烧完了,但鞭炮还没有响。大家等了一会儿,还是没有动静。文瑞想去看个究竟，文丽拉住了他。又等了一会儿，还是没有动静。确定安全了，文丽这才同意儿子去看个究竟。

文瑞小心翼翼地移到鞭炮前，蹲下身子，用手指拈住鞭炮，就在这时，引信忽然吱吱地叫起来，并冒着火星，随即，第一颗鞭炮炸响了！

文瑞吓得"嗷"的一声惨叫，甩开鞭炮，立马乱了阵脚。他没头苍蝇一样乱跑，忽然，鞭炮断了，蛇一样地缠在文瑞脚下狂轰滥炸。文瑞慌不择路，逃到大榆树下，可欢跳着的鞭炮不依不饶地追着他，文瑞走投无路，抱着树干，"蹭蹭蹭"往上爬。眨眼之间，他居然爬到了树上！

一旁的人目瞪口呆。文瑞自己也不知道是怎么爬上去的！

曹伟忽然生龙活虎地跑到大榆树下，也"噌噌"地爬上树和儿子会师，他紧紧地抱住儿子，指着脚下燃放的鞭炮说："儿子你看，鞭炮炸得多欢快啊！"

鞭炮燃放完毕，曹伟和曹文瑞从树上滑下来，文丽冲动地走到曹伟的身边，喊道："曹伟，你不是说扭伤了腰不能动了吗？我怎么看你比猴子还麻溜？"

曹伟嘿嘿地笑着说："走，吃年夜饭去，吃饭的时候我要发表'重要讲话'。"

一家人围坐在热气腾腾的年夜饭周围，曹伟让文瑞给大家斟满酒。曹伟自己端起酒杯站起来，清了清嗓子，发表"重要讲话"："敬爱的爸爸妈妈、尊敬的文丽同志、亲爱的儿子，首先我要告诉你们的是，我根本没有扭伤腰。我之所以伪装扭伤腰，是想逼着文瑞放一回鞭炮。其次我要坦白的是，我在那引信上做了手脚。我把距离鞭炮最近处的引信结了个紧扣，引信燃到那里，得磨蹭一段时间才会点着鞭炮，保障了儿子的安全。我这么做，就是想让文瑞明白，放个鞭炮不是什么困难的事情。不过我没想到，鞭炮会脱落下来，缠住文瑞的脚,逼你上树了。这也算意外收获吧。"

文瑞笑着说:"这有什么,我们大学都有爬树训练课,老师说是培养大学生的生存技能!"

曹伟拍拍儿子说:"对!危急时刻,这个技能可比知识、金钱管用得多!"

文瑞又问:"但是爸,你干吗非要我放鞭炮呢?"

曹伟说:"儿子,还有几天,你满18岁,就是个成年人了。我希望今天的经历是你的一堂成人礼。我想让你明白一个道理:人们在看待困难的时候,往往用了放大镜。真正地面对困难,和困难斗一番,不过如此,不是吗?当鞭炮就在你鼻子底下炸响前,你不会相信自己敢和鞭炮如此亲密接触;没有鞭炮追着你屁股,你不敢相信自己能像灵巧的猴子一样爬上树。儿子,爬树、放鞭炮就这么简单,我们以为难以克服的困难,当你真正面对它的时候,也许就这么简单。放下课本、走出校园,生活里还有很多东西值得去看、去体验、去学习……"

大年初一,曹文瑞将一盘三千响的鞭炮挑在竹竿上,再将鞭炮首端捏在手里,找出引信。他庄重地用烟头点燃引信,火花骤起,刺鼻却又充满"年味"的火药味散开,曹文瑞不慌不忙地将鞭炮轻轻往前推去。未几,第一声爆竹声炸响,随即,欢快的爆竹声急不可耐地一个挤着一个地奔涌出来,和远远近近的鞭炮声呼应着、较量着,响彻云霄……

曹文瑞听着、看着,忽然觉得自己长大成人了。

(张庆萍)

女儿要富养

联手演戏

钱大同是一位千万富翁,他有一个宝贝女儿叫钱小玲,已经十四岁了。钱大同和妻子王雪属于老来得女,二人从小视小玲为掌上明珠。尤其是王雪,更是对女儿宠爱有加,只要是小玲喜欢的,王雪都尽全力满足她。

对此,钱大同有些不以为然,他觉得妻子对小玲过分溺爱,可王雪自有她的一番道理,说什么"从来富贵多淑女,自古纨绔少伟男",女孩就是要富养,她长大后就不会被物质诱惑、被金钱击倒。

为了让女儿开阔视野,多长见识,王雪时常带小玲参加一些商界成功人士的私人酒会。经过王雪的刻意"培养",在外人眼里,小玲不但谈吐优雅,而且见多识广,在同龄人里一直享受着"众星捧月"般的待遇。王雪的好友也都说,小玲以后肯定能成为商界女强人,交际圈的新星。

面对种种夸奖,钱大同隐隐觉得这样教育并不是好事。这天,钱大同郑重地和妻子说,家里就小玲一个孩子,现在夫妻二人年龄慢慢大了,产业早晚会传给小玲打理,可小玲从小没受过苦,以后不管是生活上,还是事业上,并不会一帆风顺。万一碰到点风浪,小玲能应付过来吗?王雪听了半天才明白,丈夫想给小玲进行挫折考验。

王雪觉得，丈夫说的也不无道理，于是就支支吾吾地问丈夫想怎样。钱大同就一股脑地把自己早就想好的计划说了。王雪觉得这计划虽然有点荒唐，可也行得通。经过协商，他们把考验的时间长度定为四个月。

　　这天晚上，钱大同和王雪觉得时机差不多了，就把小玲叫到了客厅。钱大同猛抽了几口烟，装出一副颓废无助的样子，对小玲说，自己公司有一桩大生意投资失败了，公司马上面临破产，就是把公司卖了，也还不清欠银行的债。

　　小玲听后，大吃一惊，连声追问是不是真的，王雪在一旁说："都到什么时候了，还给你开玩笑？其实这事，我和你爸想了好长时间才决定告诉你。"说到这里，王雪又紧张地叮嘱道，"小玲啊，你在外边可别乱说，要是别人知道了咱家公司要破产，那些追债的会天天来堵咱家的门！"

　　小玲听了，眼里顿时泛起泪花，她搂着爸妈说："不要太担心了，事情总会好起来的！"

　　钱大同一看，两人演的戏十分奏效，心中暗喜，可表面却说："小玲，我和你妈妈要去外地找一个生意伙伴要账，要到账后，就可以还银行的贷款。我估计这次要账不会顺利，所以去几天现在也说不好。接下去的日子里，家里只有你一个人了，你要好好照顾自己。"这也是夫妻俩早就想好的"台词"，其实他们是要去外地考察一个项目。

　　小玲听了，懂事地说道："爸爸妈妈，你们去吧，不用担心我！"

　　为了把事儿做得更逼真，夫妻二人还把保姆给辞退了。

弄巧成拙

　　夫妻二人在外地和生意伙伴谈合作，忙得不可开交，但心里却一直担心千里之外的女儿。在电话里，王雪时常叮嘱小玲，别委屈了自己，想吃啥就买啥，吃饭的钱家里还是有的。小玲在电话那端却一直说不要管她，只要爸爸妈妈能顺利要到钱就好了。

这天，王雪正在工地谈事，手机响了。她接起来一听，原来是邻居老冯。老冯在电话里纳闷地问："王姐，你们家小玲怎么在小区收起酒瓶子来了？"

王雪听了，心里一惊："你说什么？"

老冯说："小玲最近经常走家串户地收酒瓶子，搞得跟捡破烂儿的一样，我们问她为什么要收旧瓶子，她也支支吾吾。"

接完老冯的电话，王雪再也没心思谈生意了，找了个托词，就急匆匆地去找丈夫。一见钱大同，她就说："唉，瞧你办的好事，说什么公司破产了，欠别人钱，害得咱孩子现在捡起破烂来了！"接着，就把老冯打电话的事儿说了。

钱大同听了，笑着说："好事，说明咱演戏有效果了，小玲学会自己挣钱了，很好嘛！"说到这里，他感叹道，"你还记得吗，咱们刚开始创业那会儿，还不是大冬天推着小车卖汤圆。没有磨砺，怎么能成功！"

"都怪你，咱们走的时候只留给她那么点钱，害女儿现在捡破烂，还在小区丢我们的人！"王雪生气地说。

钱大同一瞪眼："你懂什么，丢什么人？考验结束之后，我会把咱们的计划公之于众，到时候，别人只会说咱们懂得怎样教育孩子！"

这天，钱大同和王雪因为业务谈判的关系，要回家取个文件，当天还要返回。为了不打扰女儿，他们并没有告诉小玲。按照钱大同的意思，为了不引起小玲怀疑，回到家里，拿了东西后，他们没有"破坏现场"就悄悄地走了。为了验证邻居说的是否属实，他们打开地下室的门，真的发现地下室里积了一堆酒瓶。

趁着中午放学的时候，钱大同和王雪偷偷躲在校门口。当王雪远远地看见小玲时，发现小玲比以前瘦了，也黑了。正当王雪想冲过去时，被钱大同一把拉住："忍一忍，再有一个月考验就结束了！"

很快，钱大同和王雪在外地把项目考察得差不多了，对小玲四个月的考验期也快过去了。就在他们收拾行李的时候，王雪突然接到了表弟的电话。

表弟在电话那端说："姐，有个事儿，不知道该说不该说。那天，我和一个朋友去'星月酒吧'玩，在门口突然看见了小玲，她正和几个男男女女从里面向外走。我叫了她一声，她一看是我，就飞快地跑开了。"

王雪一听头就炸了，顾不上和表弟多说，就催促钱大同快马加鞭赶回家！

在路上，王雪对钱大同说："都是你出的馊主意！咱们女儿去'星月酒吧'干啥？我听说现在有好多未成年人在酒吧陪酒，还听说好多男人就喜欢找年纪小的。小玲会不会去干这个了？肯定是有人诱惑她去陪酒，那样挣钱多呀。咱们女儿从小养尊处优惯了，哪能受这个苦……"唠叨完，她就要给小玲打电话。

钱大同一下子拦住了妻子："现在打电话问，能问出个啥，咱先回家调查清楚，再找她不迟！"

两个人到了小区门口时，天都黑了。王雪到小区门口的超市买水，一进门，超市的刘老板就把他们俩拉到一边，悄悄地说道："哎哟，你们才回来啊，那天真够险的，还好警察一会就来了，否则你们家小玲啊，真不知道会怎么样……"

王雪听了这话，急得脸都发白了："你在说什么？到底怎么一回事？"

刘老板这才说出了事情的原委："那天我去'星月酒吧'玩，突然听见有人吵闹的声音，围上去一看，原来是个胖男人拉住一个女孩，非要她喝酒，女孩正拼命挣扎呢。我一看，那女孩不就是你们家小玲嘛？当时一片混乱，我刚想上去阻拦，警察来了，把他们都带走了！"

王雪听了,眼前一黑,差点晕倒。她慢慢回过神来,一边哭,一边恶狠狠地对钱大同吼道:"看看你!把女儿害成什么样子了!"说着,掏出手机就给小玲打电话,竟然关机了。

王雪气得两只拳头挥向钱大同:"你个混蛋,好好的日子不过,非要搞什么挫折考验!害女儿捡垃圾不说,还害得她去当陪酒女!"

我最坚强

"快看!这电视上不是你们家小玲嘛!"刘老板指着柜台边上的电视机大叫道。

钱大同和王雪一听,转过头来一看,没错,电视上正在播着一档选秀节目叫"我最棒"。主持人旁边站着的不是别人,正是宝贝女儿小玲。

主持人问道:"你是今天的最后一个选手了,表演什么呢?"

小玲羞赧地回答道:"花式调酒表演!"她说完这话,场下一片惊呼。

主持人打了个响指说:"好的,下面就让我们观看你的精彩演出,看看你能否得到今天的冠军,赢得大奖!"

伴随着音乐和灯光,舞台上的小玲好像变了一个人似的,在道具移动酒台旁边,她掂起酒瓶,向上一抛,再抓起酒瓶,背后一甩,而后稳稳接住。接着,旋转、抛掷、回瓶、拖瓶……一套动作下来,行云流水一般,小玲就像是一个在舞台上翩翩起舞的天使。

表演结束了,台下观众报以经久不息的掌声。主持人示意评委打分,评委们都毫不犹豫地打出了满分。

这时,主持人走过来,拍了拍小玲的肩膀,问道:"小玲,你今天获得了冠军,有什么想说的吗?"

小玲眼中含泪,哽咽着说道:"我初次认识调酒这个行业,还是以前跟妈妈参加酒会时见到的。当时就特别喜欢,但我怕爸妈说我不务正业,不好好学习,只敢偷偷在同学家难得练练。几个月前,家里的公司碰到重大危机,爸妈去外地出差,我才开始在家正式练习。我决定练好这门手艺,来电视台参加比赛,挣奖金,替爸妈分忧!"说到这里,泪水顺着她美丽的脸庞流了下来,"为了练习,我收集了许多废弃的酒瓶,摔碎了,就打扫干净接着练。就这样,我慢慢感觉顺手了,为了练胆量,我就去酒吧现场表演。可有一次我正在表演,有个酒鬼竟然对我动手,非要让我陪他,不答应的话就要打我,幸亏同伴及时报警……"

钱大同和王雪看着电视里的女儿,泪水慢慢模糊了双眼。

(古　四)

最棒的儿子

那年我上初二,寒假考试,我的成绩仍然不理想,父亲被气得差点撞墙。看着父亲怒发冲冠,伤心欲绝的样子我害怕了,赶紧把责任全推到了学校老师身上。

当时我家里有个小作坊,雇人做火锅粉条,家里经济条件稍好。父亲没能上大学,成了他一生的遗憾,因此,一心想让我替他圆大学梦,对我的学习格外重视。我的话当时引起了父亲的重视,他怀疑我现在就读的学校教师素质太差,怕耽误了我,于是春节后,就花高价把我送进了一所私立学校。

新的环境,让我振奋。可过了不久,新鲜劲一下,我的坏毛病就又犯了,经常和几个调皮的孩子偷偷跑出学校上网,喝酒。那天晚上,我又和几个同学去一家小饭店喝酒。端盘子的是个年龄和我不相上下的女孩,长得很美,被我一眼看中。可没想到的是,坐在我对面的康康更喜欢这女孩,一见面就羞红着脸和人家挤眉弄眼使眼色。

自打端盘子女孩出现后,康康就再也没有心思喝酒了。又过了一会儿,那女孩把最后一盘菜给我们送过来,临走,我分明看见她给康康使了个眼色。果不其然,女孩出去不久,康康就借故上厕所也溜出了雅间。他走后不久,我鬼使神差般地也借故上厕所出了雅间。可我来到厕所一看,里面根本没有康康。我来到饭店的大玻璃窗前往外一看，果然看见康康和那个女孩的身影在路边晃荡。康康学习成绩并不是太好，可没想到这家伙泡妞本事这么大，这么快就能让女孩上钩。

第二天上午上课前，康康接了一个电话，随即就跑出了校外。我急忙悄悄尾随他来到校门口一看，只见那个漂亮的端盘子女孩正在校门外的小树林边上等他。更让我没有想到的是，一星期后，康康竟突然退学，神秘失踪了。他为什么会突然退学呢？我猜想，他肯定是和那个漂亮的端盘子女孩私奔到南方打工闯天下去了，因为在此之前，康康也不止一次说过，上学还不如打工挣钱自由。我当时对康康非常不满，骂他重色轻友，就是走，怎么说也该和哥们儿说一声啊，怎么能连声招呼也不打突然就蒸发了呢？康康走后，我的心更乱了，恨不得立刻飞出学校这个牢笼展翅高飞。可遗憾的是，我没有康康那么幸运，还没有找到一个自己看中的女孩啊！

转眼两年过去了，我的学习成绩没有什么改观，可父亲仍然对我信心百倍，仍然每天起早贪黑经营着他的小作坊，源源不断地为我输送着经济血液。这年暑假的一天，我正在家里上网，父亲突然打来电话，说昨天下大雨，仓库漏水，好多粉条被淋湿，让我赶快过去帮忙晾晒。

父亲从来没有让我去他的作坊帮助干活儿，今天喊我过去，一定是情况万不得已。我急忙跑过去，来到仓库一看就是一阵惊喜，只见那些干活儿的临时工中，有一个正是康康。几年不见，我俩见了面非常亲热。康康大概不知道老板就是我爸，还以为我也是来打工挣钱的呢！

收工后，我告诉康康，这个作坊的老板就是我爸，随后就拉他到我家去玩。回家的路上，我终于忍不住问他："哥们儿，告诉我，你当时为什么退学？是不是和那个端盘子的漂亮女孩私奔打工去了？"

我的话，立刻使康康的脸上泛起了红晕，低头嗔怪说："胡说什么呀！你误会了，那是我姐！"康康有些激动，停顿了一下，终于向我道出了实情——

康康的姐姐叫宁宁，比康康大一岁。康康的父母都是农民，家里并不富裕，就靠农闲时给人打工挣些钱。父母的重男轻女思想非常严重，为了让康康受到最好的教育，将来能够考上一所好大学，就把康康送到了那所私立学校。学校收费高，家里负担不起，后来就让康康的姐姐辍学到饭店里打工。那天，康康和我们几个去饭店喝酒，做梦也没想到会正巧撞上在饭店打工的姐姐。康康很要面子，在那种场合碰见姐姐，他感到很尴尬；姐姐也很理解弟弟的心情，因此就相互使了个眼色，没有暴露姐弟俩的关系。看到弟弟喝酒，姐姐心里很难过，后来就找机会使眼色把康康约出来数落他。

自从那次在饭店里和姐姐相见后，康康的心灵受到了一次猛烈的撞击：爸妈累死累活地干，姐姐放弃上学到饭店里打工，把钱都花在了自己身上，而自己却不好好用功学习，打游戏上网，喝酒，这对得起爸妈和姐姐吗……

康康经过一番思考，终于决定：他不想在这所私立学校上学了，他要再回到原来的学校去，省下学费，减轻爸妈的压力，让姐姐重新回到学校读书去。其实，学习成绩的好坏，完全取决于你个人的努力程度，学校并非决定的因素。康康回到原来的学校后，努力学习，成绩大幅度提高，去年，以优异的成绩考入了市里的重点高中。

知道了康康的经历后，我又激动又悔恨。爸妈起早贪黑累死累活地干，究竟为了谁？还不都是为了我吗？可我吃喝玩乐，学习一点都不用功，我对得起爸妈，对得起自己的良心吗？那天晚上，我把康康的故事讲给了爸妈听，接着就把自己这几年来的生活和学习向爸妈作了检讨。最后，我郑重其事地向爸妈表示，我要努力拼搏，把以前丢失的东西补回来，绝不让爸妈失望。听了我的表白，爸妈一下子被感动得泪流满面，一个劲儿夸我长大了，懂事了。

康康的故事，改变了我，使我对自己充满了信心。康康以前的成绩并不比我强，可人家经过两年的努力，不是考进了重点高中嘛！我的学习成绩虽然现在并不怎么样，但我还有两年的时间，只要努力拼搏，一定能迎头赶上，考上一所自己理想的大学。

功夫不负有心人。我的学习成绩进步很快。虽然进步很大，但由于基础较差，当年高考，还是以五分之差未能如愿。就在我有些灰心的时候，康康和他的姐姐宁宁来了。康康姐弟俩双双考上了一所很不错的大学，是特意来向我报喜的。爸妈知道康康的家里不富裕，于是就主动帮他们姐弟俩拿出了部分学费。

康康走了，宁宁也走了。就在我情绪低落，有些灰心的时候，突然想起了私立学校曹老师的话："同学们！大家都知道，这所学校的收费相对来说是很高的，不是所有孩子都有机会来这所学校学习的。因此我可以这么说，凡是能够坐在这个教室里的学生，你们的背后，都有一个最棒的父亲或母亲。因此，我也希望你们不要给父母丢脸，好好学习，好好做人，做父母最棒的儿子……"

我的父亲是最棒的父亲，母亲是最棒的母亲，他们依靠自己勤劳的双手，为我提供了最好的生活条件和学习条件，我绝不能给他们丢脸，一定要成为他们最棒的儿子！

（吴水群）

第一次做生意

那年，林子高中毕业后没考上大学，闲在家里没事做，靠卖豆腐的老爹白养着，心里不免时时憋屈得慌。尤其是老爹常常责怪林子，说林子不愁吃，不愁穿，人也不笨，却读书不努力，没有给他争气，没考上大学，对不起他的一番苦心，也对不起一年前去世的林子的娘，等等，真是烦死了。

林子他们这里是有名的茶乡，靠山吃山，靠水吃水，贩茶叶应该是一条不错的财路子，林子不想吃闲饭，不想整天听老爹的唠叨，于是就去找老爹要钱。

老爹以为林子又像平时那样只是要点零花钱，问他：“多少？”林子说：“一千块。”

老爹一听，差点跳起来：“啊，要这么多？”他愣了一愣，警觉地问，“你想干什么？”老爹像审贼似的，让林子心里很不舒服，他气冲冲地回答道：“反正不是做坏事！”

老爹来气了：“你这是什么话？”林子也火了，大声说："你给就给，不给就拉倒！"老爹气极了，"你、你、你……"好久说不出一句整话来。

林子不再理他，于是就独自跑到了叔叔那里。

林子老爹就这一个弟弟，可两人年龄差了将近二十岁。而林子只比他叔叔小十岁，所以平时，林子老爹像父亲一样把林子叔叔拉扯大，林子叔叔又像哥哥一样把林子带大，林子和他叔叔关系很亲近，林子平时有什么心事常常去找叔叔倾诉。

此刻林子见了叔叔，委屈极了，一边哭一边将他想做茶叶生意的事给叔叔说了。叔叔想了想，对他说："你想做生意，我支持，我可以借给你一千块，但我手头一时没有这么多钱。这样吧，我这就去给你想办法筹钱，你在这里等着。"

黄昏时分，叔叔把钱筹齐了，交给了林子。

第二天一早，林子喜滋滋地怀揣着那钱，得意洋洋地准备出门。哪知临走时，老爹没头没脑地对林子说："你想做生意可以，但要先去交税，啊？"

林子并没有告诉过老爹自己要去做生意的事，老爹怎么晓得的？看来一定是叔叔告诉他了。想到以往老爹的唠叨，林子懒得理他，就不耐烦地说了声"知道了"，抬脚就出了门。

林子兴致勃勃来到县城西面的"名茶第一乡"，搞了几大箩茶叶，请一个司机帮着运进城里。可车子刚在市场外停下，税务局的就来收税了。林子那一千块钱已经全部买了茶叶，连运费都还没有给，哪来钱交税呢？林子就求他们，说等茶叶卖到够交税款时就一定先交税。收税的指了指市场里那些做生意的人，说："你看，这么多临时经营户的税款都要收，我们等得起吗？"

林子一时不知所措，不禁想起早上出门时老爹叮嘱他"先交税"的话，心里不由有点后悔。收税的看林子还是个十八九岁的毛孩子，就缓了缓口气，说："这样吧，你一时没有现钱也可以，但得提供一个纳税担保人。"林子不知到哪儿去找担保人，就问他们："我老爹可不可以做担保人？"

收税的问："你老爹是干什么的？"

林子老老实实地回答："卖豆腐的。"

"卖豆腐的？"收税的摇摇头，"卖豆腐的怎么能做担保人？"

林子急了:"他是我老爹啊,他叫林阿根,他怎么就不能担保?"

收税的一听"林阿根"这名字,愣了一下:"他真是你老爹?"

林子理直气壮地说:"老爹还能有假?"

这时,已经有很多人围了上来,人群里有几个认识林子的,便纷纷为林子作证,有的还开玩笑说:"如假包换!"收税的这下放心了,笑着说:"那你先卖吧,等卖完茶叶再来交税。"

林子怎么也想不到他那卖豆腐的老爹,在税务人员那里会有这么大的面子。事后,他想想也是,老爹每天都要浸泡第二天要磨的黄豆,每次浸泡前都要用秤称出黄豆的斤两,并记在当地税务部门发的一个本子上,作为纳税依据。因为他做的豆腐老嫩适度,斤两足,价格公道,童叟无欺,所以生意很不错,税务部门组织评税时,每次他都自报一等。

没几天,林子就顺利地将茶叶卖完了,他主动去税务部门交了税,除去运费、成本等费用,他赚了不少钱。揣着这亲手挣来的第一桶"金",林子心里美滋滋的。

林子来到叔叔那里,很气派地拿出一千块钱,要还给他。可叔叔不接,笑着说:"你还是去给你老爹吧!"

林子以为自己没听清楚:"你说还给谁?"

叔叔一字一顿地说:"你老爹!"

林子觉得很奇怪。

叔叔这才告诉林子:那天,他听了林子做茶叶生意的想法后,觉得可行,但手头又没钱,就去找林子老爹说了。没想到林子老爹很爽快地就把一千元钱交给了叔叔,让他去给林子做本金,并叮嘱说,先不要告诉林子。

林子明白了!霎时,鼻子一酸,泪水模糊了他的双眼。他百感交集,喃喃自语着:"爹啊……"

(群　山)

母亲的足浴

明天就是母亲的八十大寿了,张军暗下决心,一定要买件最好的礼物送给她老人家,让母亲也高兴高兴。

这事要搁在有钱人身上,一点也不难,可张军没钱哪!说来也心酸,十年前,张军鼓动妻子和他一起辞职下海,谁知折腾了几年,不但没挣到钱,还把家里的积蓄赔了个精光。自此,他啥事儿也不干了,整日龟缩在家里喝闷酒,生闷气。可光喝酒生气又能顶啥用,一家人的吃喝找谁去?万般无奈之下,他把脸一年拉,找到居委会的刘主任,申请吃上了"低保"。

张军的兄弟姐妹虽多,平时却是各忙各的,自己的事还顾不过来,谁还有闲心管他?只有张军的母亲,整日为他忧心忡忡,还不时接济他个三十、五十的。

母亲的恩要报,可有孝心架不住没现钱呀!张军在几家大商场里转悠了十多圈,也没能给母亲买到满意的礼物,好礼物太贵他买不起,一般的礼物又拿不出手。正转来转去转得头皮发麻时,他在一家大商场门口遇见了多年不见的老同学。

老同学非要请张军吃饭,吃完饭又拉他去足疗中心洗脚。足足一个半小时的泡脚、洗脚,再加上小姐那么一搓一揉,张军舒服得差点没晕死过去。他大开眼界,头一次知道世间还有这样的享受方式,心里也不由得一亮,对,何不请母亲也来享受一次?

第二天,张军连哄带骗,把母亲带到足疗中心,可母亲一听要洗脚,说什么也不肯进门:"花钱让人家给我洗脚?你疯了吗?"说完就要往回走。

张军拽住她,说尽了好话,母亲还是不依。

张军很委屈,眼泪就在眼眶里打转了,说:"妈,今天是您老的八十大寿,我没钱给您买高档的服装,也没钱为您办一桌丰盛的酒席,我就这么一点点的心意,您还能不满足我吗?好歹我也是您的儿子呀!"

看到张军难过,母亲心软了,就答应了他,说:"咱可就这一回呀!"

足疗中心的小姐倒上滚烫的热水,母亲的一双脚在药液里慢慢地变红了,她幸福地闭上了眼睛,随着小姐一次一次往盆里加入开水,母亲的脸上越发地安详了。

回到家,母亲高兴地对张军说:"军儿呀,妈这一生还是头一次享受这样的待遇呀!"说完,从兜里拿出六十元钱来,递给他说,"你出去时我问过小姐了,在那里洗一次脚是六十元,你有这份孝心妈就知足了,现在你不富裕,这钱你收下吧。"

张军怎肯收钱,母亲坚持说:"拿着,今天是我的生日,你别让我生气好吗?"老太太把话说到这份儿上了,张军也不好再说什么,就把钱收了下来。

母亲自从洗了足浴,逢人便夸张军是个孝子,夸得张军心里美滋滋的,别提多高兴了。

过了一个星期,母亲打电话将他叫进家门,说:"那次足浴洗得太舒服了,我还想洗一次,这回咱们不花钱,我已经烧开了水,你在家里给我洗吧!"

什么?张军惊得半天说不出话来,眼睛睁得大大的,傻了。

母亲一拉脸，说："我是你妈，你小时候我不但给你洗脚洗屁股，还给你接屎接尿。现在我老了，让你为我洗一次脚，就把你吓成这个样子？"

张军忙解释说："妈，不是我不肯给您洗脚，只是我怕洗不好，不如足疗中心的小姐洗得舒服。"

母亲说："不会怕什么，慢慢学嘛。"

母亲把脚伸进热水盆里，就开始指挥张军为她洗脚、按摩，她一会儿说揉这，一会儿说敲那，一会儿说张军手重了，一会儿又说他手轻了，没多长时间，张军就大汗淋漓了。

好容易洗完脚，母亲交给张军一本书，说："这是我托人买的足浴按摩书，你没事时好好学学，赶明儿好再为我洗脚。"

张军一怔："什么？您还想让我为您洗呀？"

母亲说："你要是怕累，就叫你媳妇给我洗也成，反正洗脚这差事我是交给你们一家人了。"

张军回家和媳妇一说，被媳妇骂了个狗血喷头。媳妇说："她是你妈，又不是我妈，我凭什么给她洗脚？"

张军没办法，只好自己学，一边看书一边琢磨，慢慢地还真把按摩的套路学得个八九不离十了。而母亲更不肯轻易放过他，三天两头地叫他过去为她洗脚，而且是越洗越勤。张军每次都累得腰酸背痛，后悔自己当初怎么想出这么个主意来的。

没过多久，居委会的刘主任来找张军，说是根据反映，一个能花钱请母亲去足疗中心洗脚的人怎么能吃低保呢，决定取消他的"低保"资格。张军想争辩，可刘主任根本不听他的，这下把张军愁得欲哭无泪。

母亲知道这事，把张军找来，说："吃低保吃不出个好日子来，要想活得滋润，就得自己动手挣钱。咱们楼下有个空房子，你把它租下来当洗脚房吧，我这还有两万块钱，你先拿着用！"

张军不答应:"妈,让我去给别人洗脚,这多没面子呀!"

母亲眼里有了泪光,说:"我都八十岁的人了,看不到你有个好前程,死后怎安心?你那不是给别人洗脚,是在给你自己赚钱呢!你又怕丢什么面子?"

张军想想也是,自己已经混到这种地步了,还死要那面子干吗用?十天后,他的洗脚房就开张了,开头来的人并不多,可因为他开出的价格便宜,也不搞那些乱七八糟的事儿,渐渐的人就多了起来,生意越来越红火。没出两年,张军就当上老板,雇了小工,自己不用给别人洗脚了。

一天,张军又碰到了居委会刘主任,刘主任笑着对他说:"你可真成呀,从一个低保户一下子就当起老板来,有本事!"

张军心里有气,话中有话地说:"这还要感谢你呀,要不是你取消了我的低保资格,我现在还不是个困难户?"

刘主任笑了,说:"这个功劳我可不敢抢,是你妈要求我们取消你的低保资格的。当初我们还怕你接受不了呢,你妈却说她的儿子她知道,她说你一定会有出息的。嘿!现在看来,你妈就是眼光高嘛!"

张军一听,愣住了!他一想,坏了,由于近段时间生意忙,已经一个多月没见到母亲了。赶紧买了好多礼物直奔母亲那儿。

母亲正在一边泡脚一边看电视呢,见张军来了,忙说:"你这么忙来看我干吗?还是工作要紧呀!"

张军叫了声:"妈……"就哽咽得说不出话来。他忙蹲下身去,将母亲泡在盆里的脚抬起来,又要像以前那样给她按摩。

母亲把脚抽回来,说:"军儿,别、别这样。其实这样洗脚不舒服,每次你给我洗脚,我都是咬着牙关硬挺住的,我这双老脚怎经得起这样敲敲打打呢?我还是爱老式的洗脚法,舒服呀!"

听了这话,张军的眼泪"巴嗒巴嗒"地掉进了母亲的洗脚盆里……

(张开山)

心中有个梦

小亚是个不幸的女孩，很小的时候爸爸就因为工伤离开了这个世界，前几年妈妈又下了岗，找不着挣钱的工作，只好给人打杂工，月收入只有三四百元。家里的日子过得很拮据，但是连遭打击的小亚妈妈却很坚强，从不哀声叹气，把清贫的日子过得井井有条。

小亚知道，妈妈能这么乐观，是因为心中有个梦。妈妈的梦，就是要把小亚送进最好的名牌大学，所以小亚读书一直都很用功，中考时考了全县第一。

眼看离妈妈圆梦的时候越来越近了，可平静的生活偏偏又起了波澜。

这天中午，小亚放学回家吃午饭，像往常一样，妈妈早已将香喷喷的饭菜摆上了桌，一大碗红烧排骨正冒着热气。小亚的馋虫立刻被勾了上来，扔下书包迫不及待地用手抓起排骨连吃了两块，眉飞色舞地叫道："老妈，今天是什么好日子啊？不是周末也有排骨吃！呵，真香！老妈，你也来一块！"小亚挑来挑去，夹了一块大排骨，塞进妈妈的碗里。

可谁知妈妈皱起眉头，举着筷子犹豫了好一会儿，迟迟不动口。

小亚催道："吃呀，老妈，你不是也很爱吃排骨的吗？"

妈妈笑了笑，下决心似的，轻轻咬了一小口，突然捂起嘴巴站起身,飞快地跑进卫生间。

"呃、呃、呃……"卫生间里,传出妈妈的干呕声。

小亚闻声跑进去,轻轻地拍着妈妈的背,急切地问:"妈、妈,你怎么啦?"

妈妈摇了摇头,说:"没关系,没关系的。这病就是有点怪,一吃油荤就吐得厉害,吐完就什么事也没有了。我去看过几回,医生检查了半天,片子也拍了,就是查不出什么原因。医生给我配了点止呕吐的药,反正我先吃着试试吧。"

妈妈说着,拉着小亚的手,又重新回到了饭桌上。果然,只要不吃油腻的东西,妈妈就真的没什么事了,小亚这才稍稍放了心。不过,小亚是个非常懂事的孩子,自打这以后,她就老记挂着妈妈的身体,过一阵就一定要让妈妈尝尝肉味,看妈妈一碰肉就吐,而医生又老查不出原因,小亚心里很着急。

一转眼,三年的高中学业马上就要完成了,和所有高三学生一样,小亚进入了高考前的冲刺阶段。老师对小亚妈妈说:"如果不出意外,清华、北大是任小亚选的。弄不好,小亚还能考个全市的高考状元出来!"

这段时间,从学校到家里,小亚一直显得很轻松,无论走到哪里,都能听到她欢快悦耳的歌声。想想也是嘛,凭她这么稳的成绩和这么扎实的基础,能不对高考充满信心嘛!

可就在所有人都认为小亚万无一失的时候,意外却偏偏降临到了小亚的头上。

这天早上英语考试结束,小亚一回到家就破天荒地伏在桌上哭起来。妈妈立刻慌了神,不过嘴里还是安慰小亚说:"丫头,英语是你的强项,你不会考砸的!"

可是小亚越哭越伤心:"妈,我对不起你。你不知道,我太紧张了,填答题卡时,我把题号填错了一个,这样下面40分就全都跟着错了! 我不可能再进北大、清华了! 几年的心血都白费了呀!"

妈妈一听小亚这么说,顿时倒吸了一口凉气,脑袋"嗡嗡"直响。可她一再提醒自己,千万不能让小亚丧失信心。眼泪从她脸上无声地滚落下来,可她嘴里却说:"傻丫头,我当多大事呢! 这有什么了不起的? 上不了咱复读,明年……明年咱再考!"

"读高四? 妈,这和留级有什么两样? 不,我不要!"小亚猛地抬起头来,嘟着嘴巴说,"妈,我想过了,我给自己估过分,上个一般的重点大学应该没问题。妈,我想先读了再说,以后我还可以继续努力,考北大、清华的研究生。"

妈妈望着小亚,想着自己心中那个长久的梦,心里暗暗地叹了口气。既然小亚想这么选择,她这个当妈的也没办法硬阻止啊。但她又实在不甘心,于是坚持让小亚陪着去了一趟学校,请老师帮小亚再仔细估了一下分,结果和小亚自己估的差不多。看着老师遗憾的眼神,妈妈心里酸酸的,但也只能无奈地同意小亚的选择。

接下来,就是填报志愿,可母女俩一时都拿不定主意,到底第一志愿填哪个学校。

小亚说:"老妈,我把老师说的排名靠前的几个学校都写下来,咱们抓阄,好不好?"

妈妈此时已经感到筋疲力尽,真让她说她也确实说不好,于是就点点头:"抓阄也好,听天由命吧!"

小亚走进房间,一会儿捧出几个写好的纸团,对妈妈说:"老妈,我这次运气坏透了,还是你抓吧。一锤定音,咱再不犹豫了。"

妈妈于是闭上眼睛,伸手抓了一个,展开一看,是一所著名的医科大学。看着小亚把医科大学填上了自己的第一志愿,妈妈的眼眶湿了,这里原本是应该填"北大"或者"清华"的啊!

高招工作正有条不紊地继续进行着。一个月之后,高考成绩终于出来了,妈妈急着抢在小亚之前,就打通了高考分数查询热线。得知小亚总分的一刹那,妈妈差点晕过去!原来,小亚的英语只扣了一分;她的总成绩,要比估分高出五十多分。妈妈懵了,愣在那里像一截木头。

不一会儿,电话铃响了。电话那头,是班主任懊恼的声音:"小亚妈妈,小亚这次果真考成了我们市里的高考状元,她的成绩在省里排到了理科第四名!唉,清华、北大都可以稳上的,真可惜呀,没填志愿。按理她不应该给自己估错分的啊?难道是要故意隐瞒?"

"故意隐瞒?不会吧?"妈妈喃喃道,"她会不会因为太紧张,把答案记错了?"

"绝对不可能。"班主任很肯定地说,"小亚这孩子我还不了解?她根本不是那种在考场上容易紧张的人。如果我没猜错的话,她考后其实一直在跟我们说假话。我想,她这样做,背后一定有原因。"

正在这时,小亚回来了。

妈妈放下电话,劈头就问:"丫头,你老实说,你的分数到底是怎么回事?"

小亚却仿佛像早有准备似的,回答说:"妈妈,对不起,我……我怕说了我的真实考分,你不让我填报医科大学。妈妈,你不知道,我的梦想,就是努力学医,有一天能查出你的病因,治好你的病,让你吃上香喷喷的红烧肉!"

妈妈顿时惊得目瞪口呆,豆大的泪珠从眼眶里喷涌而出:"我的傻丫头,妈什么病都没有啊!妈是骗你的!是妈害了你呀!"

小亚吃了一惊:"妈妈,你……你为什么要跟我说假话?"

妈妈重重地叹了口气,说:"傻丫头,咱家里穷呀!妈每月就那么几百块钱收入,想攒钱供你上最好的大学,想让你每天都吃得有营养。妈就……就编了这个谎话,妈是想让你尽量多吃一点啊!"

小亚心里一酸:"妈,可你……你不是说爸爸因为工伤去世,当时单位还给了我们一大笔赔偿款吗？你不是说这笔钱一直给我留着读大学的吗？"

"家里根本没那笔钱啊！妈知道你懂事，怕你担心家里没钱，连书都不肯读下去。唉，现在你也不小了，妈索性把什么都给你说了吧。"妈妈无力地靠在椅背上，泪如雨下，"丫头，你爸爸其实并没死，他在一所名牌大学当教授。当年他大学毕业后一心要留在大城市发展，我们被抛弃的时候，你才刚刚出生。要怪都只怪妈妈，复习了好几年，也没能考上大学……"

小亚这时候才恍然大悟：为什么妈妈这么想让自己考北大，考清华，考名牌大学！她一头扑进妈妈怀里，放声大哭。

妈妈爱怜地说："丫头，你考了状元，给妈争了气，妈满足了！为了妈妈，你放弃了北大、清华，你现在后悔吗？"

"不，妈！"小亚抬起头说，"即使你把这些都告诉了我，我也不后悔，只要努力，哪里读书都能成才！再说，名牌大学里个个是高手，我很难多拿奖学金的。我在网上查过了，上医科大学后，我有把握靠奖学金和勤工俭学来供自己读书。既然没有那笔赔偿金，我的选择就更对了，怎么会后悔呢！"

妈妈心里一颤："丫头，我明白了，填志愿那天，你说抓阄抓阄，其实早就有准备了，你在纸团上写的肯定都是医科大！你的点子真不少，妈是没办法啦！"

小亚得意地笑了："那当然，我的新点子是，等读完了大学，我真的还要读研究生。老妈，你等着，我一定要圆你的梦！也是我的梦！"

妈妈破涕为笑，轻轻地刮了刮小亚的鼻子，把女儿紧紧地搂在了怀里……

（袁　翼）

状元宴

县城小西关有一户人家,女主人去世早,家里只有父女两人,父亲陈大冬,女儿陈小红。

陈大冬四十来岁,普通工人,平生没什么爱好,就喜欢每天晚上喝点酒,也不是什么好酒,散装老白干,一次买一大塑料壶,每晚二两,四毛钱。陈大冬原先是县纺织厂的炊事员,专门为领导开小灶,后来领导爱到外面酒店去吃喝,厂里的小灶十天八天也难得开一回,陈大冬于是就下岗了。在没有找到新工作之前,家里仅有的一点积蓄得节省着用,所以他每晚的二两酒就免了。

陈小红眼下正读高三下半学期,是个挺用功的女孩,平时心也挺细,陈大冬餐桌上的变化,立刻就引起了她的注意,明明是爸爸多年的习惯,怎么说改就改了呢?

她忍不住问:"爸,你怎么不喝酒了?"

陈大冬知道,眼下高考在即,下岗这么倒霉的事儿现在可不能让小红知道,他怕影响小红的情绪,所以见小红问,便扯了个谎说:"爸爸最近身体有些不舒服,医生不让喝酒。"

不料陈大冬这随口一说,却让小红更加不安,急得连声追问:"爸,你怎么啦?身体哪儿不舒服?"

陈大冬见小红这么紧张,心里一"咯噔",后悔自己没把谎话编好，只好搪塞说："嘿呀，又不是什么大病，不让喝就不喝呗。吃饭，咱们吃饭！"

小红见陈大冬躲躲闪闪的样子，就不再追问下去了，但是一团疑云却装在了她的心里。这以后，她就不像过去那样每天快快乐乐地上学、放学了，总显得有些心事重重的样子。

小红脸上的变化，自然也逃不过陈大冬的眼睛。这怎么成呢？小红正面临高考前的最后冲刺，必须保持良好的心态，看来，为了小红能顺利考上大学，自己这每天二两酒还得照常喝。

于是，那个大塑料酒壶很快就又装上了白酒，晚餐桌上又多了个小红熟悉的酒杯。

小红忍不住问："爸，不是说医生不让你喝酒的吗，怎么又开戒了？"

陈大冬笑着说："闺女，你长大了，爸的事儿也不想再瞒你了。早些时候，爸其实是下岗了，下岗了还喝什么酒？我是怕你担心，所以没告诉你。不过最近好了，我找到工作了，在市郊一家砖瓦厂做保安，嘻嘻，工资还比原先在纺织厂高，所以这就又喝上了。几十年的习惯，难改啰！"

"真的？爸，真是太好了！"小红一听陈大冬这番话，高兴得从凳子上跳了起来，脸上的愁云一扫而光，"只要爸天天有酒喝，就说明金融危机还没有波及到咱家，那我在班上第一名的成绩就不会受影响！"

"好！"陈大冬也高兴得满脸红光，他不住地点头，"爸要的，就是你这话！"

这以后，家里的气氛又回到了从前，小红每天高高兴兴地上学、放学，陈大冬每天晚餐桌上照例喝他的二两白酒，日子就这样在不知不觉中过着，一直到小红高中学业结束。

考场上下来，小红自我感觉特别好。果然，不久考试成绩下来，小红竟考了全省文科第一名,被一个重点大学录取了。

拿到入学通知书的那天晚上,小红硬抢着动手做了几个家常菜端上桌,陈大冬乐呵呵地拎出大塑料酒壶,兴高采烈地说:"闺女中了头名状元,今晚我这个当爸的可要一醉方休啦!"他说着,"咕噜咕噜"一口气喝下两大杯白酒。

父女俩正乐着,屋门忽然被推开了,街坊邻居"哗"地涌了进来,他们是得到小红的喜讯后特地相约一起来祝贺的,还给小红送来了毛巾被、洗脸盆、热水瓶等以后住校用得着的生活用品。

屋子里正热闹的当儿,陈大冬原来纺织厂的王厂长也赶来了。当地有个传统,凡本单位的职工子女考上大学,单位领导必须表示表示,以示对教育的重视。

只见王厂长拿出五百元钱,塞到陈大冬手里,说:"老王啊,女儿这么争气,是你这个当父亲的骄傲,也是我们纺织厂的骄傲啊!"

面对大家如此热情的关怀,陈家父女感动得不知说什么好,还是小红先缓过劲来,她灵机一动,把家里的酒杯全找出来,对大家说:"谢谢叔叔阿姨对我的关心,请大家一起干一杯吧!"她一边说,一边就拿过那只塑料大酒壶,为大家斟起酒来。

没想到陈大冬却突然手足无措起来,一把夺过小红手里的大酒壶,拦着众人说:"别!别喝,别喝呀!"

邻居大嫂说:"叔,我们知道你平时买的都是散酒,可这是小红的状元酒,哪能不喝?"

小红奇怪地看了陈大冬一眼,心想:爸爸今天怎么这样不近人情?别说人家还带了礼品,就是空手来,也该敬人家一杯薄酒的呀!

于是,她不顾陈大冬阻拦,率先举起酒杯,对大家说:"叔叔阿姨,我爸他喝醉了,我先敬大家一杯!"说着,仰起脖子就把手里的这杯酒喝了下去。

谁知酒一下肚,小红顿时大惊失色地说道:"爸,怎么……怎么是凉开水？这半年……"

什么？杯里的酒是凉开水？已经拿到酒杯的人纷纷扬起脖子喝，一喝，可不就是凉开水！

这时候，陈大冬像个做错了事的孩子，红着脸对小红说："闺女啊，下岗后我虽然又找了份工作，但挣钱不多，为了尽量不让你看出来，我就以水代酒每天还是喝两杯。不过这样挺好啊，这半年凉开水喝下来，我早把酒瘾给戒了。"

邻居大嫂的眼睛早湿了。

王厂长满脸羞愧地一把拉住陈大冬的手，说："老陈，是我对不住你，我们……我们不该……不该……"

陈小红却在一边发誓说："爸，四年以后你再开戒吧，那时我一定要给你买市场上最好的酒，让你喝个够！"

陈大冬一听，泪如雨下："闺女，有你这样争气的孩子，爸的心早醉了！"

（曲范杰）

相约在校园

石头、沙子和水的故事

时间管理专家为一群学生讲课,他说:"我们来做个小实验。"说着,他拿出一个广口瓶放在桌子上。随后,他取出一堆拳头大小的石块,一块块放进玻璃瓶里。直到石块高出瓶口,再也放不下了,他问道:"瓶子满了吗?"

所有学生应道:"满了。"

专家伸手从桌下拿出一桶碎石,倒了一些进去,让碎石填满了石块的间隙。"现在瓶子满了吗?"他第二次问道。

这一次,学生有些明白了:"可能还没有。"

专家伸手从桌下拿出一桶沙子,慢慢倒进玻璃瓶。沙子填满了石块和碎石的间隙。他又一次问学生:"瓶子满了吗?""没满!"学生们大声说。专家笑了,他拿起一壶水倒进玻璃瓶,直到水面与瓶口齐平。专家抬头说道:"这个例子告诉我们,如果你没有先放大石块,那就再也不能把它放进瓶子里。什么是你生命中的大石块呢?就是对你来说最重要的事。"

请你问自己这个问题吧:我今生的"大石块"是什么?然后,把它们先放进你人生的瓶子里。

(静明窗)

放弃那最大的树墩

这是一则老掉牙的故事：一位大学毕业生去一家汽车公司应聘，面试中，前面几位比他更有优势的应聘者都被淘汰，轮到他时，他发现洁净的地面上有一片脏兮兮的废纸，出于习惯，他弯下腰，捡起这片废纸丢进了旁边的字纸篓，然后掏出手帕擦擦手，走进了董事长的办公室。就因为这么一个细微的举动，他被这家公司录取了，这年轻人就是今天大名鼎鼎的福特，而这家公司则是后来世人皆知的福特公司。

初读这则故事时，我一直认为福特的成就缘于一次偶然——一片废纸为他提供了施展才能的机会。读不懂这则故事的我根本没有去反思：那几位比福特更有优势的应聘者被淘汰的原因，难道仅仅是因为忽视了眼前的一片废纸？

数年后的今天，我才懂得，即使没有那一片废纸，福特也会在其它领域领先成功，因为他比另外几位应聘者多出最重要的一点——能从小事做起，也就是他能抓住俯拾即是的"机会"！

那么，是什么阻碍了我们的视线，从而忽视了这种比比皆是的机会呢？我不妨说一段自己的亲身经历：

我高中毕业那年，雄心勃勃地出外闯荡，苦苦寻觅着让我成就一番宏业的机会，结果却一事无成，只好无奈地回到家乡，干起了我历来不屑一顾的苦力。

那天的活儿是在准备拓宽的公路上挖树墩,并将树墩劈成柴禾运回去。任务是定额的,每人10分,根据树墩的大小分别标明了分数,最小的才1分,最大的一个有10分。等我赶到工地时,正好发现那个最大的树墩被人忽视了。

我坐在那个最大的树墩上,跷起二郎腿,边抽烟边暗自得意地想:让那些笨蛋们接二连三地去挖吧,我挖一个就顶他们好几个哩!

吸过几支烟后,我才不慌不忙地站起来,然后一鼓作气地刨开深厚的土层,斩断交错盘踞的粗树根。我正在得意时,猛然惊觉:凭我一个人,再大的气力也休想挪动它一丝一毫,纵然众人齐心协力将它弄出坑外,如果不借助电锯,单凭人工是劈不开、斩不断的……

盯着这个变不成柴禾的大树墩,我泄气了,不得不半途而废。看其他人早已一小个一小个地挖出并劈开了不少的树墩,想自己费尽心机一无所获,我才知道一直以来应该嘲笑的不是这些勤耕细作的村民,而是我,因为我心灵深处盘踞着一个最大的树墩——自不量力和好高骛远。

从此,我事事处处都提醒自己:不要专拣最大的树根,成功的机会恰恰隐藏在我们身边的每一件小事里。

(文 心)

穷人的大学

　　王教授是电脑编程界的泰斗，最近，受几家著名的IT公司委托，他组织了一次大规模的青年编程比赛，获胜者不仅有一笔可观的奖金，还有望直接被这几家企业录用，诱惑力实在不小。赛事通知发出后，王教授直接给自己的学生李大海打了个电话。

　　王教授向来是个举贤不避亲的人，这李大海是他的研究生，刻苦加上天分，年纪轻轻，已在编程界小有声誉。王教授给他的指示是：只能拿第一。

　　李大海哪里敢含糊，连忙动手准备参加比赛，每天大把大把的时间都耗在电脑前。谁知人算不如天算，就在比赛前一周，李大海在和几个同学去溜冰的时候，不小心摔了一跤，右手骨折，左手软组织严重挫伤，双手全打上了绷带。这件事把王教授气得脸发青，他痛骂了李大海一通，又心疼地让李大海赶紧住院治疗，尽快恢复健康。

　　没了李大海，这比赛还得继续，王教授就集中注意力，想看看能否有别的青年才俊从中脱颖而出。

　　比赛这一天，王教授早早来到考场，这是个很大的机房，能够容纳二百多人同时上机操作。这"编程"，说得高深点，就是人和计算机交流的过程，王教授凭着多年的经验，几乎能够从人操作电脑的神态、动作，判断出一个人编程水平的高低。

比赛开始后，王教授在二百多人的考场中不断巡视着，很快，他发现了一个不错的选手，那选手编程的速度以及神态、举止都能充分证明，他比其他人的水平高出一大截。

果然，规定的时间刚过一半，这个年轻人站了起来，举手示意自己已经完成了任务。王教授来到那年轻人操作的电脑前，认真看了看，惊讶地发现他编程的指令准确、清晰、高效、简捷，看来真是塞翁失马焉知非福啊，李大海没能参加比赛，却冒出了这么个百里挑一的佼佼者！

王教授把这个年轻人叫到隔壁的办公室，问他是从哪个学校毕业的，那年轻人支吾了半天才说："老师，对不起，我没上过大学。"

王教授十分惊讶，正在这时，助手匆忙进了屋，凑到王教授耳朵边耳语了半天，从王教授的表情来看，助手告诉他的事很不一般。果然，等助手走出屋子后，王教授的脸就严肃起来了："你要实话告诉我，你是不是还有个弟弟，不过今天没来参加比赛？"

年轻人点点头，接着不安地把头低了下来。王教授的语气这才缓下来："你叫李大江，我有个学生叫李大海，你们是不是亲兄弟？"

见王教授已经猜到了，那年轻人也没遮掩，点头称是。

王教授疑惑地问："可你说你没上过大学，那这编程是谁教的？李大海？"

年轻人连声说"是"，接着娓娓道来，这一说，就把王教授给惊呆了。原来，他们弟兄俩差了一岁，当年哥哥上学晚了一年，结果两人同一年参加高考，而且都考上了大学。可他们家地处西北，缺水少地，穷得丁当响，怎么可能两人都上大学呢？最后商量来商量去，决定让弟弟去上学，哥哥做点牺牲。

穷人家的孩子有时是没有什么选择余地的，弟弟李大海就背着一捆破被来到了学校。新学期开始后，李大海突发奇想：难道一定要坐在教室里头才叫上大学吗？难道在家里好好学习就不是上大学吗？有了这个想法，他就认真听课，笔记做得十分详细，每隔一个月，他都会坐上那趟最便宜的绿皮火车回到小山村，然后赶紧给哥哥讲课，就这样，四年大学他火车票攒了厚厚的一摞。哥哥李大江一边在家务农，一边认真听课。大二那年，李大海用奖学金给哥哥买了台二手电脑，哥哥就可以在电脑上编程了。兄弟俩就这样一路坚持，共同完成了大学学业。听到这里，王教授感慨万分，问："你怎么会想到来参加比赛的？"

李大江神情有些黯然，他说："虽然我没上过大学，但我相信自己比大部分在校大学生学得还要投入，但来到城里才发现，没有文凭，我连份像样的工作都找不到。有些单位电脑都舍不得让我碰，说我不懂，别给弄坏了。这次，正好有推荐工作的机会，我弟弟说无论如何也要让我来参加比赛，说不定会有个好工作的。"

王教授动情地点点头："你虽然没有文凭，但你毕业于世界上最伟大的大学。放心，你的工作推荐我来写，凭你的实力，没问题的。"

有了教授的许诺，李大江开心极了，连忙起身，说是要去医院看大海去，王教授站起来，主动给他开了门。

在一个安静的病房里，李大海正在焦急地等待着，突然，门开了，哥哥满脸喜色地跑了进来，李大海顿时一激灵："是不是成功了？"

哥哥李大江激动地点点头。

李大海这才长长地吐出了一口气，不急不慢地说："哼，你要是没考个第一回来，怎么对得起我这两只手？咱老家缺水，挑着水桶在冰上走，我从来没滑倒过，那天我故意去摔了一跤，才摔出一个右手骨折、左手软组织挫伤啊！"

这时，哥哥李大江轻轻握住了李大海受伤的胳膊，两双充满青春活力的眼睛，全都蒙上了晶莹的泪花……

（陶　娟）

鱼苗游啊游

我打小就不是聪明孩子，看上去有点笨有点呆，无论老师同学还是父母，对我都没有过高的期望。我也认定了自己不会有什么出息，所以凡事都不太积极。

在村里，与我走得最近的是大我三岁的方培，十二岁那一年，他家的鞭炮作坊发生爆炸，让他失去了双腿，方培从此被"安"在了轮椅上，没再念书，天天生活在巴掌大的村子里。

初三那年，我刚从学校回到家，还没进门，方培的爸爸就心急慌忙地跑来了，他告诉我一个消息，方培今天上午趁家里没人时偷偷上吊自杀，幸好被邻居及时发现，救下了。方培的爸爸来找我，想请我去劝劝他的儿子。

我被这个消息惊得目瞪口呆，立刻去找方培。这时方培正躺在床上，双眼瞪着屋顶一眨不眨。我挨着他在床沿坐下，吭哧了老半天，不知道该怎么劝说他，最终憋出一句话来："你不该干那种蠢事。"

方培面如死灰地说："你以为那是蠢事？我活在这个世界上才是真正蠢透了。你没看到吗，我已经是这个家的累赘，我拖累了全家。"

我知道这句是实话，我被方培的话顶回来就再也开不了口。我沉默良久，急中生智，想起了他反复跟我提起过的一件事情：他从电视上看到，长江刀鱼要卖几千元钱一斤，他跟我说过好几回，要是能养刀鱼,一定能发财,所以我决定抓住这一点来激发他继续活下去的勇气。我问他:"你不想养刀鱼了?"

他摇着头叹了一口气:"那只是白日做梦罢了,长江刀鱼是洄游鱼,哪里弄鱼苗去?"

我信誓旦旦地说:"我知道有个地方有刀鱼苗卖,你就说,你想不想养吧。"

"想,当然想!"方培一骨碌从床上坐了起来,眼里也有了亮光,"养刀鱼可是能赚大钱的,我要是将这件事做成了,我就成老板了,我不会吃闲饭,还会……"他满脸憧憬。

我让方培有了继续活下去的信念,但回到家里,却犯了愁。我的承诺纯粹是瞎掰,到哪里去买刀鱼苗去?买不到,方培还是会寻死的。

死马当作活马医,我决定到县城里去碰碰运气。第二天,我揣着两百元钱,去了县城。我首先去了水产局,怯怯地问一个工作人员:"叔叔,哪里有刀鱼的鱼苗卖?"工作人员一听笑得差点岔了气:"你这孩子,可真敢想。刀鱼是从海里来的洄游鱼,哪里去弄鱼苗去?谁要能弄得到鱼苗,早成亿万富翁了。"

我并不认同工作人员的话,有刀鱼,就有刀鱼苗。

我去了鱼苗交易市场,逢人就说我想买刀鱼的鱼苗,那些大人都将我的话当成笑话,没几个人理我。一直转悠到快散市的时候,我才碰到一个挑着鱼苗担的年轻人,他听说我要买刀鱼苗,直夸我:"你这孩子眼光可真毒,就认出我这桶里是刀鱼苗了?"

我差点乐疯了,还真让我找到刀鱼苗了,但年轻人说:"这鱼苗可要四十块钱一尾。"我被惊得半天吱不出声来,见我没有反应,年轻人挑着担子,一副要走的样子,显然没有还价的余地。

想一想刀鱼那么金贵,刀鱼苗当然也就金贵,他如果真像卖别的鱼苗那样便宜,我还不敢要呢。我当下匆匆到旁边的杂货摊上买了一个小玻璃缸,然后将身上所有的钱都掏出来,小心翼翼地从他的桶里舀了五尾鱼苗。

我的身上一分钱都不剩,只能步行回家。一路上,我小心翼翼地捧着那个小鱼缸,看着五尾小不点的鱼苗在缸里游动,就满心欢喜。虽说只有五尾鱼苗,数量太少,但可以向方培证明一件事情,刀鱼苗是有得买的,他养刀鱼的计划能够成功。只要他的计划能够实施,他就会继续活下去。

人越是在意什么越是容易失去什么。我将那个鱼缸当着宝贝似的捧着,所有的注意力都在那个鱼缸上,可就在路程走到一半的时候,我被路边的石头绊倒在地,手中的鱼缸"哐当"一下砸在地上,水流了一地,两尾鱼苗在潮湿的地面蹦达了两下,就没再动弹。

我顿时傻了眼,我花两百元钱买的鱼苗,就这样没了?还好,鱼缸的缸底剩下老大一块碎片,碎片上还有一点点的水,有三尾鱼苗挤成一堆,在不到它们身子一半的水里艰难地扭动着。

我生怕这三尾鱼苗也会死,赶紧小心地捧起那块碎片,奔路边的小沟里找水去了,水是找到了,但是,那块缸底碎片根本盛不了水,怎么办?情急之下,我只得将那几尾鱼苗倒在自己的手掌心里,然后到小水沟里捧起了一捧水,小鱼苗又重新在我掌心里游动起来。

我还来不及高兴,掌心里的那点水已经从我的指缝里慢慢流走,眼看掌心里的水越来越少,鱼苗能游动的地方也越来越小。我只能不停地从水沟里舀水,根本挪不开步。

我立刻着急起来,要是不能将鱼苗活着带回去,方培他会不会再次寻死?

我的脑子飞速转动,眼睛也四处乱转,想着尽快找到一个能盛水的物件,但是四周可用的东西一个没有,我的口袋空空,我的身体……对,我想到了自己的嘴巴,只有嘴巴能含得住水,不让水流出来。

我赶紧将掌心里的水连同鱼苗含进了嘴里,高高地鼓起腮帮子，然后匆匆上路了。一路上，我感觉鱼苗在嘴里游动，有时擦过舌头，有时轻轻碰触着两腮，痒痒的，但非常舒服，因为我知道，它们是活着的。

走了不到一分钟，我就感觉不到鱼苗在我嘴里的游动了，我又慌了神，嘴巴鼓得太酸，嘴里不断地有口水分泌出来，那些鱼苗是不是被我的口水呛死了？或者是我嘴里的温度太高，将它们热死了？我被种种的念头给吓坏了，赶紧找到一条水沟，慢慢将自己嘴里的水和鱼苗吐在掌心里，吐出来的水已经变得粘稠，三尾鱼苗在黏稠的水里一动不动，我的脑子"嗡"的一下，最不想面对的情况残酷地摆在了我的面前，那三尾鲜活的鱼苗还是淹死在我的口水里。

我真的不甘心面对这样的结局，在水沟里不停地淘动掌心里的水，黏稠的口水被淘出去，干净的水慢慢流进来，这时，奇迹发生了，那三尾鱼苗重新扭动起小小的身体。那一刻，我兴奋得差点落泪了，鱼苗并没有死，是我的口水太黏稠，让它们无法游动。

有了这次教训，当我再次将水连同鱼苗喝进自己嘴里，我不敢让它们在我嘴里呆太长的时间，我几乎是在一路狂奔又在一路寻找新鲜的水源，跑了不到三百米，我又到路边的水沟里换水。

这样走走停停，当我第三次到路边的水沟里换水时，意外发现水沟的草丛里，搁着一只被人丢弃的塑料杯，这样的白色污染平时随处可见，我也憎恶至极，但这一刻，我却如获至宝。我将三尾鱼苗吐在杯子里，换上新鲜的水源，我再也不用忍受腮帮子的酸痛，也再不用担惊受怕，捧着水杯继续上路。

一直到我将水杯郑重地交给方培的时候，那三尾小小的鱼苗还在杯子里欢快地游来游去。当方培弄清楚是怎么一回事时，他惊讶地说："这个世界上恐怕再也没有谁能比你聪明，能想到这样一种方法，将鱼苗带回家。"

实际上我笨得要命，因为我带回的根本不是刀鱼苗，而是白鲢苗,我被那个卖鱼苗的人给骗了。这是在两个月之后,当那三尾鱼苗在方培挖的小鱼池里长成了小鱼之后,我才发现的。那时我非常担心,担心方培明白真相后又会想不开,但方培拍着我的肩膀,说:"放心吧,我不会再做蠢事了。其实,你将鱼苗带回来时,我就知道,那不会是刀鱼苗。"

"你认识刀鱼苗?"

"不认识,但我知道刀鱼苗是没办法买得到的。虽然我知道那不是刀鱼苗,但是,你让我明白了一个道理,你都能想出将鱼苗含在嘴里带回家的方法来,我怎么就不能想出谋生的手段呢?其实,这个世界上并没有绝路,办法都是人想出来的。"

方培转动着轮椅,将我带到了村里的水塘边,他告诉我,他已经找到了自食其力的办法,他将村里的鱼塘承包了过来,已经在塘里投放了两万尾鱼苗。他说:"我没有双腿,但是我有双手,配鱼饲料、投料这些简单的事我还是会做的。这两个月,我已经向水产局的技术员学会了养鱼的技术,养的虽说不是刀鱼,发不了大财,但我一定能养活自己,不会成为家里的累赘。"

我用我的方法救了方培,他的父母十分感激我,村里的人也都直冲我跷大拇指,大家说,这孩子真聪明,居然想得到这样的办法,将鱼苗带回家,这办法,不是常人能想得出来的。

自信这东西真是奇妙极了,以前大家认为我笨,我就真的觉得自己笨;现在大家说我聪明,我就真的觉得自己无所不能。其实,我不仅仅救了方培的命,也救了我自己,现在只要遇到什么困难,在我快要丧失信心的时候,我的嘴里就会有鱼苗在游那痒痒的感觉,这种感觉会让我在心里对自己说:我连鱼在嘴里游的办法都想得出来,还有什么难得倒我呢?这么一想,我的信心就回来了。我会感觉到精神抖擞,干劲倍增⋯⋯

(方皓天)

老习惯

校庆的日子快到了,这几天,办公室主任到处打听校友之中谁最有成就,想邀请这样的杰出校友在典礼上演讲。有人给主任推荐了一个校友,叫王行健,现在是个大老板。

主任一打听,这个王行健果然了不得,如果他愿意回母校做演讲,肯定能为校庆增光添彩。主任就打电话过去询问,王行健听主任说明来意,客套了两句,突然迸出一句话:"食堂老顾还在吧?"

能做到办公室主任的,情商肯定不一般,尽管王行健这话说得让人咂摸不出半点味儿来,但主任凭着敏锐的直觉,立刻明白:这食堂老顾必须在!想必王行健和食堂老顾不是有恩就是有怨;要是没什么关系,不至于特地问一句。当一个人混好了,不但愿意见恩人,更愿意见仇人。主任想到这,斩钉截铁地说:"在,在。"

王行健在电话里说道:"好,校庆我一定会去的。"

主任放下电话,第一时间就去食堂落实老顾的事。老实说,学校那么大,主任根本不知道老顾是谁。主任一问,承包食堂的崔老板干脆利落地说:"是有这么个人,负责打扫食堂卫生的。"

主任听了,放心地说:"那就好、那就好。"自己都在王行健那儿打了包票,这老顾要是不在,可就热闹了。

不料崔老板话锋一转,说:"这个人前段时间让我辞退了。他这人又懒又倔，非要等学生都走完才一块儿打扫，打扫前还要先抽烟，我说了几次都不听。"

主任听罢，严肃地说："辞退了就去请回来，赶紧的。"主任把事情的原委给崔老板这么一说，崔老板听傻了，只得表态说一定把老顾找回来。

老顾听说食堂想和自己续聘，挺高兴地就回来上班了。上班第一天，主任特地到食堂来见见这传说中的老顾。一看，就是一个普通的打扫卫生的老头啊，看不出啥名堂，问他认得王行健不，老顾瞪大两眼，显得很迷茫："谁是王行健？"

崔老板问主任怎么安排老顾，主任说："原来干啥，现在还干啥，但有一条，老顾不是爱拖拉偷懒吗？你得交代好他，校庆那天，食堂卫生一定要及时打扫。学校中午要请校友们吃食堂，吃的就是个回忆，可不能让人家真的体验杯盘狼藉的脏乱差。"

到了校庆这天，眼见时间已过了中午十二点，王行健还没个人影，主任忍不住打了电话，王行健说一会儿就到，让校友们先吃饭，千万别让老师同学等他一个人。

王行健说一会儿就到，他们还是等了半个小时。倒不是王行健拿架子，关键是学校也请了地方上分管教育的领导，这些人听说王行健要来，又通知了别的领导，有人跑到路口去迎接了，寒暄也得花时间啊！

等王行健和领导终于步入食堂时，校友们已经结束了战斗，撤了——食堂再怎么精心准备，也赶不上酒店，真没啥可吃的。主任一看，桌上杯盘狼藉，剩下的东西还不少：有一口也没咬过的白面馍馍、有只吃了几口的排骨……看来校友们果然都混出人样来了，食堂的饭菜对他们是没啥吸引力了。望着眼前混乱的环境，主任有点尴尬，他四下一打量，只见本该打扫卫生的老顾真像崔老板说的那样，正蹲在食堂外面抽烟呢。

主任尴尬地把贵宾们往食堂二楼引,那里是教工食堂,专门为王行健摆了一桌,特意请酒店大厨做的菜。不料王行健环顾食堂,说:"不麻烦了,这儿有馍有菜,就在这儿吃吧。"

一句话把大家说愣了,还没反应过来,王行健已经动手了。他动作娴熟地端起一盘炒菜,又捡起一个白面馍馍,蘸着汤汁,有滋有味地吃起来。主任看了心里直嘀咕:这是唱的哪一出啊?

王行健动作很快,五分钟就吃完了。吃完后,他看看大家的表情,说:"还是满足大家的好奇心吧。念书时我家里穷,顾嘴顾不了学,顾学顾不了嘴,我一咬牙,上学!至于饭嘛,就像刚才这样吃。那时候的自己,死要面子,都是等大家吃完了,我才飞快地划拉一点剩菜。我要感谢食堂的顾师傅,他发现了我的举动,就躲在外面抽一支烟,然后才来打扫。"

听完这话,大家都愣了。王行健走到食堂外,对老顾大声说道:"顾师傅,今天校庆,没学生来食堂了,你可以打扫了。"

老顾点点头,走进食堂收拾起来。王行健接着说道:"这次回来,一是想感谢顾师傅,二是我前不久听说,顾师傅被辞退了,所以想借这个机会,替他解释一下。"

话音未落,食堂的崔老板不知从哪冒出来了,接话道:"王老板,您放心,我已经把顾师傅聘为终身员工了。"瞧这崔老板,倒挺会看时势办事儿。

王行健向在座的各位拱拱手,说道:"谢了。我还有个想法,和各位校领导商量。像我当年那样吃剩饭的学生肯定还有!我想捐一笔钱出来,成立个'吃饭基金'。由顾师傅掌管,每餐向贫困学生免费提供一笼馒头、两盆菜。"

主任听了,大喜过望,这时他才明白,王行健一开始打听老顾的原因,原来就是为了在这"吃饭基金"上做文章……

(张东兴)

一躬到底

叶奶奶的鞠躬

我是一个老师,在一家小有名气的学校任职。最近,我们学校董事会决定:户口不在本地的学生要交择校费,因此家庭条件不好的择校生都相继离校了。

我班上有个叫叶峰的择校生,家庭条件最差。一天下午,叶峰的奶奶拖着病腿来找我帮忙。尽管情况让人同情,可我也是爱莫能助。

看我不答应,叶奶奶一个劲地央求我,我只好敷衍了她一句,说帮她问问。没想到叶奶奶当了真,她的神情立刻轻松起来,并且努力站直了身子,冲着我深深鞠了一躬。

我措手不及,急忙去扶,心里很是不安:我只是个上班讲课,到月领工资的小老师,这事是有心无力,没法子。目前,我也只能多抓抓叶峰的学习了。叶峰这孩子认真,也挺懂事,相信提高些成绩是没问题的。

有些话真是不能说太早,叶峰也许是知道自己留校的时间不多了,接下来几天他完全变了一个人,经常迟到早退,上课也不积极发言了,让他到黑板前做题,总是说不会。更让我生气的是,他连个人卫生都不注意了,经常把衣服弄得脏兮兮的,两只手也黑乎乎的。我告诫了他几回,他不但不当回事,还旷起课来。

一天课间操的时候,我把叶峰叫到办公室,狠狠地批评了他一顿。等他走后,教语文的陈老师劝我消消气,照她的话说,叶峰估计是交不起钱,也念不了几天了,何苦这么操心?话虽如此,可一想到叶奶奶的鞠躬,我心里就不是滋味。

陈老师又说:"你瞧,叶峰又和张凯玩呢,最近两个人经常在一起疯。"

我往外一看,校长的儿子张凯正踩着滑板,在操场上潇洒地穿行,而叶峰则跟在他后面狂奔。张凯的好动调皮是出了名的,校长劝不了他,老师更不敢管他,叶峰怎么和他混在一起了呢?

我忍不住就冲了出去,喊叶峰回来上课。万没想到,叶峰连我这个班主任的话也不听了。这下我可气坏了,我拨通了叶奶奶的电话,正想把这事告诉她,没想到老太太第一句就是:"刘老师,是不是择校费的事成了,我天天念佛保佑呢……"

我呆了一呆,只能含含糊糊地说:"还……没消息呢。"

叶奶奶叹了口气说:"他爸妈都在外面打工,他爸生病了,这两个月一分钱都没寄回来,这孩子要是念不上书,我怎么有脸去见他的爸妈?听说有个孩子被校长的车子刮了,免了择校费,他就动了念头,琢磨着让校长的车碰一下。我一听就哭了,咱就算不念了,也不能动这念头啊……"

我都不知道怎么放下电话的,只能不断地对自己说:不能放弃他。

操场上的车祸

下午上课的时候,我在黑板上抄了一道题,让叶峰到前面来做。听我的声音很严厉,叶峰慢腾腾地走到前面来,他伸手拿粉笔的时候全班哄堂大笑——他的手黑得像刚从墨汁里捞出来一样。我气得直接让他回座位上去,并且下了最后通牒:明天要不把手洗干净,就别来上学了！我就没见过这么脏的学生。

但叶峰真让我失望，他第二天早上又迟到了。只见他满头大汗地进了班级，坐在椅子上也心不在焉，不断地低头往下面看，还露出得意的笑。按我的经验，他又在搞小动作，于是我趁他不注意，一把抓起他的手，把他手心里的一张小纸条打落在地。同学们却又一次爆笑起来，因为他的手还是那么黑！

我忍无可忍了，马上拨通了叶奶奶的电话，让她把叶峰领回去。为了震慑叶峰，我按了"免提"，可我刚提了一句他的手，叶奶奶就哽咽地说："刘老师，你原谅他吧，他为了凑学费，每天都帮邻居搬蜂窝煤，才把手弄成这样的。昨天你说洗不干净手就不让上学，他回家又是洗涤灵又是洗衣粉的，可还是洗不掉，他后来用的是钢丝抹布，把左手都擦出血了。右手他没敢洗，他是怕拿不了笔呀……"

教室里安静极了，所有孩子都呆呆地看着叶峰，他却只盯着被我打掉的纸条，想弯腰去捡，却被我一把拉住。我抓起他的左手，果然红肿得像充了气的皮球，上面还有丝丝血痕。我的嗓子好像被堵住了，刚想向叶峰道个歉，下课铃却在这时响了，窗外立刻有人喊起来："叶峰，快出来！"又是张凯来找叶峰玩了。

张凯这一嗓子，就跟圣旨似的，叶峰都不等我说下课就奔出去了。还没等我回味过来，叶峰的同桌捡起了那张纸条，我接过来一看，上面歪歪扭扭地写着：欠叶峰比赛钱五百，张凯，日期正是今天。结合这些天的种种情况，我突然明白过来了：叶峰是用双腿在和张凯的滑板比赛！

我拿着欠条冲到了操场上。此时，叶峰已经跑得上气不接下气。张凯是个滑板高手，他时快时慢，总不把叶峰落得太远，却始终超过他一米左右，这让叶峰更加拼命地追了，可是怎么追也追不上，真不敢想象早上这场比赛叶峰是怎么赢的？

跟着我出来围观的同学们都喊了起来："叶峰，加油，加油！"

我看着两个人快跑到大门口了,而叶峰和张凯只有一步之差,我也不由自主地低声喊着:"加油,加油!"

就在这时候,校门口的自动门开了,一辆小汽车从外面驶进来,速度虽然很慢,可张凯的滑板却正朝着汽车滑过去,偏偏张凯边滑还边回头逗着叶峰,这下非得撞上不可。

但叶峰也不知道哪来的力气,一下子就赶上了张凯,还用力把他推了出去。

"吱"的一声,叶峰倒在了汽车下,我们赶紧跑过去,张校长从汽车上下来,也吓得脸色发白。

我扶起叶峰,看到他的手上流出了鲜血。叶峰只说了一句话:"张凯,我又赢了……"就晕了过去。

张校长的决定

叶峰被送进医院,叶奶奶很快赶来,还明确表示:不用赔偿。我给张校长打了电话,把这情况一汇报,听得出校长觉得很惊诧。我早就想好了,又趁机提了叶峰的择校费,张校长说既然学生家长这么通情达理,择校费的事也好商量。

本以为这事算有个结果,没想到回到校长办公室时,张校长却说:"我可听说了,那孩子的手是自己弄伤的,不是我撞的。"

这事我当然知道,叶峰根本就没被撞伤,只是摔倒的时候划破了左手,这才流了血。至于他晕倒,那是因为体力消耗过大。可我想帮叶峰这个忙,就没揭开这层窗户纸,现在也只好实话实说了,最后还说:"再怎么样,叶峰也救了张凯呀!"

张校长也很头疼:"董事会决定的事,我也不好开口子呀。这要是我的车撞的,反倒好说了……"

我听明白了,只要叶峰坚持说是校长的车撞伤的,那校长就能给董事会一个交代。我兴冲冲地跑回医院,把这个好消息告诉了叶奶奶。我原以为她会高兴，没想到老太太看着病床上的孙子，慈祥地说："从小到大就叫他别撒谎，现在不能为了有书念，就教他撒谎坑人呀。"

我的脸红了，我的自作聪明在这位质朴的老人面前不堪一击。叶奶奶从她的包里掏出一沓钱递给我，我看见她的手也是乌黑乌黑的。

叶奶奶还说："我们一会儿就出院了，择校费已经有五千了，刘老师你先交给学校吧。还有几天时间，我们再想招……别让校长怪张凯，那也是个好孩子。"

我把钱交给张校长，不够的钱请他从我的工资里扣。张校长说："这不是让我为难吗？你也没责任呀，你不欠他们什么！"

我站直了身子，向着校长深深鞠了一躬："我欠！我欠老人家的一个鞠躬，现在我把这个鞠躬送给您，您把叶峰留下吧。我知道钱还不够……"

"钱够了，爸爸！"办公室的门开了，张凯领着一群同学进来了，他们伸出小手，把手里大大小小的钱，全都放在了校长的办公桌上。

张校长有些激动了，但他看到张凯还拿了张纸条，上面记着欠叶峰的钱，不由又瞪圆了眼睛骂道："你都学会赌博了？"

"不是的，"几个孩子抢着说，"张凯是故意输给叶峰的，他想帮助叶峰，又怕你不答应，才想出这个主意的……校长，钱是不是还不够啊？"

我一听，愣了。张校长更是惊讶地看着儿子，好半天他才说出话来："钱够了，够了！刘老师，我再跟董事会说说，咱们得想想办法，别光留下叶峰，争取把走的孩子都找回来。今天你和这些孩子给我上了一课，我应该给你们鞠一躬才对！"

（刘江波）

捐款白条

小周大学毕业后,到一所初中任教,担任初三的班主任。工作刚开始,就赶上了一次全国性的募捐活动,为一个地震灾区捐款。

同学们捐款的积极性都很高,第二天,班长李红就把筹得的捐款交给了小周。

李红说:"老师,咱班就杨强一个人没捐款,他交了一张自己画的支票。"说着,递给小周一张纸片。小周接过来一看,纸片是模仿支票画出来的,上面写着几个字:"本人自愿捐款给地震灾区200元。"下面还有一行小字:"五年后兑现,按照年息5%计算,到期本息一并结清。"最下面竟然还有一个名章,一看就是学生自己刻的萝卜章:杨强。

小周看完后心里有点恼火:初三的学生正值青春期,性格叛逆很正常,可也别这么恶作剧啊!他克制着情绪,对李红说:"把杨强给我喊来,对了,他学习成绩怎么样?"

李红说:"老师,他是咱们班的珠穆朗玛峰——无人能超越的高度。"

一会儿,杨强来了,小周把纸片拍在桌子上,问:"这是怎么回事?玩儿个性?"

杨强的脸一下涨得通红,低声说道:"老师,我是认真的,您看,我还按手印了呢。"

小周看着他认真的样子,叹了口气,改变了语气说:"你先回去吧,支票先放在我这里好吗?"

杨强点点头,向小周鞠了一躬,说:"男子汉一诺千金,我会做到的。"

当天放学后,小周喊住班长李红,让她一起去杨强家做个家访。吃好晚饭,两人来到远郊一片破旧的平房区,绕了半天,终于在一个小平房前站定了。院门是块破木头钉了油毡,两人就在外面喊杨强的名字。许久,他们才看到杨强走出来,看到老师和同学,他显得有点慌乱。走进院子,小周发现院里有辆破三轮车,三轮车上有几个纸盒子,盒子里有芹菜、黄瓜等蔬菜。

进了屋,小周和李红发现,屋里竟点着蜡烛照明。杨强朝里屋喊了声:"妈,老师来了。"里屋传出一个微弱的声音:"快让老师坐,给老师倒水。"杨强走到墙边,拽亮了电灯,屋子里一下子亮堂了不少,他赶紧吹熄了蜡烛。小周看到,蜡烛旁边摆放着打开的书本。

一会儿,杨强搀扶着一个瘦弱的中年妇女从里屋走出来,杨强介绍着:"妈,这是我们的新班主任周老师,这是我妈妈。"杨强扶妈妈坐下,自己却转身出去了。

杨强的妈妈开始向小周和李红介绍起自家的情况。原来,杨强的爸爸很早就去世了,杨强的母亲既没工作,也没城市户口,身体还不好,娘俩一分钱收入都没有。有个卖菜的亲戚可怜他们,杨强每天放学后就去帮亲戚卖菜,挣点微薄的收入,娘俩就这么过日子。

小周没想到,杨强的家境如此困难。他想起自己对那张"捐款白条"的误解,不由得很是愧疚。

一会儿,杨强回来了,手里拿着两瓶矿泉水,递给小周和李红。小周接过水瓶,感到塑料瓶上还留有杨强双手的余温——这平房区附近根本没有像样的超市，这水应该是杨强跑了很远才买来的。小周心头一热，他没有再提捐款的事，和杨强母亲拉了一会儿家常，就告辞了。

回去的路上李红情绪很激动，她向小周建议，应该组织同学们资助杨强，帮他渡过难关。小周却隐约感到，这个孩子一直在隐瞒自家的情况，他不太会接受大家的资助。

中考前夕，小周又去了杨强家，还带了助学基金会的负责人。小周选择在晚饭后去他家，助学基金会的负责人看到屋里点着蜡烛，杨强光着膀子，在门窗紧闭的屋内苦读，不禁好奇地问小周："这么热的天，这孩子为什么不开窗户？"

小周答道："点蜡烛是为了省电，开窗户有风，会吹灭蜡烛的。"听到这个回答，助学基金会的负责人沉默了。

中考过后，杨强顺利地被一所重点高中录取了，在助学基金会的资助下，他每月都能领到一笔生活补助，足够让母子两人温饱。课余时间，杨强不用再去卖菜，可以专心学习了。

转眼几年过去了，小周已成为一名资深教师。有一天，他收到杨强寄来的一封信和一张汇款单，杨强在信上说，自己考入了一所知名大学的物理系，学校免除了他部分学费，还为他找了实验室的工作，汇来的三百元钱是他第一个月勤工俭学的工资。

小周打开汇款单，见单子上只有一句留言：男子汉一诺千金。小周明白，这是杨强归还给自己当年替他垫付的捐款。小周打开办公室抽屉，找出珍藏多年的那张捐款"支票"，快递给了杨强……

时光匆匆，很快又是四年过去。这天，小周收到一张附有信的请柬，杨强在信上说，他已经大学毕业了，想邀请老师参加他和李红的婚礼。小周顿时猜到，当年自己替杨强垫付捐款的事情，应该就是李红"泄密"的吧。

(李子胜)

海啸来临前

西奥多的父亲在气象站工作,所以每天,西奥多都能第一时间为同学们预报第二天的天气情况,为此,他感到十分骄傲。

时间长了,同学们习以为常,每天听完天气预报后就散了,连一句感谢的话也没有。西奥多感觉自己被忽视了,他决定好好捉弄一下同学们。

这天清早,西奥多在播报天气预报时,破天荒地撒了谎:"大家听好了,明天还是晴天,气温跟今天一样!"同学们纷纷点头。

谁知,第二天傍晚,突然下起了大雨。同学们猝不及防,都慌了神。雨那么大,怎么回家呢?只有西奥多,拿出一把漂亮的小雨伞,走出了教室。

同学们愤怒了:"西奥多,你怎么可以欺骗我们呢?"

西奥多得意地说:"就算是天气预报,也有出错的时候。这下,你们该明白我有多重要了吧?"说罢,头也不回地走了。

从那以后,西奥多被同学们冷落了,再也没有人理睬他的天气预报,他索性不再为同学们预报天气了。

半个月后的一天早上,西奥多正想去上学,母亲却将他拦了下来,紧张地说:"亲爱的,今天别去学校了!"

西奥多诧异地问:"为什么?妈妈,我可从没逃过学。"

母亲"嘘"了一声，朝四周望了望，说："因为你父亲说，这里马上要发生一件可怕的大事，回头再跟你解释吧。"西奥多回头一看，父亲正麻利地整理旅行包，将它们塞进汽车后备箱。看起来，一家人要去一个很远的地方了。

西奥多赶紧跑了过去，问道："爸爸，我们要去哪里？究竟发生了什么事情？"

父亲严肃地说："据内部消息，这里马上将发生海啸。到时，整个城市都将变成一片汪洋。所以，我们必须赶紧逃走。"

西奥多呆住了："什……什么？你是说，这是气象站的消息？"

父亲点了点头："确切地说，只有少数人知道这个消息。因为消息一旦传开，整座城市会变得一片混乱。到时交通瘫痪，我们就没办法抵达安全地带了。"

西奥多愤怒了："所以，你们封锁了消息，就为了保住自己的性命？"父亲无言以对。

母亲上前拉住西奥多，劝道："亲爱的，快上车吧，三个小时后，海啸就来了，到时就来不及走了。"

西奥多狠狠地甩开了母亲的手，红着眼睛说："不，我不走！上帝不会原谅你们的，我要去通知同学们。"说罢，转身就跑。

赶到学校时，同学们还在教室里嬉闹。西奥多站在讲台上，声嘶力竭地大喊："听着！这里马上将发生海啸，大家快逃。"

谁知，同学们根本不相信他，嚷嚷道："怎么，欺骗我们一次还不够吗？""就是，我们已经不相信你了。""你是个骗子，我已经听过天气预报了，根本就没有什么海啸……"

西奥多又急又怕，失声痛哭起来："为什么你们都不相信我？真的有海啸，我可以向上帝发誓！"同学们面面相觑，顿时，教室里又变得一片安静。记忆中，西奥多从来没有哭过，就算有一次运动会上他扭伤了脚踝，也没流过一滴眼泪。看来，这个消息是真的。

一阵嘈杂后,突然有人说话了:"如果海啸来了,我们也许很长时间不能见面。""是的,而且,海啸会摧毁一切……"最后,大家达成了一致意见,赶紧回家,半小时后再回来会合!

很快,同学们陆续回来了。让西奥多诧异的是,每个同学都没有空手而来。面包店的孩子,带来了一大箱烤得香喷喷的面包,他神情凝重地递过来一个大面包,说:"西奥多,快带上这个,就算海啸来了,你也不会饿肚子。"而杂货店的孩子,给每人带来了一瓶矿泉水,他悲伤地说:"西奥多,要是海啸来了,没准这里的一切都会被海水淹没,那时,淡水是最珍贵的东西,一定要好好保存。"还有体育用品店的孩子,给每个同学带来了一个游泳圈……就这样,孩子们互相交换礼物后,准备离开。

这时,校长走了进来,笑眯眯地说:"孩子们,请先静一静!"紧接着,一大群人涌进了教室,都是孩子们的父母。西奥多发现,自己的父母也在其中,顿时呆住了。

校长在教室里来回走了一遍,满意地点了点头,说:"孩子们,对于你们今天的表现,我真的很欣慰,也很骄傲!当灾难来临时,你们并没有只顾自己,而是想到了别人。好了,现在开始举行家长会。"刹那间,同学们愣住了:"什么?家长会?"

校长笑了:"没错!今天要召开一次家长会,确切地说,这是一次爱的演习。"

西奥多恍然大悟:原来,这是大人之间一次合伙的"阴谋"。而"始作俑者",就是自己的父亲。望着父亲灿烂的笑脸,西奥多也笑了:是啊,正直善良的父亲,怎么可能做出这样的事情呢?更重要的是,通过这次爱的演习,西奥多和同学们的友情更坚固了。

(张春风)

寻找贫困生

林业大学食堂的陈师傅向校学生处报料,说他发现了一名贫困生,那名学生每次来打饭时总是只要一元钱的饭菜,也就是一份饭和一个最便宜的蔬菜。这件事引起了学生处王主任的高度重视。

校方一直都很注重对贫困生的关心,凡是符合贫困生标准的,除了在学费减免和奖学金发放方面的照顾外,还给每个贫困生发放餐金补贴。王主任决心要找到这个贫困生。

可是自从王主任有了布置后,那位"一元钱"学生或许是听到了风声,竟然不再出现了。无奈之下,王主任想到了学校的论坛,于是她在论坛上发布了消息,请同学们都来寻找那位"隐藏"在他们身边的贫困生。这一招果然灵,没过多久,就有人"揭发",说园艺系一年级学生顾中杰很可能就是他们要找的那位贫困生。

王主任赶紧调看了顾中杰的资料,发现他来自贫困山区,父亲在一次上山采药中摔断了双腿,家里还有年迈的爷爷奶奶和一个读初中的妹妹。按照这样的条件,是完全可以享受贫困生待遇的。

于是王主任就把顾中杰叫到了学生处。顾中杰中等个头,肤色有点黑,脸上还长着几粒青春痘,这些都和陈师傅描述的有些像。没想到,顾中杰坚决否认自己是他们要找的那个贫困生。王主任叹了口气说:"同学,我很欣赏你的志气,但你们现在正是需要增加营养的年龄,每餐只吃一元钱的饭菜,那怎么行呢?"

顾中杰说:"王主任你一定是搞错了。我每餐都有荤有素,每天保持十元钱左右的伙食费,是不会缺少营养的。"王主任一听,心想这还差不多,但一转念便又起了疑心。每天十元钱的伙食费,那是普通家庭条件学生的伙食水平了,顾中杰家里这么困难,是不可能给他寄这么多钱来的。顾中杰似乎料到了王主任会有此疑惑,就主动解释说:"我家里当然没这么多钱给我,不过我的一个同学给我介绍了一份工作,双休日去给服装市场的一个老板守摊,每天五十元,所以我才能吃得好一点。"

王主任听了还是有些不放心,又去餐厅把陈师傅请来验证。陈师傅一看到顾中杰就说:"不是他。"

事情突然出现了转机,这天,陈师傅终于再次遇到了那位贫困生。这回陈师傅自然不肯再放过他,死拉硬拽地把他请到了学生处,一路上还再三劝导他,要他有困难就找学校,别自个儿硬撑着。

王主任见终于找到了那位贫困生,也很高兴,抑止住激动说:"同学,你叫什么名字?"

那名学生犹豫了一下,说:"我叫庄宇。"王主任立刻在电脑上调出了庄宇的资料,却发现他是本地生源的学生,父亲是公务员,母亲是教师,庄宇是他们唯一的孩子。看完资料,王主任一脸的疑惑,按理说像庄宇家这样的经济条件,在当地也应该算是中等偏上,父母也不可能少给他生活费,那他为什么要一餐只吃一元钱的饭菜?王主任盯住庄宇的眼睛说:"庄宇同学,从资料上显示,你好像并不是贫困生。"

庄宇一脸委屈地说:"我可从来没说过我是贫困生,是你们硬要把我当成贫困生的。"

王主任追问道:"那你为什么一餐只吃一元钱的饭菜?"

庄宇愣了一下,随即辩解说:"那是因为前段时间我花钱太猛了,又不到下次父母给我寄钱的时间,所以就只好束紧裤腰带节衣缩食了呗。"于是,庄宇就给王主任留下了很不好的印象。但这么一来,热热闹闹的寻找贫困生的行动也就此偃旗息鼓。

一个多月后的一个周末,王主任陪她女儿去服装市场买衣服。忽然,她听到有人在叫她,回过头一看,原来是顾中杰。能在这里相遇,王主任感到很高兴,看了看顾中杰身后的摊位说:"这就是雇你的那个老板的摊位吧?上次忘记问你了,这工作是哪位同学帮你介绍的?"

顾中杰说:"是我同寝室的庄宇同学给我介绍的。"一听到庄宇这个名字,王主任立刻就想到了一餐只吃一元钱饭菜、被误认为贫困生的那个学生,却想不到他们二人竟然是同寝室的室友。了解到了这层关系后,王主任的心中似乎有所触动,买好衣服走出市场后,她对女儿说:"你拿着衣服自个儿先回家,我还想去见见顾中杰的那位老板。"

第二天,王主任又把庄宇请到了学生处,说:"庄宇同学,现在我知道你为什么会落到一餐只吃一元钱饭菜的境地了。"

庄宇说:"为什么?"

王主任说:"因为你把钱捐给了贫困生顾中杰。"庄宇一怔,但随即便夸张地哈哈大笑着说:"顾中杰根本就不会接受同学捐的钱,他的钱都是自己勤工俭学赚来的。"

王主任微笑着说:"你不用再瞒我了,我已经和顾中杰的老板谈过,其实他根本就不需要找帮工,是你把自己的钱给了他,再要求他以工资的方式付给顾中杰的。"庄宇这下完全怔住了,只好说出了事情的原委……

原来新生入学后不久,庄宇就知道了同寝室的顾中杰是个贫困生,但是顾中杰很有志气,不愿意接受任何帮助,他常利用周末去建筑工地搬砖头,挣点生活费。后来,庄宇的父亲痛风病发作,顾中杰亲自回老家带来草药，疗效居然很好。庄宇要把草药钱给顾中杰，他却不收。庄宇本身就很同情他，现在又很感激他，所以想出了这个办法。拿出给顾中杰的钱后，庄宇就陷入了窘迫，离他父母下一次给他寄钱还有好几天，他不想麻烦父母，这才吃了几天的一元钱饭菜，没想到却被食堂的陈师傅捅了出去。最后，庄宇紧张地说："王主任，既然你已经都知道了，我求你千万别把这事告诉顾中杰，不然他是无论如何都不会接受这种帮助的。"

王主任说："你放心，我也知道顾中杰是个很有志气的孩子。不过我还要告诉你一个好消息，那位老板的生意现在已经越来越好，双休日也确实需要找个帮工了，顾中杰又很中他的意，所以他说以后顾中杰的工资就由她自己对付。你也不用每个月尾再只吃一元钱的饭菜了。"

(何德铭)

如果我是一滴水

小玉今年读小学四年级,她的爸爸是个大富翁,在当地掷地有声,小玉是个名副其实的"富二代"。

这天,细心的爸爸偶然发现,女儿的嘴唇干得像结了一层老茧,心里陡地一颤,这孩子会不会生了什么病?于是便连哄带骗的,要带小玉到医院检查。说来也怪,还没到医院,小玉的嘴唇竟红润如常了。不得已,爸爸只好又将女儿带回来,特地将小玉送到学校,想叮嘱老师关心一下小玉。

说来也巧,校门口正好碰上李校长。李校长对小玉的爸爸再熟悉不过。小玉是二年级时转入这所学校的,从小玉入学那天起,每逢重大节日,小玉爸爸便会对学校进行大笔的资助,所以,在这个学校里,无论是谁,都对小玉高看一眼。

听小玉爸爸说起关心小玉一事,李校长点了点头,接着想起了什么,说道:"小玉爸爸,你对我校贡献很大,可小玉进校以来,学校一点照顾都没给过她。正好市儿童基金会下拨一部分资金,资助家庭困难的女学生完成学业,我决定就资助小玉了!"

小玉的爸爸一听就要拒绝,但李校长却一摆手说:"我知道你不差钱,但这是我们学校的心意。"

拗不过李校长,小玉的爸爸只好勉强同意,然后离开了学校。

为了兑现承诺，李校长马上召开教师会议，把自己的想法说了出来，没人反对。这也很现实，因为这几年学校的发展，很大一部分归功于当地的一些富商，如果没有他们的资助，学校确实达不到今天的规模。

可就在这时，有位班主任站了出来，犹犹豫豫地说："校长，我不是不同意您的想法，只是资助学校的不止小玉爸爸一个，如果只给小玉一人，会不会——"

这话不无道理，一时间李校长也十分为难。这时又有一位班主任说："校长，我倒有个主意，不如咱们搞一次有奖征文，前10名就设定为那些富翁的孩子，如此一来，他们既得了奖金，家长也觉得脸上光荣，一举两得！"

这个主意不错，李校长十分高兴，立即拍板同意。收到征文稿件后不久，组委会就把获奖名单公布了出去，大红喜报上第一个便是小玉的名字。李校长第一时间把获奖的消息告诉了小玉爸爸，还说学校要搞个隆重的颁奖典礼。小玉爸爸喜上眉梢，立即表示如期参加，而且说这个典礼的所有费用均由他赞助。

没过几天，学校举行颁奖典礼，来了不少有头有脸的家长。李校长始终陪在小玉爸爸的身边，他低声说："小玉爸爸，实不相瞒，此次征文是为小玉和另外几个对学校有贡献家长的孩子特设的。"

小玉的爸爸听了一愣，刚要说什么，台上的主持人宣布颁奖开始，由校长为一等奖获得者小玉颁奖。小玉兴致勃勃地走上台，略带羞涩地站在那里。李校长拿过烫金证书放到小玉手上，然后又拿过一个装有奖金的信封交给小玉。主持人把话筒送到小玉面前，让小玉发表一下获奖感言。小玉说："其实，我想说的都写在了我的征文上，你们能满足我的要求，让我把征文读一读吗？"

台下的学生听到小玉的话顿时兴奋起来，他们也想听一听一等奖的作文写了什么。李校长马上让人拿来征文，小玉便大大方方地朗读了。征文的题目叫《如果我是一滴水》。

征文读完，掌声响起，小玉爸爸一扫刚才的不悦之情，高兴地来到台上，对女儿说："小玉，你真是长大了，现在你告诉爸爸，你的奖金要做什么？"

小玉说："我想用这笔钱买矿泉水。"

"矿泉水？买矿泉水干什么？"

"爸爸，我要捐到旱区去！"

所有人都吃了一惊。看着女儿干干的嘴唇，小玉的爸爸恍然大悟，心疼地说："好样的，爸爸也决定，向旱区捐水。不过孩子，你也太傻了，捐水也不能以自己的身体为代价呀！"

在场的所有人都明白了是怎么回事，令人惊奇的一幕发生了，那些坐在台下狂饮可乐和矿泉水的"富二代"，几乎同时将瓶口盖了起来。

李校长当即号召，发起捐水活动，所有学生积极响应。本是一场隆重的颁奖典礼，现在变成了热闹非常的捐水现场……

(夏语冰)

别摸我的头发

高三女生小颖有一头美丽的长发，女生们羡慕，男生们欣赏。

这天，小颖正在听课，突然觉得头发被人轻轻地扯了一下，她一回头，只见后排的郭宏正傻乎乎地看着她。她怒形于色，郭宏的脸"刷"地红了。一下课，小颖就责问郭宏："为什么摸我的头发？"郭宏嘴唇动了半天，说不出话来，这时，另一个男生段云，也是郭宏的同桌，走过来对他说道："男子汉大丈夫，摸了就摸了，快说对不起吧！"郭宏只好木讷地说了声"对不起"，小颖"哼"了一声，走了。

可是下午，小颖又感觉有人在摸她的头发，她一回头，发现还是郭宏干的，这下，她不想轻易放过他，马上举手，当着全班同学的面向班主任告了郭宏的状。郭宏成绩一直很好，平时老师只有表扬他。这一次，班主任发火了，下课后把郭宏叫到办公室，狠狠训斥了他一顿。

郭宏走出办公室，小颖早就等着他了。小颖家里很有钱，算得上"富二代"，她平时也很爱打扮，全身上下穿的都是名牌。小颖瞪了郭宏一眼，说："你成绩好，别人把你当榜样，我可不把你当什么东西，瞧你穿得那样！"郭宏的爸爸是个农民工，所以他有点自惭形秽。

郭宏默默看着小颖，没敢说话。

小颖又说道："今后，你要是再摸我的头发，我就要叫你用家里最缺的东西来赔我！"

"什么?"郭宏呆呆地问。

"钱!"

郭宏一言不发,眼里闪着泪花,轻轻点了下头。

第二天,班主任把郭宏的位子调到了后排。从此,摸头发的事情再也没有发生。

由于高三的课业负担很重,学校为了给同学们减轻压力,特意组织了一次春游。小颖、段云,还有郭宏,一共六个同学分在了一组,他们包了一辆小车,上山去看桃花。小颖一直对郭宏很戒备,她打心眼儿里瞧不起他,在游玩的时候,总是离他远远的。

小车在崎岖的山路上行驶着,司机哈欠连连,自称搓了一个通宵的麻将,不过自己技术非常过硬,让同学们尽管放心。

车子一路开着,突然,小颖惊叫起来:"郭宏,你怎么又摸我头发了?我跟你没完!"小颖回过身,冲郭宏一顿吼,郭宏不知所措地辩解着,小颖更生气了,竟从位子上站了起来去打郭宏。这下,车里可就开了锅,劝的劝,起哄的起哄,好不开心,谁知就在这时,车子猛地一沉,同学们感到天旋地转,接着"砰"一声,小车翻下了山沟……

出车祸了,好在山崖不高,山沟不深,车从公路上滚下来后,竟然搁浅在一块大石头上,暂时安全了。但是这块石头离山谷还有好几丈,车体还在晃动着,稍有不慎,就有连车带人再次往下掉的危险……

郭宏幸运地没有受伤,他赶忙从车门爬出来,见旁边有一块巨石,就抱起它垫到车下,防止滑动,然后他探头进去喊道:"谁还清醒?"

小颖把头一抬,见是郭宏,咬牙切齿地骂道:"都是你害的!"

郭宏不跟她计较,伸手过去,想把她扶出来,小颖将他的手推开,说:"别碰我!"

郭宏说，车很可能就要翻下去，他先扶她到外边，然后再救别人。"我死也不要你这种人救……"小颖突感一阵疼痛，原来她的腿卡在座椅下边，流着血。郭宏又去扶她，可她就是不配合。

就在这个时候，段云苏醒了过来，他缓缓开了口："小颖，怪我吧，其实摸你头发的不是郭宏，而是我……你快让他扶你出来，然后我把真相全告诉你……"

听段云这么一说，小颖吃惊之余，只好让郭宏先把自己从车里扶了出来，然后再去救另外几个被困车内的同学。

在等待救护人员赶来时，段云说出了事情的真相：他和郭宏是同桌，其实每次都是他伸手去摸小颖的头发，然后再让郭宏"冒名顶替"的，事后段云再补偿郭宏几百块钱。

小颖的目光直逼郭宏，郭宏垂着头，吞吞吐吐地说："那段时间，我奶奶生病住院，需要钱，我家穷，段云说可以给我钱，我就咬牙承认是自己干的……"

小颖百思不得其解："段云，你为什么要摸我的头发？"

段云一听就来了气："还不是因为你整天不拿正眼看我们！你爸爸有钱，天天开宝马送你上学，宝马的英文不是BMW吗？都说宝马就是'别——摸——我'，可我就不信邪，偏偏要摸摸你的头发，治治你的清高！"

小颖吃惊地看看郭宏，又望望段云，一句话都说不出来。

一会儿，警察和救护人员赶来了，事故原因很快查明，小车司机无证经营，再加上疲劳驾驶，须负全责。车祸是不幸的，好在同学们的伤势不算很重，几天后也就出院了。

从此以后，小颖不再看不起班上的穷学生了，她对郭宏完全改变了态度，不在他面前显富摆阔，而是心怀敬意。两人在学习上你追我赶，很快，高考结束了，他们都考上了很好的大学……

（谢丰荣）

小帅的专职司机

小帅是个"富二代",刚升高一。小帅家住在玫瑰花园,是个高档小区,离学校很近,只有几百米。从开学第一天起,小帅就每天"打的"上学放学,反正,兜里有花不完的钱。

连着两天,小帅打电话叫车,都是一个姓刘的出租车司机开车过来的。这个刘师傅每天十分准时,态度也非常和蔼,于是,小帅高兴地说:"刘师傅,以后,你就当我的专职司机吧,我给你开工资!"刘师傅听了,笑而不语。

谁知过了一段时间,刘师傅突然打电话给小帅说:"不好意思,以后我要去别的地方跑车了,不能再来接你了。"小帅也没放在心上,又找了个专职司机,每天接送自己上下学。

就这样,一个星期过去了。这天傍晚,小帅刚走出校门,突然看见了一辆熟悉的夏利出租车。小帅愣住了:"咦,这不是刘师傅的车么?"他让专职司机等一下,悄悄走近一看,可不是嘛,此时,刘师傅正跟车上一个穿校服的男生聊天。那男生白白净净的,右脸颊上有颗很大的黑痣。小帅想看个究竟,刘师傅已开车走了。

小帅很是诧异:"奇怪,他不是去别的地方跑车了么,怎么还在这里?"于是,小帅掏出手机,拨通了刘师傅的电话:"刘师傅么?你在哪里啊?今天有空来接我吗?"电话那头,刘师傅乐呵呵地说:"是小帅啊！不好意思，我在外地跑车，等空了再说。"说罢，匆匆挂了电话。小帅气愤不已，难道他嫌我给的包车费少？嫌少就直说啊，犯不着编谎话骗我。小帅是在蜜罐子里长大的，哪受过这样的窝囊气啊。

小帅越想越气，立刻打了出租车公司的投诉电话，说刘师傅拒载。电话那头，工作人员详细记录了小帅的身份信息，表示一定给他一个交代，如果情况属实，他们会严肃处理。挂完电话，小帅的心情一下子好了起来。

三天后，小帅放学早了点，专职司机还在路上。谁知，小帅又遇见了那个脸上长黑痣的男生。奇怪的是，他竟然拄着拐杖。小帅仔细看了看，原来他的左腿有残疾。男生正站在门口，不停地朝远处张望。

小帅心中的谜团还没解开，便走了过去，佯装关心地问："同学，你腿不方便，要不要我送你回家？"

男生微笑着说："没事，待会儿有个出租车司机会来接我的，还是免费的呢！"

小帅愣住了，难道，刘师傅没有被处罚？他赶紧问道："哦？那师傅每天来接你么？"

男生摇了摇头说："之前，有一个姓刘的师傅每天接送，可是三天前，他突然打电话给我，说他这几天有事，所以让他的同事帮着接一下。"

小帅恍然大悟，一定是因为自己打了投诉电话，刘师傅被处分，出租车停运了。想到这里，小帅羞愧不已：原来，刘师傅在做好事，我却还打电话投诉他，真是太不应该了。

见小帅盯着自己的左腿，男生笑了："是车祸，左腿截肢了。"

小帅涨红了脸："对不起，勾起了你的伤心事。"

男生坦然地说："没事，一切都已经过去了。现在我已经装了假肢，并且一直在努力恢复。等腿好一点了，我就自己上学放学，不能一直麻烦别人啊。"

说话间,接男生的出租车来了,小帅和他匆匆道别,立刻拨通了出租车公司的电话:"你好,我是之前投诉刘师傅的那个学生……"电话中,小帅将刘师傅义务接送残疾学生的事详细说了一遍,并表达了自己的歉意,他恳求出租车公司撤销处罚。

接着,小帅又拨通了刘师傅的电话:"我是小帅,真对不起……"

刘师傅憨厚地笑了:"没事,是我拒载在先。"

小帅疑惑地问:"可是,你为什么不跟我说出真相呢?我不会怪你的。"

刘师傅叹了口气:"小帅,其实,我不让你坐车是有原因的。"

小帅问:"什么原因?"

刘师傅说:"刚开始,我以为你只是临时打个的,毕竟,你家离学校太近了,想不到,你要我当专职司机。知道么,那天,我一路开车送你回家,心里很不是滋味。回家后,我想了又想,突然觉得,自己在做一件错事,是我纵容了你的惰性,这让我产生了极大的罪恶感。"小帅不说话了。

刘师傅接着说:"以前,我是一个乡下的苦孩子,像你那么大的时候,我独自来到城里闯荡。刚开始,我一无所有,但是,我靠着一股子韧劲儿,每天起早贪黑,终于,在城里扎下了根。"听着听着,小帅的脸红了。

刘师傅继续说:"我不想害你,更不想让自己难受,就找了个借口,不做你的生意。后来,我得知有个男生腿脚不便,就决定免费接送他上学放学,没想到被你看见了。其实,每个人的路,是靠自己一步一个脚印走出来的,那样的人生才最踏实……"

打那以后,小帅再也不打的上学放学了,同时,他还努力说服那帮"富二代"的朋友,改掉铺张浪费的坏习惯,走好自己的路。

(张逸楠)

天上真的掉馅饼

有个大学生叫刘大为,大一暑假时,他没钱回山沟沟里的家,就像许多贫困大学生一样留下来打工,靠自己的努力为自己挣学费和生活费。

按照同学的指点,大为去报摊买了一份专门向大学生提供求职信息的《手递手》报,剪下个人信息刊登表,填好后寄回报社。过了几天,他果然顺利地找到了一份做家教的工作。

接下来的日子,大为每天上午骑着刚进学校时买的一辆二手破单车,穿过半个城区,去给那家小孩补两小时课,然后拿四十元报酬。

可没想到"黄鼠狼专咬病鸭子",大为越穷还越破财,他做了半个月家教,那辆破单车就被人"顺手牵羊"了。

大为心疼得不得了,对他来说,没有单车实在太不方便了,别的不说,光是去那做家教,每次往返车费就得六元钱。大为左算右算,决定还是再买一辆旧单车比较合算。想起《手递手》报上也登五花八门卖旧东西的信息,他就又去拿了一份报纸。

还真让他找到卖旧自行车的了,只见报上有一条信息这样写着:"免费赠送单车一辆,要求受赠者是来自农村的女大学生。联系人:杨小姐。"

大为看了不觉感到奇怪:有车不卖却要送,这葫芦里在卖什么药?还特别注明要女大学生,还要来自农村,莫非设了什么圈套?

不过,"免费赠车"这四个字毕竟太有吸引力了,大为决定试试。他心想:自己堂堂七尺男儿,怕这个"杨小姐"干啥?试试总可以的嘛。于是,他按照报上登的号码,把电话打了过去。

一个十分悦耳动听的声音从电话那头传过来:"喂,你好!"

大为急忙问:"是杨小姐吗?我在《手递手》报上看到你免费赠车的信息,我……"

哪知没等大为把话说完,杨小姐就在电话那头"咯咯咯"地笑出声来:"啊,终于有人给我打电话了!"然后她着急地发问,"你是大学生?"

大为说:"当然,否则我也不会给你打电话了。不过,我不是你要求的女大学生。"

杨小姐说:"这问题不大。请告诉我,你家在农村吗?"

大为忍不住问她:"这跟赠车有什么关系?"

"当然有关系,"杨小姐固执地说,"因为这是我赠车的条件。"

"那……我告诉你,"大为说,"我的家就在农村,而且那里是一个很穷很穷的山沟沟。"

"太好了!"杨小姐竟在电话那头喊起来,"那你现在就过来吧,带上学生证和身份证,到我家来,我把车给你。"她接着就把她家的地址告诉了大为。

这么顺利就能得到一辆单车?而且这会儿,对方怎么又不在乎男生女生了?事情的发展,多少让大为心里有点忐忑:这杨小姐到底是个什么样的人?

不过,这种隐隐约约的神秘感反倒给了大为莫大的好奇,好在学生证和身份证他是一直随身带着的,于是当即就一路找了过去。

到了那里,大为一看,杨小姐看上去比他想象中的更年轻更漂亮。杨小姐看过大为的证件之后,就把他带到储藏室,撩起一块遮尘布,大为一看,哇!是一辆八成新的女式红色山地车。

大为不由脱口道:"怪不得你要送给女生。"

"对,"杨小姐说,"我本来是想送给女生的,可我的免费赠车启事已经登出不少时间啦,就是没有一个女生来找我,所以我现在也不在乎男生女生了。我想,你骑车不会过分讲究车的男女款式吧?"

看她这样子,今天这车是真的要送人了。可大为还在疑惑:这到底是怎么回事呢?

杨小姐似乎看出了大为的心思,笑了笑,说:"你一定不相信天上真能掉馅饼吧?"

大为点点头,又突然摇摇头,想了想,犹疑地问她:"你……这车有发票吗?"

"你怀疑它的来路?"杨小姐似乎早有准备,立刻从山地车的车垫套里摸出一张发票,递给大为看,"放心吧,绝对的正宗货。"

既然如此,杨小姐为什么要将这么一辆车白白送人,而且还是送给一个素不相识的穷学生?大为心里不禁更疑惑了。

杨小姐把大为请到客厅坐下,大为发现,杨小姐此刻的神情显得有点激动。他心里猜测:看来,关于这辆山地车,一定有个不同寻常的故事。

果然,杨小姐缓缓向大为道出了其中的原由:

"我和你一样,是从穷山沟里考出来的学生。那时,我每天下午上完课后,要走五里路,到一个街心花园去给附近的人理发,靠自己的劳动来挣钱养活自己。至于理发的手艺,那还是我在老家时为村里人理发练出来的。

"记得当时有一位退休老工人,每个星期都来街心花园找我理发。起初我还以为他对我会有什么不轨之心,时间长了才知道,其实他是为了多给我一点挣钱的机会。后来,这位老工人得知我每天为了节省二元车钱,来回走这么多路来给大家理发,就毫不犹豫地掏钱给我买了这辆单车……"

杨小姐说到这里,声音有些哽咽:

"我过去从来不相信天上会掉什么馅饼,可这位老工人确确实实用他无私的关爱,给了我最温暖的人间真情。

"大学毕业后,我有了一份很好的工作,收入挺多。现在,我上班已经开着自己买的轿车了。可我实在舍不得扔掉这辆车,工作再忙,我每个星期都会仔细地保养它。

"我原本想一直把这辆车珍藏起来,可总觉得这样做好像缺少了点什么。后来,我决定要把这辆车送出去,送给一个像我当年一样需要车的来自贫困地区的学生,当然,如果是女学生就更好了。我要把老工人的这份爱心传递下去,所以……所以就有了你现在看到的那个免费赠车启事。"

原来是这样!大为恍然大悟。

骑车回校的路上,大为对自己说:我也要像杨小姐当年那样,用好这辆单车。等将来毕业工作了,再传给下一个和我现在一样需要它的人。

(张发祥)

燕子的来信

有个女孩叫小菊,她家住在海南文昌市。每一年的十一月,都会有两只可爱的燕子飞到她家的屋檐下筑窝,第二年三月飞走。小菊很喜欢这两只燕子,每次燕子飞走时,她总会依依不舍。

这一年,经过漫长的等待,这天小菊听见了几声熟悉的啼叫。她一乐,几步奔到屋檐下,抬头就看见两只燕子双双站在窝沿上,歪着脑袋瞅着她。小菊开心地找来吃的喂给它们,突然发现,一只燕子的脚上不知是谁用透明胶布粘了个小小的纸团。

小菊取下纸团一看,上面写着:"你好,我叫吴勇,今年十六岁,家住吉林白山市。这两只燕子每年四月到我家,十月秋风一起,它们就飞走了。离开我家后,它们是不是在你家生活呢?我很喜欢这两只燕子,希望能和你成为朋友。"后面留的是一个通信地址。

小菊在地图上一查,天呀,吉林与海南,竟然相距四千多公里。每年这两只燕子离开这里,去遥远的吉林安家,等到秋天再飞回来,来回居然飞行了近一万公里路,这可真是个了不起的旅途呀!

小菊立刻回了信,还附上了自己家的电话号码。

一个星期后,小菊接到一个电话,有个羞涩的声音说道:"你好,是小菊吗?我是吴勇。"一听是吴勇,小菊兴奋极了,两个孩子在电话里聊得很畅快,还相约不久后的寒假,吴勇来小菊家看燕子。

自从和吴勇有了寒假相见的约定,小菊就忙活开了,天天打扫屋子,还买了很多零食、点心,等着吴勇哥哥来。爸爸却为这件事担心起来,怪小菊不该轻易和陌生人交朋友,把人约到家里来更不妥当。小菊不以为然,信誓旦旦地保证吴勇一定不是坏人。

没过多久,寒假到了,可是吴勇并没有出现。爸爸说:"傻丫头,你瞧,我就说陌生人信不得吧,人家随口一句,你还当真了。"小菊听了不乐意,她要问个究竟,她立马回拨吴勇打来的那个号码,没想到那竟是个公用电话。爸爸见了,顺势严肃地说:"小菊,事实证明,你不该把家里地址随便留给陌生人,这人身份不明,幸好他没来,不然还真不知道他有什么目的!"小菊很难过。

小菊没等来吴勇,却在鞭炮声中迎来了春节。不知不觉,寒假也要结束了,小菊不由得叹了口气,看来吴勇哥哥是骗自己开心的。

这天,小菊正看着两只燕子发呆,突然背后有人说话:"你好,是小菊吗?"回头一看,原来是个瘦瘦的男孩,十六七岁光景,背着个大大的行囊。

小菊回答说:"我就是小菊,请问你是谁?"

男孩笑了:"我是吴勇呀,小菊,你忘了我们的约定了?"

小菊愣了半天,说:"吴勇哥哥,欢迎……欢迎!"

小菊爸爸从屋里出来,打量了吴勇一下,见那不过是个中学生模样的孩子,就宽心地把客人迎进了屋。

吃饭时,小菊禁不住地问吴勇为什么拖到现在才来。

吴勇笑着说:"一放寒假我可就动身了。"小菊和爸爸都奇怪,寒假早就开始了,怎么花了近一个月才到海南?

吴勇又是呵呵一笑:"因为我的旅行方式特殊……"说着,他从行囊里掏出个方方的牌子,牌子上写着字:"司机朋友们,我是吉林白山市人,要到海南岛的文昌市去,因为我家的两只燕子飞到那里去过冬了,我想去探望它们。如果方便,请搭我一程,您载我一公里,我离它们就近了一公里的距离。"

原来，马上就要成年的吴勇，想为自己举行一个与众不同的成年礼。因为家里并不富裕，他很少有机会出去看看，便策划了这次不同寻常的旅行：从吉林出发，一路向南，穿越冰天雪地的北国，跨过长江黄河，渡过烟波浩渺的琼州海峡，在旅途中过了年，花了近一个月的时间，来到了温暖的海南岛。

吴勇说："这一路上，我得到很多好心人的帮助，他们给我指路，送我干粮、水果。有一次我在郊区摔破了腿，有个老大爷用手推的木板车载着我走了整整10公里的路。我没有带相机，没能拍下他们的照片，但我画了他们的像，你们看！"说着，吴勇从包里取出一个画本，里面是厚厚一沓画像，这些画虽然并不完美，有几页甚至都脏了、破了，但看得出来，每一幅他都画得很用心，每一幅都有故事。

小菊爸爸沉默了许久，他拍拍吴勇，郑重地说："祝贺你，这真是个了不起的成年礼！小菊，我们是黎族人，按老祖宗传下来的风俗，你今年十三岁，也该举行成年礼了。你有没有自己的计划呢？"

窗外传来燕子的叫声，小菊朝吴勇笑了笑，说："春天要来了，燕子们又要飞回吉林，爸爸，我想去看看燕子在吉林的家。"

爸爸问："真要走那么远？那一路上可是会很辛苦的。"

小菊说："小小燕子能飞到的地方，我也一定能到！"

爸爸笑着说："爸爸陪你去！咱们也去看看这一路上的故事！"

小菊开心得不得了，和吴勇在燕子窝下勾着小指，约定暑假相聚吉林，不见不散。小菊爸爸看着两个孩子眼里的期待，不禁感慨：那才是青春无敌、美好的样子啊！

(程桂东)

你精彩我才精彩

汤云飞今年大三，念传媒专业，他梦想成为一个电视节目主持人。汤云飞正在电视台实习，可眼看实习期要结束了，电视台却没有留他的意思，汤云飞的心情相当郁闷。

这天，汤云飞刚走进电视台准备上班，忽然有人叫住了他，是一档节目的导播。导播说现在有一个节目，原定的主持人家里突然有急事，别的主持人也都没时间，想让他临时主持一下。汤云飞很高兴，当即答应了。

汤云飞跟着导播来到了录影间，那是一档访谈节目，汤云飞要采访一位本市的民间音乐家，这个音乐家刚获得一个国家级的钢琴大奖回来。看得出来，那音乐家是第一次上电视接受访问，显得非常紧张，看到他那个"菜"样，汤云飞倒显得经验丰富了，他费了一番力气，让音乐家放松了下来。

接下来的采访很顺利，采访提纲导播都已经拟好，汤云飞就照着提纲，从音乐家如何走上音乐之路开始聊起——

音乐家给汤云飞讲了一个很动人的故事：他从五岁开始学钢琴，学了两年没有丝毫进展，很多人都觉得他没有音乐天赋。他父亲经过观察，认为他有天赋，没有学好的关键是没人监督。从此，做电焊工的父亲毅然决定自己也开始学音乐，父亲用拿焊枪的手去抚弄钢琴,不知道费了比他多几十倍的心血……

采访时,音乐家的父亲正好在场,汤云飞即兴邀请这个父亲上台表演了一番……这个节目做得非常轻松,汤云飞并没把它放在心上,他认为自己这个主持并没有多少"含金量"。没想到的是,节目播出后反响异常强烈,最后还拿到一个奖。汤云飞实习结束后,做梦一般实现了自己的愿望:留在电视台!

汤云飞回看那期节目的录像,发觉节目好是好在那位民间音乐家,他的表现相当精彩,状态放松之后,他几乎是妙语如珠,思想很有见地,故事也引人入胜。于是,汤云飞给他打了个电话,感谢他为节目做出的努力,可是,民间音乐家一接到电话,立即激动起来,他说:"我正要感谢你呢,可是没有你的电话……我很佩服你,没想到你为一期节目做了那么多的准备工作,你对音乐的了解完全可以说是内行。并不是我的表现有多好,而是你的主持和采访引导精彩,你精彩我才精彩!"

汤云飞愣了一下,他想:自己没做什么准备呀,上节目是临时决定的。在这一瞬间,汤云飞猛地想起来了,他的女朋友是学小提琴的,为了和女朋友有共同语言,这些年来,汤云飞也看了不少音乐书,耳濡目染,也懂了不少音乐知识……想到这些,汤云飞脸红了。

放下电话,汤云飞陷入了深深的思索之中,民间音乐家讲的那个关于他父亲学琴的故事也浮现了出来,是啊,为了培养一个精彩的孩子,做父母的必须也要精彩;自己以前做节目不好看,不是采访对象不精彩,而是因为他汤云飞不够敬业呀!

从此,汤云飞调整思路,把用心的重点从风光的台前转到了辛苦的幕后,于是,他主持的节目面目一新,收视率大幅度提升。汤云飞因此也明白了一个道理:想做一件精彩的事,就必须要跟精彩的人打交道;想跟精彩的人打交道,你自己必须也要精彩……

(一 冰)

图书在版编目(CIP)数据

我的中国梦：80则青春励志故事 /《故事会》编辑部编．
—上海：上海锦绣文章出版社，2013.7
ISBN 978-7-5452-1186-3

Ⅰ.①我… Ⅱ.①故… Ⅲ.①故事－作品集－中国－当代 Ⅳ.①I247.8
中国版本图书馆CIP数据核字(2012)第245919号

出 品 人：	何承伟
责任编辑：	陶云韫　李　丹
装帧设计：	周艳梅
版面制作：	费红莲
责任督印：	张　凯

书　　名：	我的中国梦：80则青春励志故事
著　　者：	《故事会》编辑部编
发　　行：	上海文艺出版（集团）有限公司
地　　址：	上海打浦路443号荣科大厦1501室，邮编：200023
	电话：021-60878676，60878682　传真：021-60878662
电子邮箱：	wyfx2088@163.com
印　　刷：	上海中华商务联合印刷有限公司
经　　销：	新华书店
规　　格：	889×1194　1/32　印张　9.75
版　　次：	2013年4月第1版　2013年7月第2次印刷
书　　号：	ISBN 978-7-5452-1186-3/I·397
定　　价：	25.00元

如发现本书有质量问题，请与印刷厂质量科联系　Tel:021-59226097　　版权所有·不准翻印

上海故事会文化传媒有限公司　出品（00452）www.storychina.cn
STORIES

上海故事会文化传媒有限公司所有图书可办理邮购，免收邮费(挂号除外)
汇款地址：上海市南绍兴路74号(200020)　　收款人：上海故事会文化传媒有限公司
联系电话：021-54667910